यादों में कार्तिक

यादों में कार्तिक

आकांक्षा प्रिया

प्रलेक प्रकाशन

प्रलेक प्रकाशन

PRALEK PRAKASHAN

(an Imprint of "PRALEK PUBLISHING HOUSE PVT. LTD.")

मुख्य कार्यालय : 702, जे-50, ग्लोबल सिटी, विरार (वेस्ट), मुम्बई, महाराष्ट्र-401303
दिल्ली एनसीआर कार्यालय : 03/सी, ज्ञान खण्ड-4 इंदिरापुरम गाजियाबाद, उ.प्र.-201014
बनारस कार्यालय : 02, उर्मिल प्रेम सदन, नासिरपुर, वाराणसी, उ.प्र.-221005

E.mail : pralek.prakashan@gmail.com
Website : www.pralekprakashan.com
दूरभाष : +91 7021263557

यादों में कार्तिक : आकांक्षा प्रिया

Yaadon Mein Kaartik : Aakanksha Priya

ISBN : 978-93-5869-87-32

प्रथम पेपरबैक संस्करण : 2026

मुद्रक : आर.के. ऑफसेट, दिल्ली
आवरण एवं पुस्तक सज्जा : प्रलेक स्टूडियो

नोट : प्रलेक प्रकाशन का लोगो मिक्की पटेल की तूलिका से।

पाठकीय

एक कवयित्री के रूप में आकांक्षा प्रिया का नाम सोशल मिडिया के विभिन्न लोकप्रिय प्लेटफॉर्मों और मुख्य रूप से फेसबुक जैसे माध्यमों पर प्रकाशित उनकी कविताओं की निरंतर उपस्थिति और बहुसंख्य साहित्यप्रेमी पाठक-समाज द्वारा उन कविताओं को सदैव प्राप्त होते रहे स्नेह और प्रशंसा की वजह से आज की तारीख में कतई भी अनजान नहीं रहा है। अनेक गणमान्य समीक्षकों, यथा प्रख्यात व्यंग्यकार एवं कवि पद्मश्री श्री सुरेंद्र शर्मा, और सुविज्ञ पाठकों द्वारा अपनी कविताओं के लिए वे मुक्तकंठ से प्रशंसा भी पाती रही हैं। मेरी समझ में इसका मूल कारण कवयित्री की कविताओं का उनके अनन्य रूप से संवेदनशील हृदय में उपजी स्वतःस्फूर्त संवेदनाओं को एक सहज, सरल और सुन्दर अभिव्यक्ति-संश्लेष के जरिए पाठक के हृदय तक प्रक्षेपित कर पाने की उनकी कवायद की वजह से है। साथ ही साथ इसका कारण यह भी है कवयित्री की समस्त रचना-समष्टि-चाहे वह पद्य के माध्यम से हो अथवा गद्य के-के उत्स का "मानवीय संवेदनाओं" में ही अवस्थित हुआ रहना है। अपने मूल तात्विक संघटन में भी कवयित्री का सम्पूर्ण रचना संसार ही भिन्न-भिन्न परिस्थितियों में हमारे इसी चलते-फिरते जीवन और जगत के सापेक्ष एक अत्यंत संवेदनशील और परदुःखकातर हृदय में स्वतः-स्फूर्त रूप से जनित मानवीय भावोद्वेगों के भाषीकरण की बानगी ही है। और ये भावोद्वेग चूँकि पूर्णतया नैसर्गिक और इसके फलस्वरूप नितांत असंदूषित भी हैं, अतएव रचना में वर्णित परिस्थितिओं अथवा विषयों से दो-चार हुए किसी भी संवेदनशील पाठक को मानो अपने ही किन्हीं प्रत्यक्षानुभूत एवं अंतरंग निजी अनुभवों के निष्कर्षों के जैसे ही प्रतीत होते हैं।

यह तो हुआ एक कवयित्री के रूप में आकांक्षा की पिछली दो प्रकाशित पुस्तकों का एक अति-संक्षिप्त आकलन (विस्तृत आकलन इनकी पिछली किताब "अपने केवल स्वप्न" के प्रारम्भ में ही दी गई मेरी ही पाठकीय प्रतिक्रिया में देखी जा सकती है।) लेकिन अद्भुत है कि आकांक्षा की यह अद्यतन किताब एक काव्य संग्रह न होकर (जबकि इन पंक्तियों के लेखक को यह प्रथम-दृष्टया मालूम है कि आकांक्षा की डायरियों के पन्नों में, और बहुतेरे तो फेसबुक और इसके अलावा अन्य कई ऑनलाइन साहित्यिक पत्र-पत्रिकाओं में करीब साठेक ऐसी काव्य रचनाएँ पुस्तकाकार रुप में प्रकाशन की परिणति के इंतजार में हैं जिनसे एक अदद काव्य संग्रह तत्काल पाठक वर्ग के हितार्थ लाया जा सकता है) एक गद्य-संग्रह है। लेकिन यह कोई विशेष आश्चर्य भी नहीं, क्योंकि आकांक्षा का गद्य भी अपने तात्विक मूल में उनकी कविताओं की संवेदनशीलता और उनके सहज अंतर्ज्ञान के निर्वहन का ही विस्तार है। किसी कवि की मूल सम्पत्ति उसकी विद्वता या उसके ज्ञान का अथाह विस्तार नहीं होता (बोर्खेस को चाहें तो अपवाद मान सकते हैं)! कवि की मूल सम्पत्ति होती है सम्वेदना, या ज्यादा गहराई में उसे चाहें तो तदनुभूति (एम्पैथी) का नाम दे सकते हैं। कविता को यही चीज मर्मस्पर्शी बनाती है (और गद्य को भी बहुत हद तक. .. चूँकि यहाँ मुझे दोस्तोएवस्की का "गरीब लोग" याद आता है उदाहरण के रूप में, और गद्य में काव्य की मार्मिकता के विस्तारण या काव्यात्मक -प्रतिरुपण के उदाहरण के तौर पर भी मुझे दोस्तोएवस्की की "रजत रातें" ही याद आती है)! और यही मार्मिकता कविता का प्राण है।

बौद्धिक, क्रांतिकारी या सोशलिस्ट प्रोपेगैंडा के विचार-बिंदुओं को कविताई भाषा-विन्यास में प्रस्तुत कविताएँ पाठक को झकझोर तो जरूर सकती हैं, लेकिन वे अक्सर पाठक की मर्मस्थली को छू पाने में भी नितांत असफल रहा करती है। वे कविताएँ (या गद्य भी) हमारे ज्ञान-क्षितिज को हो सकता है थोड़ा विस्तारित अवश्य कर दें, हमें अपने से थोड़ा ज्यादा बौद्धिक भले ही बना दें, लेकिन वे हमारी चेतना तक नहीं पहुँच पातीं। यहाँ पर मुझे प्रख्यात कवि और गजलगो श्री ध्रुव गुप्त की एक फेसबुक पोस्ट का स्मरण आ रहा है जो उन्होंने विश्व काव्य दिवस के अवसर पर लिखा था। कहते हैं: "बौद्धिक आतंकवाद, अबूझ शब्दजाल और अमूर्तता ने कविता को आमजन की पहुँच से काफी दूर कर दिया है। कविता (या

साहित्यिक गद्य भी) मानसिक व्यायाम नहीं, हार्दिकता का स्पर्श है; खोखले शब्द नहीं, शब्दों में खनखनाती भावुकता है।...और कविता (या साहित्यिक गद्य) सबसे बड़ी बात हृदय के हृदय से स्पर्श की एक ईमानदार लेखकीय कवायद) है।" बड़ी ही प्रसन्नता की बात है कि आकांक्षा की कविताएँ ही नहीं, बल्कि उनका गद्य भी साहित्य के इस मूल 'उद्देश्य' की प्रतिपूर्ति में जी-जान से संलग्न दृष्टिगोचर होता है-सच्चे साहित्य के साधकों और पाठकों को भी, और आमजन को भी। और यही चीज आकांक्षा के लिखे को नजरअंदाज करने को सत्साहित्य के किसी भी पाठक के लिए एक अननुकरणीय कृत्य की श्रेणी में रखे जाने की माँग करता है। पुनश्चः किसी भी कहे जाने लायक बात को बौद्धिकता या शुष्क ज्ञान की भाषा में कहने में वह असर कतई नहीं होता जो उसे संवेदना या मार्मिकता की भाषा में कहने में होता है। ऐसे में काव्य हो या गद्य, बात निः संदेह दूर तलक जाती है। आकांक्षा की कविताओं के समान ही उसका गद्य भी आम जीवन की सहज सम्वेदना के स्वर में अपनी बात रखती है, इसलिए उसका लेखन आमजन के लिए सहजग्राह्य और मर्म को छूने वाला होता है।

सबसे जेन्युइन लेखन वही होता है जिसे लेखक अपने व्यक्तिगत अनुभवों के परिसर में रहते हुए और अपने द्वारा व्यक्तिगत तौर पर भोगे गए यथार्थ पर अवलंबित रहकर रचता है। भले ही लेखक के नितांत निजी अनुभवों का परिसर उसकी रचना को वैचारिकी और विषयवस्तु को एक निश्चित सीमा में आबद्ध करती हो, किन्तु उस सीमा के अन्तर्गत रहते हुए ही अपने रचनाकर्म के निर्वहन में लेखक अपने सृजन को अपना सम्पूर्ण सामर्थ्य अर्पित कर सकता है। साथ ही साथ लेखक के द्वारा निजी तौर पर भोगे गए अनुभवों का यथार्थ, उनकी तीक्ष्णता व सूक्ष्मता और सबसे उपर उनकी सर्वांगीण व्यापकता तथा उनकी यथासंभव सर्वग्राह्यता ही उसके लेखन की दशा, दिशा और गुणवत्ता निर्धारित करती है। आकांक्षा प्रिया का सारा गद्य उनके व्यक्तिगत अनुभवों की परीसिमा में भोगे हुए यथार्थ की परीधि के अधीनस्थ ही विरचित हुआ है। ऐसे में न तो रचनाओं की सत्यनिष्ठा पर ही किसी आक्षेप की गुंजाइश है, और न ही उनकी वस्तुनिष्ठता पर ही। ऐसे भी, जबकि कवयित्री/लेखिका की यह तीसरी प्रकाशित पुस्तक एक कथेतर गद्य की किताब है, इसमें वर्ण्य विविध विषयों का लेखिका/कवयित्री के निजी अनुभवों पर अवलंबित होना ही इसे

ज्यादा खास भी बनाता है। चूँकि कथेतर गद्य में, जैसा कि हम सब जानते और समझते हैं, कल्पना तत्व का इस्तेमाल दाल में नमक जितना ही हो तो ही बेहतर है; क्योंकि कथेतर गद्य का प्राण उसकी कल्पनाशीलता नहीं, वरन् यथार्थ या यथास्थिति के प्रति उसकी वस्तुनिष्ठता और सत्यनिष्ठा है। कहना न होगा, आकांक्षा प्रिया की कथेतर गद्य की इस किताब में उक्त वस्तुनिठता और सत्यनिष्ठा से विचलन के उदाहरण न के बराबर ही मिलने वाले हैं।

यूँ तो आकांक्षा प्रिया की यह तीसरी पुस्तक विविधवर्णी, बहुमुखी और बहुआयामी विषयों पर लेखिका द्वारा चलाई गई अपनी खूबसूरत लेखनी का एक बेहतरीन मुजस्सिमा, एक बेहद आकर्षक गुलदस्ता है-लेकिन इन सबके केन्द्र में लोक-संस्कृति और लोक-सरोकार ही सबसे घनिष्ठता से आबद्ध है। लेखिका ने अपने चहुँओर के रोजाना घटित होने वाले और बहुधा बेहद मामूली और अध्यातव्य सी घटित होने वाली चीजों में से भी जिस प्रतीति के विषय-वस्तुओं और उनके अन्तर्विष्ट यथार्थों का निरुपण करने का प्रयास किया है, वह अपने आप में लेखिका के सर्वथा अप्रतिम और अनन्य लेखकीय विजन की एक सर्वांग मौलिक झलक दिखा जाता है। लेकिन पुस्तक में शामिल आलेखों की खुबसूरती और पठनीयता को दोबाला करने वाला जो एक अद्‌भुत तत्व है, वह है वर्णित विषयों के प्रति लेखिका का गहरा लगाव-जूड़ाव और उन विषयों से सन्नद्ध लेखिका के नितांत निजी अनुभव और प्रत्यक्षभागिता। तात्पर्य यह कि पुस्तक का कोई भी आलेख महज पाठक के सूचनार्थ अथवा ज्ञानार्थ निवेदित लेखन नहीं है, वरन् वह विषय-विशेष से सम्बद्ध लेखिका के सर्वथा निजी अनुभवों व अनुभूतियों का एक रोचक और सहजग्राह्य शब्दांकन है। इन आलेखों को यही चीज सबसे ज्यादा सर्वांगसम भी बनाती है, और सबसे ज्यादा जेन्युइन और पठनीय भी। और इसीलिए कथेतर गद्य में आम तौर पर महसूस की जाने वाली बोझिलता और बौद्धिकता का पुट इनमें लेशमात्र भी नहीं है और पुस्तक आद्योपांत सरल व सरस बनी रह पड़ी है। उदाहरणार्थ यदि पुस्तक में शामिल एक आलेख हिन्दू लोक-संस्कृति में बरगद के वृक्ष की महत्ता के बारे में है, तो भी वह आलेख पूर्णरूपेण सिर्फ 'बरगद' के बारे में ही नहीं है, वरन् वह लोक-संस्कृति में बरगद की महत्ता से जुड़े लेखक के नितांत निजी अनुभवों और अनुभूतियों का आख्यान भी है।

जैसा कि पूर्व में भी अर्ज कर चूका हूँ, आकांक्षा प्रिया की भाषा बिल्कुल ही सरल, सरस, सुन्दर, सादगीपूर्ण, प्रवाहमयी और साथ ही साथ अत्यंत प्रभावशाली है-किसी भी प्रकार की भाषायी क्लिष्टता या बौद्धिक जटिलता से नितांत परे। उनके गद्य में एक ओर जहाँ लेखिका के आंचलिक परिवेश की सादगी एवं लोक-संस्कृति की भीनी-भीनी, सर्वथा असंदूषित मिठास का अहसास होता है, वहीं दूसरी ओर एक गहन, व्यापक विजन, दार्शनिकता एवं सामाजिक-सांस्कृतिक आलोचना के भी दर्शन होते हैं। रचनाओं में पैबस्त साहित्यिक सौन्दर्य और भाषा की सरस मधुरिमा पाठकों को सहज ही आकृष्ट और मंत्रमुग्ध करती जाती है और लेखिका की प्रत्येक रचना पाठक के हृदय में एक विशिष्ट स्थान बना लेती है। आलेखों की भावनाएँ इतनी सजीव और संजीदा हैं कि पाठक उनके साथ स्वमेव ही अपने निजी जीवनानुभवों को जुड़ता जाता हुआ महसूस करने पर विवश हो जाता है। संग्रह से गुजरना एक पाठक के लिए अपने ही निजी लोक-सांस्कृतिक परिवेश और परिदृश्य, आंचलिक जीवन की सादगी और अपसंस्कृति की आधुनिक समस्याओं, और साथ-ही-साथ अपने ही गहन-अंतरंग भावनाओं की लोकयात्रा पर निकलने सरीखा है। आलेखों की सादगी और संवेदनाओं की गहराई प्रस्तुत संग्रह को एक पृथक ही अंदाज का वैशिष्ट्य प्रदान करते हुए इसमें शामिल आलेखों को बारम्बार पढ़ने और गुनने योग्य बनाते हैं। गद्येतर साहित्य में रुचि रखने वाले पाठकों के लिए प्रस्तुत संग्रह न सिर्फ एक सहज किन्तु सतही पाठकीय या साहित्यिक आनंद का ही वायस है, अपितु पाठक को भावनाओं, संवेदनाओं और सर्वथा अनन्य विचारों की सामान्य दृष्टि से परे ले जाने में सक्षम यह पुस्तक साहित्य में रुचि रखने वाले पाठकों के लिए एक अनमोल उपहार-सरीखा भी है जो उन्हें जीवन, प्रेम, समाज, लोकाचार, लोक-संस्कृति एवं आध्यात्मिकता के विभिन्न पहलूओं प् सोचने-समझने के लिए प्रेरित करता है।

अध्ययन, आस्वाद और पाठकीय रुचि-वैविध्य के दृष्टिकोण से प्रस्तुत संग्रह में शामिल आलेखों को चार उपशीर्षकों के नामान्तर्गत खण्डों के अधीनस्थ व्यवस्थित कर दिया गया है। पहला खण्ड है "यादों में कार्तिक" जिसके अंतर्गत लोकसंस्कृति के विविध रंगों को वर्णित करने वाले आलेखों को जगह दी गई है; दूसरा खण्ड है "भूले-बिसरे चित्र" जिसके अंतर्गत सामाजिक-सांस्कृतिक आधुनिकीकरण और अपसंस्कृति की दौड़ में पीछे

छूटती और बिसरती जा रही चीजों पर लेखिका की मार्मिक और हृदयस्पर्शी टिप्पणियों को स्थान दिया गया है; तीसरा खण्ड है "लोकसांस्कृतिक भोजनरति" जिसके अन्तर्गत आंचलिक जीवन की लोकसंस्कृति के पारम्परिक व्यंजनों और उसमें सन्नद्ध आमूल भोजनरति पर लेखिका ने अपनी कलम चलाई है; और चौथा खण्ड है "प्रकृति, परिवेश और जीवन-दर्शन", जिसके अन्तर्गत-जैसा कि इस खण्ड के नाम से ही स्पष्ट है-लेखिका ने अपने सर्वांग उपस्थित लोक-परिवेश और इसकी जीवन-दृष्टि को स्वयं साक्षात अनुभूत करते हुए उसे शब्दांकित करने की कोशिश की है जिसके क्रम में लेखिका का अपना निजी जीवन-दर्शन भी पाठकों के समक्ष बड़ी ही सहजता और सरलता के साथ अभिव्यक्त हो जाता है। पुनश्च: प्रथम खण्ड में शामिल आलेखों, चाहे वो "यादों में कार्तिक" हो अथवा "महादेव की मुँहदिखाई" हो, इन्हें पढ़कर पाठक को स्वत: ही स्पष्ट विदित हो जाता है कि ऐसे आलेख लोकरीतिओं, लोकपरम्पराओं, अथवा अपने समूलरूप में लोकसंस्कृति को ही सिर्फ सतही तौर पर जानने और देखने वाला कोई लेखक या लिख्खाड़ कभी नहीं कलमबद्ध कर सकता, अपितु ऐसे आलेख रचने से पूर्व लेखक या लेखिका को लोकसंस्कृति के उन आयामों या अनुष्ठानों को उनकी पूरी विविधता और गहराई में और अपनी पूरी आस्था और श्रद्धा के साथ जीना और प्रत्यक्षत: अनुभूत करना होता है, तभी ऐसे आलेख रचे जा सकते हैं। कहना न होगा कि एक लेखिका के रूप में आकांक्षा प्रिया ने वर्णित लोकपरम्पराओं को उनकी सर्वांगीण अनुभूति में जिया और महसूस किया है-महज एक प्रवक्ता या एक सामान्य असम्पृक्त दर्शक के तौर पर कतई नहीं, वरन एक सक्षम और संवेदनशील प्रत्यक्षभोगी के रूप में। इन आलेखों का सबसे सत्यनिष्ठ सौंदर्य भी लेखिका की यह प्रत्यक्षभागिता ही है। लोकसंस्कृति की उन विविधवर्णी छटाओं को उनके ही परिवेश में पला-बढ़ा और जिया एक लेखक ही इतनी सघन और गझिन आत्मीयता और उत्कृष्टता के साथ शब्दांकित कर सकता है, कि जहाँ पाठक भी उन अनुभूतिओं के साथ स्वयं को एकाकार होता हुआ पाए और गहन आत्मीयता के उस महती अहसास के साथ खुद को जोड़ पाए जो नितांत व्यक्तिनिष्ठ, एकांतिक, समसामयिक अथवा युगाधीन समय और परिस्थितिओं से एकदम परे है।

चूँकि आरंभ में ही "यादों में कार्तिक" को कथेत्तर गद्य की एक कृति

बताया जा चुका है, अतएव उचित ही होगा कि गद्य की एक अनन्य विधा के रूप में "कथेत्तर गद्य" नामक इस विधा की बारीकियों या कि इसकी अनन्यता के कुछ विशेष पहलूओं का एक छोटा सा परिचय प्राप्त कर लिया जाए और इसी बहाने इन बारीकियों या अनन्यताओं की कसौटियों पर आकांक्षा प्रिया के लेखन को भी देखते चला जाए। पहली बात यह है कि कथेत्तर अपने आपमें एक काफी स्वतंत्र और स्वच्छंद विधा है और एक विधा के रूप में इसमें एक खुलापन और अपरिभाषेयता स्पष्टतया परिलक्षित होती है। कथेत्तर की चूँकि कोई ठोस सीमा निर्धारित नहीं है, इसलिए कथा के इतर यदि कहीं भी कुछ ठोस, रचनात्मक, गद्यात्मक या कि साहित्यिक है, तो उसे कथेत्तर के भीतर स्थान दे दिया जाना लाजिमी हो जाता है। हालांकि इससे ऐसा निष्कर्ष निकालना कदापि सही नहीं जान पड़ता है कि कथेत्तर में कथा या कल्पना के तत्व होते ही नहीं हैं। आकांक्षा प्रिया के लेखन में ये दोनों चीजें अपने पूर्ण प्राचुर्य में विद्यमान हैं (जैसे कि "काशी का अस्सी" में)। लेकिन कथा या कल्पना का इस्तेमाल यहाँ एक क्षेपक की तरह से होता है-मूल तत्व है तथ्य और तथ्यों की सत्यनिष्ठा। ये दोनों मूल तत्व आकांक्षा प्रिया के लेखन की प्राणवायु हैं जैसा कि पाठक को स्वत: ही पठन के क्रम में स्पष्ट हो जाएगा। कथेत्तर गद्य की गैर-शास्त्रीयता और सीमाविहीनता का एक और लाभ यह भी है कि कथेत्तर के अन्तर्गत आने वाली रचनाओं का कोई अन्त नहीं है और इसका फायदा भी आकांक्षा प्रिया के लेखन में सुस्पष्टतया परिपुष्ट होता है-क्योंकि यहाँ लोक-संस्कृति के लुभावने पहलुओं पर भी आलेख हैं, तो आधुनिकता के नाम पर लोक के रसातल में चलते चले जाने की चिन्ता भी बेधड़क तौर पर शब्दांकित और अभिव्यंजित हुई है। एक तरफ जहाँ बरगद के वृक्ष की ओर अपना प्रेमिल लगाव और जुड़ाव प्रस्तुत किया गया है, तो दूसरी ओर आसमान को छूती बहुमंजिली इमारतों के प्रति अपनी उदासीनता और अपने अविश्वास को भी शब्द-विन्यस्त किया गया है। कथेत्तर की एक और खूबी है कि इसमें कल्पना का स्थान कम होने के कारण और विधा की शास्त्रीयता और फॉर्मेट का दवाब कम होने के कारण लेखक के लिए लेखन में छूट लेने की गुंजायश काफी ज्यादा होती है और इस छूट का पाठक के हित में उपयोग में लाने की कला आकांक्षा के प्रस्तुत संग्रह में बखूबी दिखाई देती है। आकांक्षा के प्रस्तुत संग्रह को आद्योपांत पढ़कर आप कह सकते हैं कि

चूँकि कथेत्तर के केंद्र में भावना है, न कि विधा का नियत स्वरुप, इसलिए यही चीज कथेत्तर को और विधाओं से अलग भी बनाती है और कदाचित रोचक भी।

कथेत्तर पर बात करते हुए जो सबसे बड़ी समस्या सामने आती है वह है कथेत्तर का नाम कथेत्तर होना। यह नाम ही ऐसा महसूस कराता है जैसे कि यह कोई सैकेण्डरी विधा है। यानि जो कथा नहीं है वह कथेत्तर है, या कि कथा के इतर जो कुछ भी है सब कथेत्तर है। जबकि ऐसा कतई नहीं है जैसा कि हम आगे के कुछ अनुच्छेदों में समझेंगे।

अघोषित और अलिखित रूप से एक तथ्य यह भी है कि कथेत्तर गद्य स्वांतः सुखाय के लिए लिखा जाता है, और चूँकि पुराने आलोचक-विशेष रूप से आचार्य श्री रामचन्द्र शुक्ल जी-लोक-मंगल को साहित्य के लिए सबसे आवश्यक मानते थे, इसीलिए उन्होंने गम्भीर साहित्य में कथेत्तर गद्य को हमेशा हाशिए पर ही रखते हुए बात की। हालांकि आचार्य शुक्ल से असहमत होना कोई बड़ी समस्या की बात नहीं है। चूँकि ऐसा कतई नहीं है कि कथेत्तर लोक-मंगल का कार्य करता ही नहीं है, बस फर्क इतना भर है कि यहाँ लोक-मंगल परोक्ष रुप से प्रविष्ट होता है। सामाजिक, राजनैतिक, दार्शनिक या अन्य प्रकार की चिन्ताएँ यहाँ मूल में नहीं होती है और ये चिन्ताएँ अवान्तर रुप से यहाँ प्रवेश करती हैं। उदाहरण के लिए प्रस्तुत संग्रह में ही "जीवनदायिनी बरगद" या कि "बिहारी लोकगीतों" पर लिखे गए आलेख में सिर्फ बरगद वृक्ष के साथ जुड़े लोकमान्य अनुष्ठान या विशिष्ट रूप से बिहार जनपद के लोकगीतों की स्तुति मात्र ही नहीं है, वरन इन आलेखों में बरगद के वृक्ष को और बिहारी लोकगीतों को अपने पूर्ण प्राचीन सौष्ठव और लावण्य में आधुनिक युग में भी प्रतिष्ठापित करने के अनुग्रह का भी बहुधा आभास प्रकट होता है। क्योंकि सच, जो कि आकांक्षा प्रिया के इसी संग्रह में समाविष्ट आलेखों में से ही एक का शीर्षक उधार लेते हुए कहा जा सकता है, यही है कि "हमारी संस्कृति के रक्षक हैं हम"! ऐसा होना लोक-मंगलकारी ही नहीं सार्वजनीन तौर पर लोक-हितकारी भी है-ये कहना कतई किसी दृष्टिकोण से अनुचित भी नहीं। चूँकि कथेत्तर बिना कल्पना के, बिना मिलावट के अपने असली रूप में होता है-यानि बहुत ही प्रत्यक्ष होता है-इसलिए यथार्थ यहाँ अपने बिल्कुल वास्तविक रूप में अभिव्यक्त होता है। उपरोक्त को पढ़कर सैद्धांतिक तौर पर यह निकाला

जा सकता है कि कथेत्तर में "मैं" की अहमियत और हस्तक्षेप बहुत अधिक है और ऐसा लगता है कि यह अपने निजी दुःख, निजी पीड़ा से मुक्त होने की कोशिश या छटपटाहट भर है। परंतु ऐसा नहीं है। प्रत्येक संस्मरण या निज-आख्यान अपने विस्तृत कलेवर में अपने समय, समाज, राजनीति, मानविकी और दर्शन को समझने के लिए एक अत्योपयोगी दस्तावेज की तरह है। कथेत्तर के समीप बैठने पर ही कथेत्तर का अकेलापन महसूस होता है। यह एक ऐसी विधा है जो बिना अपनी किसी सख्त चौहद्दी के है। कथा के नजदीक होकर भी जिस विधा को कोई अपनाने वाला नहीं है, वही कथेत्तर है (दो सर्वश्रेष्ठ उदाहरण, जो फिलहाल दिमाग में आते हैं, वे हैं काशीनाथ सिंह का "काशी का अस्सी" और सीज नोटेबुम का (The Roads to Santiago)। कोई सिद्धहस्त लेखक लिखे तो भी कथेत्तर, कोई सिद्धहस्त लेखक होने से पहले पहला ही प्रयास करे, तो भी कथेत्तर। शर्त बस इतना है कि उसमें भावप्रवणता हो, प्राकृतिक आवेग हो, प्रयास-रहित हो, ईमानदारी हो और लिखने वाला उसमें पूरी तरह से अपने को खोलकर रख दे। कहना न होगा कि भावुकता, प्रयास-रहित लेखन का बोध, प्राकृतिक आवेग और आत्मिक व आध्यात्मिक ईमानदारी के तत्वों से ही निर्मिति हुई है आकांक्षा प्रिया के प्रस्तुत संग्रह की। सबसे बड़ी बात है कि लेखक अपनी किताब को पूरी तरह से अपना एक परम विश्वस्त साथी माने जिसमें दुराव-छिपाव की रत्ती भर गुंजायश न हो। आकांक्षा प्रिया के लेखन में ये गुण सर्वत्र विद्यमान हैं। वह जब लिखने बैठतीं हैं, तो उनके मन में जरा सा भी यह भाव नहीं होता कि यह कौन सी विधा है और इसका लक्षित पाठक वर्ग कौन हो सकता है। वह बस अपने अंतर्मन को पन्नों पर उकेरती जाती हैं-यदि किसी विधा की परिसीमा में आ गया तो ठीक, नहीं तो एक नई विधा इजाद। कथेत्तर गद्य की यही शक्ति भी है और तदनन्तर से यही इसकी सीमा भी है। आकांक्षा प्रिया के लेखन ने इसकी शक्ति को पहचाना है और सीमा को कदाचित लांघने का प्रयास नहीं किया है-यह उनकी एक बहुत बड़ी उपलब्धि है जैसा कि किसी भी विज्ञ पाठक को संग्रह का पहला आलेख पढ़ते ही आभास हो जाएगा।

आकांक्षा प्रिया के गद्य की ताकत यह है कि यह आपका घटनाओं, मान्यताओं और रीति-रिवाजों की आज के दौर में धीरे-धीरे आधुनिक आँखों से ओझल होती जा रही दुनिया से जीवंत रूप से साक्षात्कार कराती

है। यही कथेत्तर की ताकत भी है-अपने दौर और समाज का जीवंत साक्षी होना। कथेत्तर की महत्ता पर विचार करने पर स्पष्ट होता है कि इसकी महत्ता अपने आप में अलग और खास है। साहित्य यदि दो पंक्तियों के बीच की कथा है, तो कथेत्तर उसका स्तम्भ है। मुख्यधारा के इतिहास से पीछे छुट गए हुए को पकड़ने और उसकी पड़ताल करने का काम करता है साहित्य और हम जितने तथ्यात्मक और व्यवहारिक होकर कथेत्तर के जरिए उस यथार्थ की पड़ताल कर सकते हैं, उससे अधिक और कहीं भी नहीं। इस हिसाब से देखें तो साहित्य यदि समानांतर इतिहास है तो इसकी सम्भावना कथेत्तर में सबसे ज्यादा है। यह सत्य है कि कल्पना भी किसी सत्य पर आधारित होती है और कल्पना का भी एक एक सामाजिक सन्दर्भ होता है, किन्तु समानांतर इतिहास होने के लिए इस कल्पना से परे जाना पड़ता है और यही काम कथेत्तर के जरिए होता है, जैसे कि आकांक्षा प्रिया के प्रस्तुत संग्रह के आलेखों के जरिए भी हुआ है। कथेत्तर वह मूल दस्तावेज है जहाँ कोई छद्म या आवरण नहीं होता, जैसे कि प्रस्तुत आलेख संग्रह में संग्रहीत इन तमाम आलेखों में भी कोई छल, छद्म या आवरण नहीं है।

आकांक्षा प्रिया के लेखन और कथेत्तर गद्य के प्रस्तुत संग्रह के आलोक में मुझे श्रीमती शिवरानी देवी का एक सन्दर्भ याद आता है जिसका उल्लेख अत्यंत ही समीचीन होगा। शिवरानी देवी ने जब प्रेमचंद पर लिखने का सोचा तब उन्हें यह डर था कि वे उस तरह की सिद्धहस्त लेखिका नहीं हैं। लेकिन यह कोई कथा या उपन्यास लेखन का काम नहीं था कि जिसमें लेखक का सिद्धहस्त होना आवश्यक हो। मन में विचार थे, भावनाएँ थीं, सो बैठ गईं लिखने। सबसे ज्यादा विश्वास अपनी ईमानदारी पर था। इसलिए अब दिल से जो निकला वह इतना प्रयासरहित या एफर्टलेस प्रतीत होता था कि बन गई एक उत्कृष्ट कृति। शिवरानी देवी ने अपना डर उजागर करते हुए लिखा था: "साहित्यिकता के भूखे पाठकों को सम्भव है कि इस पुस्तक से निराशा हो, क्योंकि साहित्यिकता मेरे अंदर ही नहीं है, लेकिन मेरी ईमानदारी उनके दिल के अन्दर घर करेगी यह मैं जानती हूँ।" उन्होंने अपने लेखन की पूरी शक्ति अपनी ईमानदारी और अपने प्राकृतिक आवेग को दे दी जिससे यह रचना न केवल सम्भव ही हो पाई वरन बाद में उत्कृष्ट और बहुचर्चित भी सिद्ध हुई। उन्होंने लिखा है: "पुस्तक के लिखने

में मैंने केवल एक बात का अधिक से अधिक ध्यान रखा है, और वह है ईमानदारी, सच्चाई। घटनाएँ जैसे-जैसे याद आती गई है, मैं उन्हें लिखती गई हूँ-उन्हें सजाने-संवारने का न ही मुझे अवकाश था और न ही साहस। लेकिन कथेत्तर को जो चीज उत्कृष्ट बनाती है वह है उसमें व्याप्त लेखक का उद्दाम आवेग, एक प्राकृतिक आवेग। साहित्यिक समझ बहुत ज्यादा हो या न हो-यह आवेग ही कथेत्तर को उत्कृष्ट बनाता है। प्रस्तुत संग्रह के पाठक उस आवेग और इमानदारी को बखूबी महसूस कर पाएँगे जिसकी बात श्रीमती शिवरानी देवी के सन्दर्भ में हुई है, और एक सिद्धहस्त लेखिका न होने के आकांक्षा प्रिया के डर को इन पंक्तियों के लेखक ने प्रथमदृष्टया और रु-ब-रू देखा व महसूस किया है।

आकांक्षा प्रिया के प्रस्तुत संग्रह की एक और खासियत यह है कि इसमें वर्णित विषय यूँ तो भारतीय आंचलिक जीवन और संस्कृति के अत्यंत विलक्षण एवं महत्वपूर्ण विषय हैं, लेकिन आश्चर्य है कि मुख्यधारा के कथेत्तर गद्य में भी इन विषयों पर बहुत कम और छिट-पुट ही लिखा गया है। प्रत्याशा है इस प्रस्तुत संग्रह हिन्दी साहित्य की इस विशिष्ट कमी को पूरा करने की दिशा में एक महती योगदान देने की कोशिश अवश्य करेगी। इस कथेत्तर संग्रह का एक और विशिष्ट पक्ष यह भी है कि इसे एक महिला ने कलमबद्ध किया है और हम जानते हैं कि लोक-संस्कृति के परिरक्षण एवं फैलाव में मुख्य रूप से भुमिका, या प्रथमतया भुमिका, महिलाओं की ही रही है; इसलिए आकांक्षा प्रिया अपने विषयों के साथ सद्यः न्याय कर पाई है-इसमें कोई आश्चर्य की बात नहीं होनी चाहिए। प्रस्तुत संग्रह के अन्तर्पाठों का जीवन अनेक खंडों में विभक्त होता हुआ या बंटता-टुटता हुआ दिखाई नहीं देता वरन एक ठोस इकाई के रूप में उनमें ऐसा नैरन्तर्य दिखाई देता है जो तत्कालीन सामाजिक-सांस्कृतिक घटनाक्रम और यथार्थबोध को अनेक विशिष्ट आयाम और संदर्भ देने में सर्वथा समर्थ प्रतीत होता है। सामाजिक-सांस्कृतिक संदर्भों में विशेषतया नारी मन की वास्तविक पीड़ा, सुख-दुखों और व्यक्तिगत अन्तर्सम्बन्धों की जटिलता को गहराई से पकड़ कर उसे सरल और सार्वजनीन भाषा में प्रस्तुत कर पाना इस कथेत्तर-संग्रह की एक बड़ी उपलब्धि गिनी जा सकती है।

कथेत्तर के बारे में बात करते हुए प्रख्यात समालोचक श्री श्री उमा शंकर चौधरी ने कहा है कि "कुल मिलाकर कथेत्तर बहुत ही नाजुक सी

विधा है। इसे पढ़ने, समझने और प्यार करने से पहले इसे अपनाना पड़ता है। उसके पास प्यार से बैठना पड़ता है। उसे अपना बनाना पड़ता है। एकदम खासघ।" इन पंक्तियों का लेखक यह पूरे विश्वास के साथ कह सकता है कि आकांक्षा प्रिया के इस कथेत्तर गद्य संग्रह के आलेखों के साथ यदि पाठक श्री चौधरी द्वारा सुझाई गई यह प्रक्रिया अपना ले, तो 'यादों में कार्तिक " उसके तन-मन और पठन के आनंद को कई गुना ज्यादा अभिसिंचित कर सकेगी। यह पाठक की खुद की ही रचना बन पड़ेगी इसमें कोई दो राय नहीं है। एक और विशेषता कथेत्तर की यह है कि यह कथेत्तर में ही होता है जहाँ लेखक अपने उद्दाम आवेग और भावुकता के चरम क्षणों में वे राज भी खोल देता है जिससे शायद वह खुद भी अपने शांत क्षणों में अकेले में भी टकराना नहीं चाहेगा। भावुकता की बात उठी है तो कहना होगा कि कथेत्तर विधा ही ऐसी है जिसमें आप बहुत भावुक हुए बिऩा रह भी नहीं सकते। जैसा कि आप आकांक्षा प्रिया के प्रस्तुत कथेत्तर में कदम-कदम पर महसूस कर सकेंगे। लेकिन यह भावुकता भी कोई कोरी भावुकता नहीं होती है। लोंजाइनस के शब्दों में कहें तो यह भावुकता आपको अपने जीवन में थोड़ा और उदात्त बनाती है, थोड़ा और अधिक मनुष्य बनाती है। कथेत्तर आपसे यह अपेक्षा करता है कि आप उसके पास हल्की सी छुअन के साथ जाएँ तभी वह अपने आपको खोलकर आपके सामने स्वयं को एक विस्तृत कलेवर में प्रस्तुत करेगा। इस विस्तार में इतिहास भी है, समाज और संस्कृति भी है और इतिहास में बिखरे वे सुख-दुख भी हैं जिन्हें कल्पना के सहारे नहीं कहा जा सकता।

विडम्बनाओं के तलघर पर खड़ा यह समाज, पुराने मूल्यों, रवायतों और जीवन की संवेदन लय को तोड़-फोड़ कर खड़ा अपनी अत्याधुनिक महानगरीय अदाओं पर ही मुग्ध हैं। आकांक्षा प्रिया का गद्य इस आत्ममुग्धता को क्षतिग्रस्त करने का प्रयास है। पुराने मूल्यों और पुरानी रवायतों में जीवन की-प्राकृतिक जीवन की--जो लय धड़कती थी, उसी से पाठकों को रु-ब-रू कराने का एक सशक्त प्रयास है। हर पुराने का मतलब बेकार हो जाना ही नहीं होता, और न ही हर नए का मतलब पूर्णतया अपनाने योग्य हो जाना ही होता है-आकांक्षा प्रिया का यह गद्येतर संग्रह बखूबी इस बात को कलमबद्ध करता है। आकांक्षा प्रिया के आलेख बतलाते हैं कि एक बहुधा आसान दिखाई देने वाले आलेख के भीतर एक शान्त समन्दर जैसी

थरथराहट, बेचैनी और भावनाओं का आवेग छुपा होता है। और जैसा कि पहले भी अर्ज किया जा चुका है, भावुकता और उद्दाम भावनाओं के बगैर कथेत्तर का कोई विशिष्ट संदर्भ नहीं सम्भव है। यह भावुकता और उद्दाम आवेग आपको आकांक्षा प्रिया के प्रत्येक आलेख की धुरी नजर आता है। स्मृतिविहिनता और अपनी सांस्कृतिक निशानियों से बेहिस और बेसरोकार होते जा रहे समाज में रवायतों की रागात्मकता को सम्पुष्ट करना ही आकांक्षा प्रिया के लेखन का–विशेषकर प्रस्तुत गद्येतर संग्रह का–मूल उद्देश्य रहा है। गद्येतर एक बेहद शाइस्ता और महीन विधा है। इस विधा से प्रकृति और पर्यावरण से मनुष्य के प्रेम करने की तरकीबें हासिल की जाती रही हैं। संस्कृति, जीव-जंतु, वृक्ष, पानी, आकाश और सुरज सहित अनेकों बेजान किन्तु एक संवेदनशील हृदय के लिए गैर मामूली वस्तुएँ भी आकांक्षा के गद्य में सन्निविष्ट होकर सांस लेने लगती हैं। परिन्दे तो यहाँ एक गहरी संवेदना की तरह आते हैं जिसका जीवन्त उदाहरण है तोते पर लिखा गया आकांक्षा प्रिया का आलेख। डॉ नामवर सिंह कहते हैं कि आवारा पूँजी के आते ही सारी पवित्र चीजें अपवित्र हो गई हैं। पूँजी की इसी अपसंस्कृति को बयान करता आकांक्षा प्रिया का एक आलेख है: इंसान होते जा रहे पत्थर और पत्थरों में लौट रही जान। जाहिर है पत्थरों में लौट रही जान का सम्बन्ध पत्थरों में पूँजी के बढ़ते जा रहे निवेश से है। एक और मिलता-जुलता आलेख है: नकाबपोश रिश्ते। चूँकि मनुष्य के जीवन में जो कुछ भी सुन्दर और पवित्र है उसे पूँजी ने कलुषित कर ही दिया है तो फिर रिश्तों की पवित्रता कैसे अक्षुण्ण रहती–उसे भी तो नकाबपोश होना ही था। जब पूँजी कम थी, तो घर मिट्टी के हुआ करते थे। आकांक्षा प्रिया ने अपने एक आलेख में मिट्टी के ढहते जा रहे मकानों के साथ इंसानों की विलुप्त होती जा रही संवेदनाओं को भी अध्यारोपित (सुपरइम्पोज) किया है।

हर गद्यकार के पास अपने निजी अनुभवों का सरमाया होता है और उसे अभिव्यक्त करने के लिए शब्दों की सम्पदा के साथ एक निजी तरकीब। यही निजताभरी अभिव्यक्ति गद्यकार का विशिष्ट अंदाज-ए-बयाँ हो जाती है। सरलता, सहजता, भावुकता, करुणा और तथ्यात्मकता आकांक्षा प्रिया का अपना निजी अंदाज-ए-बयाँ है, और इस अंदाजेबयाँ से जुड़ाव न महसूस कर पाने का पाठक के पास कोई कारण नहीं होता।

आकांक्षा प्रिया का एक अनुच्छेद पढ़ें: "लुभावने विज्ञापन आते हैं कि

फलां पेंट लगाइए, दीवारें बोल उठेंगी। और हम उसी होड़ में लपक भी पड़ते हैं कि जरा देखें तो, दीवारें क्या और कैसे बोल उठती हैं। दीवारों के दो बोल सुनने को आतुर हम कान लगाए उन्हीं दीवारों को निहारते रहने में अपने-अपने अलग-अलग घरों में बिना सकुन के रह रहे हैं बनिस्बत कि एक ही घर में साथ-साथ ज्यादा सकुन से रहने में। यह तिकड़म भी इसी युग का लगाया हुआ है कि पहले गाँव के एक ही घर में एक साथ कई पीढ़ियाँ रहती थीं, जबकि आज एक ही पीढ़ी के कई परिवार अलग-अलग कई घरों में रह रहे हैं। इंसान अकेले रहकर दीवारों से बतिया ले रहा है सहजता से, क्योंकि अब इंसानों में बोलने की प्रवृत्ति ही बच गई है सुनने से ज्यादा; और दीवारों के तो सिर्फ कान होते हैं, मुँह तो होता नहीं कि वे भी कुछ बोलें!" देखिए कि कितनी सहज और करुणामयी भाषा में कितनी गहरी व्यंग्योक्ति की अभिव्यंजना कर दी गई है। "आस और विश्वास" और "असफलताओं का सकुन" भी इसी धारा की अभिव्यंजनाएँ हैं।

आकांक्षा प्रिया के गद्य की एक और बानगी देखें। आलेख का शीर्षक है "मिट्टी के मकानों के साथ विलुप्त होती जा रही संभावनाएँ"! लेखिका दु:ख प्रकट करती हैं कि "आजकल सबकुछ कितना बदल गया है न। हम तब मिट्टी के मकानों को देखते थे जिनमें मिट्टी के साथ हमारे भीतर भी ऐसी ही भावनाएँ विद्यमान होती थीं। नरम दिल के साथ ही इंसानों में उदारता भी कायम रहती थी। इंसान अपनी औकात में रहकर जितना होता था उसमें भी बाँटकर खाना अपना सौभाग्य समझता था। न कि आज की भाँति कुछ ऐसा कि जो अपना है सो तो अपना है ही, कैसे गैरों की चीजों को भी अपना ही बना लिया जाये। और इसी जद्दोजहद में जिंदगी भर असंतुष्ट रहते हुए एक दिन जिंदगी से विदा भी ले लेते हैं। कारण यह कि आज हमारे घर ईंट, सीमेंट और टाइलों में परिवर्तित होते चले गए। भले ही इस तरक्की ने हमारे मकानों को तो सुन्दर और मजबूत कर दिया, लेकिन हम भीतर से बहुत ही खोखले और कुरूप होते चले गए... हमारे दिल और जज्बात भी मकानों की मिट्टी के साथ-साथ अपनी उदारता भी खोते चले गए। बल्कि देखा जाए तो आज बड़ी-बड़ी अट्टालिकाओं में रहने वाले भी अगर दान-पुण्य करते हैं तो कहीं-न-कहीं उनका निजी स्वार्थ भी छुपा होता है जो कि बाद में लेने वाले पर बहुत ही भारी पड़ता है।ष्-क्या ही कमाल की पंक्तियाँ हैं जो हमें कितना कुछ सोचने पर विवश कर जाती हैं।

कहना न होगा, आकाँक्षां प्रिया का यह प्रस्तुत संग्रह ऐसी ही अनेकों सर्वदा सहेजे जाने वाले अनुच्छेदों से भरा पड़ा है जिसका असली लुत्फ संग्रह को आद्योपांत पढ़ने वाले पाठक ही समझ और समझा पाएँगे। एक वाक्य में: एक बेहद रोचक और न बिसारे जाने लायक संकलन है यह कथेत्तर गद्य का।

राकेश कुमार

अनुक्रम

पाठकीय 05

खंड-एक

यादों में कार्तिक

(उर्फ लोकसंस्कृति के विविध रंग)

1. शादी-विवाह में गीतों का महत्व 27
2. बायना (बैना) 32
3. कोहबर की लोक परंपरा 35
4. हमारी संस्कृति के रक्षक हैं हम 42
5. मनिहारी की चूड़ियाँ 44
6. शाकाहार बनाम माँसाहार 47
7. महादेव की मुँहदिखाई 50
8. नाक भर सिन्दुर 60
9. नई दुल्हन की मुँह-दिखाई की रस्म 63
10. चौठारी (चउठारी) 65
11. सोहर 70
12. चौंक-पुराई 77
13. मृत्यु भोज 79
14. खोंईछा 81
15. एक छोटा सा सम्बोधन हमारे छठव्रतिओं को 84
16. यादों में कार्तिक 86

खंड-दो

भूले-बिसरे चित्र

(उर्फ आधुनिकीकरण की दौड़ में पीछे छूटती जा रही चीजें)

17. मलिया 97
18. कजरौटा 99
19. पीढ़ा 102
20. पऊती 104
21. पंगत का जमाना 108
22. कपड़े का झोला 112
23. सुजनी 114
24. भूले-बिसरे चित्र 116

खंड-तीन

प्रकृति, परिवेश और जीवन दर्शन

25. जीवनदायिनी बरगद 121
26. किराए की दुनिया में किरायेदार-सी जिन्दगी 124
27. आईना 126
28. असंतुष्टि के भाव 128
29. कभी-कभी हमें स्वार्थी भी होना चाहिए 130
30. एक रिश्ता ऐसा भी, उर्फ शान्ति संस्मरण 132
31. नकाबपोश रिश्ते 139
32. इंसान होते जा रहे पत्थर से अब और पत्थरों में लौट रही जान 140
33. आस और विश्वास का संबंध 142
34. असफलताओं का सुकून 144
35. मिट्टी के मकानों के साथ विलुप्त होती संवेदनाएँ 146
36. स्त्रियों, अब शस्त्र उठाओ 148
37. पतझड़ में बहार का एहसास 150
38. दहेज कुछ ऐसे बना अभिशाप? 152
39. पैरों तले कम पड़ रही जमीन, अब आसमान में होगा बसेरा 155
40. जीवन का पतझड़ 157
41. जिम्मेदारियाँ सिर का ताज है बोझ नहीं 158

42. शरीर का इमरजेंसी अलार्म 160
43. परिंदों का घर पिंजरा नहीं दिल होता है,
क्योंकि दिल में जगह बना लेते हैं परिंदे 162
44. प्रेम के हैं कितने रूप 165
45. बड़े बड़ाई ना करें 167
46. एक चिठ्ठी फेसबुक को वेलेंटाइन वीक में 169
47. हो रही आँख-मिचौली अपनों संग और गैरों से मुँहदिखाई 173
48. शब्दों का मोल 175

खंड-चार

लोकसंस्कारों की भोजनरति
(उर्फ लोक के भूलते-बिसरते व्यंजनों पर एक चर्चा)

49. खाजा 179
50. पानी-भात और अचार 181
51. घी पुराण 184
52. गर्मियों में निर्जलीकरण से बचने का बिहारी उपाय 188
53. स्वाद जिमीकंद का 190
54. पूस का पीठा 193
55. कढ़ी-पकौड़ा 195
56. आम तो कितना खास है न 198

खंड-एक

यादों में कार्तिक
(उर्फ लोकसंस्कृति के विविध रंग)

1. शादी-विवाह में गीतों का महत्व

क्योंकि बिहार की संस्कृति का आधार हैं बिहारी लोकगीत

विवाह का नाम आते ही गाँव-घरों की महिलाओं के होंठों पर अक्सर ही अपने घर में विवाह योग्य हुए बेटे या बेटियों के नाम से विवाह के गीतों के बोल फूट पड़ते हैं; खासकर तब, जब विवाह तय हो गया हो और अब बस देखने-दिखाने की बातों पर अटका हो। ऐसे में माँ-चाची या भाभी वगैरह पहले से ही चुप-चुपके विवाह से संबंधित सामानों की ख़रीदारी के साथ-साथ भावी वर-वधू के नाम के गीतों की और विवाह के अन्य रस्मों से संबंधित गीतों की तैयारियों में लग जाया करतीं।

गाँव की जिन लड़कियों को हर तरह के गीतों में कौशल प्राप्त होता है, उनका डंका पूरे गाँव के साथ-साथ आस-पास गाँवों और रिश्तेदारों के बीच भी बजता रहता है। वे लड़कियाँ भी अपने इस कौशल पर अपने समूह के साथ इठलाती हुई टशन भी दिखाती हैं।

लेकिन हर तरह के गीतों को गाने के लिए सिर्फ लड़कियाँ ही नहीं, बल्कि हर उम्र की महिलाओं का अपना अलग-अलग महत्व है। विवाह तय होते ही जब लड़का-लड़की को एक-दूसरे के परिवार वाले शगुन के तौर पर हाथ में कुछ तोहफे पकड़ा जाते हैं, तभी से लड़का और लड़की का नाम एक साथ जुड़ने लगता है। पड़ोसनों को भी गीत गाने का बुलावा जाता है। गाँव की महिलाएँ शाम ढलते ही पूरे उत्साह के साथ समय से पहले घर के काम निबटा कर उस गीत-गायन के बुलावे पर चल निकलती हैं।

गायन-कुशल लड़कियाँ उत्सुकता से लड़के और उसके परिवार के अन्य सदस्यों-लड़के के भाई-बहन, पिता-चाचा आदि-के नाम की जानकारी प्राप्त करती हैं जिससे छींटाकशी वाले गीतों में उनके नाम विशेष का प्रयोग किया जा सके। लड़के के परिवार को लक्षित गाली-गीतों की तैयारियाँ भी उसी दिन से शुरू होती हैं। हालांकि लड़के-लड़की के नाम से गाए जाने

वाले गीतों से पहले प्रभु श्रीराम-जानकी एवं शिव-गौरी को समर्पित गीतों से किया जाता है। उसके बाद ही बेटे या बेटी को लक्षित गीत गाए जाते हैं।

इस सबके बाद शगुन के गीत होते हैं, और उसके बाद झूमर गाया जाता है। भगवान के गीतों को और बेटे-बेटी के गीतों को इत्मिनान से बैठ कर गाया जाता है, लेकिन झूमर के गीत सभी लड़कियाँ मिलकर आंगन में गोल-गोल घूमते हुए गाती हैं। ध्यातव्य है कि गाए जाने वाले गीतों की संख्या हमेशा पांच, नौ, या ग्यारह ही होनी चाहिए, न कि दो, चार या छः जैसे जोड़ों की संख्या में।अंत में वर वधु के नाम से आशीर्वादी गाते हुए इस गायन कार्यक्रम का समापन होता है।

2. अगर शादी की तिथि दूर हो तो बस पांच दिनों तक हर शाम गववा कर छोड़ दिया जाता है।

हर रस्म के लिए अलग-अलग राग और प्रकृति के गीत हैं और उन सबका अपना अलग-अलग महत्व हैं। हर प्रकार के गीत के लिए एक खास लय और उसे गाने के लिए खास उम्र की महिलाएँ होनी चाहिए। जैसे:-शादी के रस्मों की शुरुआत में लड़कियों या कम उम्र की महिलाओं का महत्व होता है, लेकिन हर शाम को जब कुलदेवता का दीपक जलाया जाता है तो उसके लिए पड़ोस की वृद्ध महिलाओं को बुलाया जाता है जो बहुत ही धीमी आवाज में कुलदेवता के द्वार पर बैठ कर संझा गीत गाती हैं। घर की वह महिला जो शादी की हर रस्म को सम्पन्न करती हैं, वही कुलदेवता का दीपक भी जलाया करती है। संझा-गीत में कुलदेवता के साथ-साथ पितरों को न्यौता देने की रस्में भी की जाती हैं।

पित्तरों को न्यौता देने में घर की वो महिला आगे आती हैं जिनके बच्चे की शादी हो रही होती है, या वह चाची, भाभी या अन्य कोई सुहागन महिला जिन पर बाकी रस्में पूरी करने की जिम्मेदारी होती है। कई जगह तो उन महिलाओं से इस रस्म को करवाया जाता है जो शादी के शुभ कार्यों में शरीक नहीं होतीं। या फिर कई जगह ऐसी महिलाओं से भी ये रस्म करवाई जाती है जो सुहागन तो हैं लेकिन उन्हें बिना साज-श्रृंगार किए ही इस रस्म को करना होता हैं। उनके पीछे-पीछे गाँव की अन्य वृद्ध महिलाएँ भी धीमे स्वर में गीत गाती हुई पितरों को न्यौता देने जाती हैं।

फिर बेटी को लक्षित गीत होते हैं जो कि बेहद संयम से एक करुणा

के स्वर में गाए जाते हैं। हर महिला उस स्वर में नहीं गा पाती हैं, इसीलिए इस तरह के गीत गाने वालों का एक खास ही समूह बना होता है हर गाँव में।

कोहवर के गीत रसीले होते हैं और उन गीतों को भाभी, चाची और बहनें भी ख़ूब रस लेकर गाती हैं। इन गीतों की माला में एक मोती झूमर का होता है जो कि माला के लॉकेट की तरह बेहद खास एवं आकर्षित करने वाले होते हैं। इसे मंडप में गोल घूम-घूम कर लड़कियाँ कुछ इस अंदाज में गाती हैं कि गीत गाना बिल्कुल न जानने वाली लड़कियाँ भी सबके साथ आनंद लेते हुए गाने में शरीक हो लेती हैं।

लड़के की शादी हो तो लड़की वालों के उपर गीतों के रूप में गालियाँ बरसाई जाती हैं और जिसके लिए तिलक और फलदान का इंतजार करना होता है। तिलक की रस्मों के दौरान तिलक और फलदान के गीत गाकर स्वागत के दौरान ही गालियों की बौछार भी शुरू कर दी जाती है।

लड़की वालों की तरफ से बारात आगमन पर गाई जाने वाली गालियों की काफी दिन पहले से ही विशेष रूप से तैयारी की जाती है। तभी तो लड़की वाले लड़की के भावी देवरों एवं चाचाओं, लड़के की बहन, बुआ और मौसियों के नाम जानने को उत्सुक रहते और लड़के वाले लड़के के भावी साले-सालियाँ लड़की के चाचा, बुआ एवं मौसी के नाम कुरेदने में लगे रहते।

लड़के के यहाँ तिलक-फलदान की रस्में पूरी होते ही रस्मानुसार गीत और फिर भोजन के समय छींटाकशी करते हुए रसीले गाली-गीत। ठीक ऐसे ही लड़की के घर में बारात आगमन पर द्वारपूजा पर स्वागत गान के साथ मजाकिया गालियाँ फिर वैवाहिक रस्मों के गीत। और वहाँ भी भोजन को जायकेदार बनाने के लिए बेहद तीखी-चटपटी गालियाँ, जो कि गीतों के पुरानी अनुभवी महिलाओं द्वारा पहले से ही तैयार कर रखी गई होती है। और इन गालियों के बिना बारातियों को लजीज से लजीज भोजन भी फीका-फीका सा ही लगता है।

3. इन सबमें एक रस्म जो सबसे अंत में की जाती है, वो है चुमावन की रस्म।

कोलसूप, जो कि बांस का बना होता है, में हल्दी, चावल और दूब रखकर थोड़े-थोड़े चावल दुल्हा-दुल्हन के हाथ में रखते हैं और बचे चावल

कोलसूप में ही रखकर उसे दुल्हा-दुल्हन पर पांच बार उड़ेलते या छींटते हुए आशीर्वाद देकर चुमावन करते हैं। साथ ही सभी चुमावन करने आने वाले सभी लोग आशीर्वाद के तौर पर कुछ रुपए भी कोलसूप में रखते जाते हैं। रस्म समाप्त होने के बाद ये सारे पैसे ठाकुर-ठाकुराईन के होते हैं। यदि चुमावन करने कोई बुढ़ी-बूजुर्ग महिला, यथा दादी-नानी हों, तो इनके लिए बहुत ही संभ्रांत तरीके से गीत गाया जाता है। लेकिन चुमावन करने वाली यदि भाभी-चाची-मौसी-बुआ-ननद वगैरह हों, तो इन सबके बीच खूब गालियाँ होती हैं। फिर जब पांच, नौ या ग्यारह महिलाओं के द्वारा चुमावन हो जाता है, तो अंतिम स्त्री जल अर्पण करके रस्म का समापन करती हैं, जिसके लिए अलग प्रकार का गीत निर्धारित है।

बारात विदाई से लेकर बारात आगमन हो, हल्दी हो या मटकोर होः हर तरह से हर रस्म में गाँव-घर की लड़कियाँ बढ़-चढ़ कर हिस्सा लेती हैं। और कुछ गीत तो ऐसे भी होते हैं और कि सुनने वालों के भी दिल भर आते हैं और आँखें नम हो जाती हैं। कन्यादान के समय के कुछ गीत यूँ गाए जाते हैं कि मंडप में बैठे लोगों की आँखें भी गीली हुए बिना नहीं रह पाते।

हालांकि पहले के जमाने में चूँकि छोटी उम्र के लड़के-लड़कियों की शादियाँ होती थीं, तो गीत और गालियों के बोलों पर उतना विचार नहीं होता था। लेकिन अब लड़के-लड़कियाँ दोनों ही मैच्योर होते हैं, और जब वे गीतों में दी जाने वाली गालियों के बहाने दोनों तरफ से एक-दूसरे के परिवार वालों की बखिया उधेड़ते हुए पाते हैं तो उन्हें अशोभनीय लगता है। वैसे भी दोनों पक्षों में कुछ ऐसे लोग भी छिपे होते हैं जो घूमाकर पत्थर मारते हुए गालियों के द्वारा ही अपना-अपना फ्रस्ट्रेशन निकालने में लग जाते हैं। और नतीजा यह होता है कि ये खूबसूरत पल आगे चल कर टीस की वजह बन जाया करती है जो समय-समय पर चुभती भी है।

वैसे अब वक्त बदल रहा है तो सबकुछ सादगी और पर्दे में हो तो शोभनीय लगता है। लेकिन ये प्री वेडिंग शूट का भसड़घ तो आजकल विवाह के रस्मों को पनपने से पहले ही मटियामेट कर दे रहा। और बढ़ते हुए फैशन के इस दौर में यह गीतों का चलन भी विलुप्ति के कगार पर है। लेकिन आज भी एक आस बची है कि अगर घर के लोग नहीं गाएँगे या भूल जाएँगे गीतों को तब शारदा सिन्हा जैसी लोकगीतों की गायिका तो

होंगी ही पूरी तरह से आश्रित होने के लिए।

शादी विवाह के बाद जब लग्न खत्म हो जाता है, या यों कहें कि शादियों का मुहूर्त खत्म हो गया रहता है, तब कुछ महीनों के लिए-जैसे, सावन, भाद्रपद, आश्विन और खरमास के महीनों में विवाह के गीतों को नहीं गाया जाता।

2. बायना (बैना)

बायनाः इस एक शब्द ने कितना कुछ समेट रखा है खुद में ही। इसके तरीके और नाम अलग-अलग भले ही हो सकते हैं, जैसे; कहीं बैना, बायणा तो कहीं बायना कहा जाता हो लेकिन मंशा एक ही होती है: मेल-जोल एवं आपसी प्रेम को सुदृढ़ करने के लिए स्थापित किया गया ये रिवाज सदियों से चला आ रहा है।

हालांकि शहरी जीवन के रहन-सहन में अब ये रिवाज धीरे धीरे विलुप्त होता जा रहा है। चूँकि शहरी रहन-सहन में लोग अपने पास-पड़ोस से तो क्या, बल्कि एक ही बिल्डिंग में रह रहे लोग भी आपस में अपरिचित-से ही हुआ करते हैं। जब तक कोई बहुत बड़ी बात नहीं होती, या कोई आपत्तिजनक हालात ही पैदा नहीं हो जाते, तब तक पड़ोसी एक-दूसरे के बारे में शायद ही कुछ जानते होते हैं। एक हद तक व्यस्तता भी जिज्ञासा पर अंकुश ही लगाए रहती है।

कई जगहों पर, जैसेः राजस्थान, उत्तर प्रदेश और कुछ अन्य पश्चिमी राज्यों में करवा चौथ, वर पूजा या इसी तरह के कुछ अन्य अवसरों पर गृहस्वामिनियों के द्वारा पास-पड़ोस में दी जाने वाली मिठाईयों, कपड़े और पुए-पकवानों और ऐसे ही कुछ अन्य उपहारों को ही बायना कहा जाता है। जैसे हमारे बिहार में "बायना" का अर्थ यही होता है कि तीज-त्यौहार या शादी-विवाह जैसे महत्वपूर्ण अवसरों पर घर के बने पकवानों को पास-पड़ोस के लोगों में बाँटना।

बायना तो वैसे ज्यादातर गाँवों में ही आबाद रहा है। क्योंकि यहाँ कितना भी मनमुटाव हो जाए-ये बायना नहीं छूटता। लेकिन अगर बायना का ये सम्बंध जिस भी घरों के बीच में छूट गया हो, तो इसका तात्पर्य यह कि

उस घरों के बीच हर तरह का सम्बन्ध टूट चुका है।

पहले बायना बाँटना तो एक बहाना भी होता था-कई सालों बाद ससुराल से मायके लौटने वाली बेटियों का पूरा गाँव घूमते हुए सबके घरों की भाभी, चाची एवं ससुराल तक जा चुकी अपनी सहेलियों का हाल जानने का। इस तरह मेल-जोल के लिए तो शादी-विवाह ही एक अवसर होता था जहाँ चचेरी, फुफेरी, ममेरी बहनें और सहेलियाँ मिल पाती थीं। बायना बाँटना ही एक ऐसा अवसर होता था जहाँ सारी लड़कियाँ समूह में गाँव का चक्कर लगाते हुए अपने सुख-दुःख बतिया सकती।

अब बायना बाँटने के लिए बेटियाँ तो तैयार रहतीं, लेकिन बायने का टोकरा यदि भारी-भरकम रहा, तो साथ में नाउन या घर में काम करने वाली महरी को भी साथ में ले लिया जाता। बायना बाँटने के लिए जब पूरा समूह एक साथ निकलता, तो गलियों की रौनक ही बढ़ जाती... सूनी पड़ी गलियाँ भी गुलजार हो उठती, और बेटियाँ बारी-बारी से हर घर जाकर गप्पबाजी करती हुई शाम तक ही अपने घर लौट पाती।

अब बायना निकालने और किसके घर से कितना आया है इस बात की याद सालों-साल तक घर के बूढ़ी-बुजूर्ग के मनो-मस्तिष्क पर ताजा ही अंकित रहता। और किस घर से कितना और कैसा आया है उसी अनुसार भिजवाना भी किसी कला से कम नहीं रहता। मनमुटाव भले ही कितना हो गाँवों में लेकिन बायना का इंतजार रहता ही और उसके बाद बायना देने वाले घर को किसी तीसरे के मुँह से निकाले गए मीनमेख को सुनने का।

अगर गाँव में किसी घर की बेटियाँ या बेटों कि शादी बड़े घराने में सुखी-संपन्न परिवार में हुई हो और वहाँ से आया बायना कम लगा तो गाँव में कुछ ऐसी तंज कसने वाली महिलाएँ होती ही जो उलाहना पहले से ही तैयार रखती। इसी डर से कुछ महिलाएँ समधियाने से आए टोकरी में फल-मिठाईयाँ कम लगता तो अपनी तरफ से और मिलाकर बंटवा जाती हैं ताकि उलाहना से बची रहे और और वाह-वाही बनी रहे।

कई घरों में तो अगर बेटा-बेटी का विवाह या कोई अन्य शुभ अवसर का संयोग नहीं बन रहा तो घर की बूढ़ी-बुजुर्ग छोटी-छोटी बातों में खुशी के अवसर ढूँढकर बच्चे की पढ़ाई या नौकरी में मिली सफलता या फिर पूजा-पाठ ही करवाकर प्रसाद वितरण करवा खाए हुए बायने से ऋणमुक्त कर पाती खुद को।

वैसे भले ही प्रेम झलकता हो आस-पड़ोस की महिलाओं के साथ बातों में लेकिन मजाल जो उनके घर का बायना घर की बुजुर्ग महिलाएँ बिना खुद खाए घर के बच्चे या पुरुषों को सबसे पहले मुँह भी लगाने देतीं। पहले खुद मुँह में डालतीं उसके बाद ही घर के बाकी लोग को देती, भले प्रसाद ही क्यों न हो। आस्था और टोने-टोटके में कड़ी नजर और टोटके का ख़्याल ज्यादा करती।

बायना में खाजा, गाजा, लड्डू, बूँदिया और कसार होता जो कि लडूआ (चावल के आटे और चीनी की चाशनी से तैयार किया जाता है) जरूर होता। क्योंकि शादी-विवाह में बहू-बेटियों के घर से कसार का आना शुभ होता है। जिसे घर की महिलाएँ ही बनाकर भेजती है बड़े-बड़े गोल आकार के चावल के कसार बनाती है और उनमें समधियाने से हँसी-मजाक करने के लिए लडूआ के बीच में सिक्के, कौड़ियाँ या खिलवाड़ के लिए अन्य चीजें भी डालती हैं। जो कि दूर होते हुए भी हँसी-मजाक का एक ऐसा जरिया बनता है जो सालों तक याद रखा जाता है। और मान्यता यह भी है कि "कसार देने से वंश वृद्धि होती है" तभी पहले नानी-दादी कहा करती थीं कि "कसार से पसार होता है" यानि बेटी-बहू अपने घर को वंश और धन-धान्य से भर देती है।

हमारे बिहार में इस सावन महीने में या तीजपूजन को भी नई-नवेली बहू-बेटियों के ससुराल और मायके से टोकरियाँ भर कर सौगातें आतीं। जिनमें साड़ी-कपड़ों के साथ-साथ पांच या ग्यारह टोकरियाँ भी होतीं जिनमें खाजा, गाजा, लड्डू, लडूआ कसार और अनरसा भी होता।

घर के बहुत करीब गोतिया में तो जैसे पांच घरों में तो बहू की पहली रसोई या छोटे-मोटे आयोजनों में भी बायना का रिवाज चलता। और कई बार तो गाँवों बातचीत न होने पर भी बायना लौटाया नहीं जाता, और जब बायना लौटा दिया जाता है तब उस घर से रिश्ते आना-जाना तक छूट जाते हैं। आपस में बांधे रखने का एक सूत्र है यह बायना की रस्म जो कि आजकल काफी कमजोर होकर टूटने की कगार पर है। विलुप्त होती जा रही यह बायना का रिवाज आपसी प्रेम और अपनापन को निगलती जा रही।

3. कोहबर की लोक परंपरा

कोहबर की लोक परंपरा की वो जानकारी आप मित्रों से साझा करने जा रही हूँ जो कि बचपन से देखते आई हूँ। और इन दिनों शादी-विवाह और लग्न का समय भी चल रहा है। लेकिन यह रस्म और प्रथा जो कि आधुनिकता की चपेट में आकर विलुप्ति की कगार पर है। हर जगह की परंपराएँ भी ऐसी ही या इससे मिलती-जूलती हो सकती है।

हमारे बिहार में कोहबर का नाम आते ही शर्म-हया, और लोक-लाज की दुहाई दी जाने लगती है। और इतना ही नहीं हमारे बिहार में तो अपने बेटे-भतिजों को लोग डाँटने-फटकारने या व्यंग्य करने के तौर पर भी इसी शब्द का इस्तेमाल करते थे। जो शादीशुदा लड़का अगर दूरा-दालान से ज्यादा घर में समय बिताने लगे उसे यही सुनने को मिलता कि "मऊगा" जैसा घर में क्या रहते हो..? जब देखो तब कोहबर में घूसे रहते हो। और उस पवित्र स्थान के महत्व को नजरअंदाज करते हुए कोहबर के नाम पर व्यंग्य और फब्तियाँ कसते रहते थे।

इसलिए भी इस विषय पर लिखना या सोचना गुनाह-सा लगता है। लेकिन देखा जाए तो अब समय काफी बदल चुका है और यह एक अद्‌भुत जानकारी है जो खुद बिहार के ही कितने लोग भी इसकी पवित्रता और सार्थकता को नहीं समझ पाते।

I

कोहबर वह कमरा है जिसकी दीवारें लोक चित्रकारी की तुलिका से सुसज्जित हैं... जहाँ कुलदेवता का वास है... और जहाँ विवाह से संबंधित कई तरह की रस्में निभाई गई हैं। नाम से ही बहुत कुछ स्पष्ट है: 'कोह' का मतलब गुफा, और वर का मतलब तो कौन नहीं जानता-वरण करने

वाला या दूल्हा। सो स्पष्ट है कि व्यक्ति के वर बन जाने के उपरांत उसकी तत्कालिक रिहायश की जगह, यानि 'दूल्हे की गुफा" ही कोहबर है। विवाह के फौरन उपरान्त नवयुगल को मंडप से शादी संपन्न होने के पश्चात् और किसी कमरे में प्रवेश नहीं मिलता, सिर्फ उसी कमरे में ले जाया जाता है जहाँ लड़की के घर में बारात आगमन के पहले ही चावल को भीगोकर-पीसकर उसके घोल में लाल, हरे, पीले और गुलाबी जैसे अनेक रंगों को मिलाकर अलग-अलग मिट्टी के छोटे-छोटे बर्तनों में-जो गिलास और कप के आकार के होते है-में घोलकर कमरे के पूरब दिशा की तरफ वाले दीवार पर रंग-बिरंगी कई तरह की सजावटी आकृतियाँ बनाई गई होती हैं। इसे बनाने के लिए पतली-पतली लकड़ियों के एक सिरे पर रूई या सूती कपड़े को बांधकर कूची तैयार की जाती है। फिर घर और आस-पड़ोस की एवं शादी में आई हुई मौसी, बुआ, भाभी, दीदी सरीखी इस काम में निपुण महिलाओं द्वारा बड़े उत्साह से कमरे की पूरब दिशा वाली दीवार पर एक साथ मिलकर चित्रकारी की जाती हैं। और इस दौरान जब एक साथ एक ही राग में गीत के स्वर जब पास-पड़ोस के कानों में गूँजायमान होने लगते हैं तो अगल-बगल और पास-पड़ोस की सारी लड़कियों को भी भान हो जाता है कि कोहबर लिखा जा रहा है। फिर इस कोहबर-लेखन कार्यक्रम में शरीक होने के लिए उन सबका भी तांता लगना आरंभ हो जाता है। कुछ अपने मन की डिजाइन और शायरियाँ बताकर लिखने वालों की मदद करती हैं, तो कुछ सिर्फ दर्शक या श्रोता की भुमिका में ही आनंद लेती हैं।

दीवार मिट्टी की हो या सीमेंट की... कच्ची हो या चूने की रंगाई-पुताई वाले: कोहबर कला के लिए हर तरह की दीवार उपयुक्त है। हालांकि अब तो दीवारों के खराब हो जाने के डर से लोग पीले कपड़े या कागज पर भी कोहबर लिखवा कर दीवार पर चिपका कर ही इस परम्परा को निभा दिया करते हैं। प्रभु श्रीराम एवं माता सीता के नाम के गीतों का गायन होता है, फिर वर-वधू के नाम के गीत गाए जाते हैं। गिनती से पांच, नौ या ग्यारह गीत गाए जाते हैं।

लड़की के घर में कोहबर लिखने का समय बारात आगमन से पूर्व होता है। और वर के घर में बारात की विदाई के बाद रात्रि में। इस रात सारी महिलाएँ जागती हैं और गुड़-मिश्रित आटे का पकवान बनाती हैं जिसे गुन्ना-बन्ना भी कहते हैं। खूब धमाचौकड़ी होती है: जैसे महिलाओं द्वारा

पुरुषों के कपड़े पहन कर उनकी नकल की कॉमेडी, हँसी-मजाक और भरपूर धमाचौकड़ी। रिश्ते यदि इजाजत दें तो एक-दूसरे पर छींटाकशी करती हुई गालियों को गीत की तर्ज में गाया जाना। इस मस्ती-से भरी उत्पात वाली इस प्रथा को "डोमकच" कहते है। इस डोमकच के दौरान ही कोहबर भी लिखा जा रहा होता है।

चुंकि पहले महिलाएँ बारात में नहीं जाया करती थीं, तो बारात विदाई के बाद उनकी ड्यूटी इन्हीं कामों में लगी रहती थी। रात कब बीत जाती थी, पता भी नहीं चल पाता था। हालांकि अब तो कुछ जगहों पर घर की सारी महिलाएँ भी बारात में जाती हैं, कोहबर लेखन का जिम्मा भी स्थानीय प्रोफेशनल चित्रकारों को दे दिया जाता है। हालांकि प्रोफेशनल कला खूबसूरत तो हो सकती है, लेकिन उसमें अनगढ़ हाथों की वह ओरिजिनलिटी और अमेच्योर कलाकारी के उस औत्सुक्य व उत्साह की चमक नहीं दिखती है जो खुद घर की ही बहन-बेटियों-ननद-भाभियों द्वारा उकेरे गए कोहबर में दिखती है।

II

कोहबर के डिजाइन में सिर्फ फूल-पत्तियों का चित्रांकन ही नहीं होता, बल्कि चित्र के चारों तरफ खिलंदड़ अंदाज में एक बहुरंगी डूडलिंग भी काफी प्रचलित है। बॉर्डर के बीच में एक लंबे से पतले लाल या पीले कपड़े पर (जिसे एकरंगा कहा जाता है) गोबर की मुट्ठियों से छोटी-छोटी थोड़े लम्बे पतले कपड़े पर आकृतियाँ बनाते हैं और फिर वर-वधू द्वारा उनकी पूजा की जाती है। बॉर्डर के अंदर वंश और पूरईनी के नाम से पूजी जाने वाली आकृतियाँ बनाई जाती है। मान्यता है कि विवाह के बाद वंशवृद्धि के लिए ऐसा किया जाना चाहिए। उसी में बड़े अक्षरों में शुभ-विवाह लिख कर फूल-पत्तियों के डिजाइन, कमल और गुलाब और धान-गेहूँ की बालियों के डिजाइन, कलश और राम-सिया संग शिव-गौरी के नाम के साथ दिल का आकार बना कर उसमें वर-वधू का नाम लिखा जाता है। तभी तो ये दोनों नाम जीवन भर के लिए आपस में कुछ इस तरह से गूँथ जाते हैं कि वर के घर में वधू को उसके वर के नाम से संबोधित किया जाता है और वधू के घर में वर को उसकी वधू के नाम से।

कोहबर चित्रांकन में वर-वधू को उनके वैवाहिक जीवन की

मंगलकामनाओं के शब्दांकन के साथ तरह-तरह की शायरियाँ भी अंकित की जाती हैं... शायरियाँ, जो कि किसी भी रोमांटिक गाने से भी ज्यादा रोमांचक और रसभरे होते हैं। बानगी है कि,

सोलह सावन बीत गए, बाबूल की अंगनाई में,
छूट गया घर बाबुल का, एक दिन की शहनाई में।

या,

दो नैन मिले, दो हृदय खिले, दो कलियों ने श्रृंगार किया;
दो दूर-देश के पथिकों ने, संग-संग चलना स्वीकार किया!

या,

सजी रहे ये प्रेम की बगिया, "राकेश" जैसे माली से।
तुम भी सजी रहो "आकांक्षा", अमर सुहाग की लाली से।।

या,

जब लगि गंग जमुन जल धारा।
अचल होउ अहिवात तुम्हारा।।

या,
गरम जलेबी ठंढा पानी।
आज मिलेंगे दोनों प्राणी।।

कोहबर के गीत भी कुछ ऐसे ही होते हैं-पहले राम-सिया, और फिर वर-वधू के नाम के। गीतों में ससुराल और मायके के सुख-दुःख का वर्णन होता है। वर का अपने ससुराल से रूठना और वधू को मनाना, अपने मायके से भी चिट्ठियों के जरिए वर से ये मनुहार करना कि वो उसे मनाए। कोहबर गीतों में जीवन के हर रंग को उभारा जाता हैं: और बड़े ही सार्थक,

उत्साहवर्धक और आनंदप्रद हुआ करते हैं ये।

यह वो कमरा होता है जहाँ घर के पुरुषों में बड़े-बुजूर्गों का प्रवेश वर्जित होता है; यहाँ सिर्फ लड़कियों, महिलाओं और छोटी उमर के लड़कों को ही प्रवेश की इजाजत है।

जिस दिन वधू का अपने ससुराल में आगमन होता है, और मंडप की रस्मों को पूरा करके जब विवाहित जोड़ी को कोहबर के प्रवेश द्वार लाया जाता है, तो द्वार पर ही ननदों के द्वारा उन्हें रोक या छेक लिया जाता है, और भाई-भाभी से कोहबर के प्रवेश-शुल्क के रूप में भारी-भरकम नेग की डिमांड होती है। ठीक इसी तरह वधू के मायके में भी विवाह में मंडप की सभी रस्मों के पूरे होने के बाद सालियों द्वारा कोहबर के प्रवेश द्वार पर ही छेक लिया जाता है; और यहाँ तो सालियों द्वारा अपने जीजा से नेग की माँग के अलावे कोई गीत अथवा गाना गवा लेने के बाद ही कोहबर में प्रवेश करने दिया जाता है।

III

कोहबर में पुरुषों का प्रवेश भले ही वर्जित हो लेकिन दूल्हे के बड़े भाई को ससम्मान बुलाया जाता है-"दही-बड़ेरी" की रस्म निभाने के लिए।

इस रस्म में दही से छांछ बनाने वाली लकड़ी की मथनी पर नई बहू के द्वारा रस्मों के मुताबिक दही, सिंदूर लगाए जाते हैं और उसपर अपनी श्रद्धानुसार व तत्कालिक उपलब्धतानुसार दो-पांच-या-दस के अथवा चांदी के सिक्के रखे जाते हैं। फिर उस मथनी अथवा मलहनी को वर के बड़े भाई अपने हाथों में लेकर ऊपर उठाकर कमरे की छत (सिलिंग) से स्पर्श करता है... और फिर यही प्रक्रिया पांच बार दोहराई जाती है।

इस रस्म को पूरे करने के बाद पहली और आखिरी बार दुल्हन अपने जेठ के पैर छूती है और फिर जेठ इस सम्मान के प्रत्युत्तर में वधू की हथेली में मुहंदिखाई का 'नेग'-जो कि नकद रुपए अथवा कोई आभूषण भी हो सकता है-रखता है। किस्सा-ए-मुख्तसर यह कि यही वह पहला और आखिरी अवसर है जब भभ्भू और भैंसूर दोनों एक दूसरे को सीधी आँख से देख सकते हैं।

हालांकि अब तो आधुनिकता ने काफी हद तक इन रिश्तों, रस्मों और इनके सामाजिक-सांस्कृतिक और धार्मिक तकाजों और सरोकारों की गरिमा

और महत्व को बहुत ही गौण कर दिया है और अब इन रीति-रिवाजों और नातेदारी के व्यवहारिक तकाजों का महत्व बस रस्म की अदायगी भर में सिमट कर रह गया है।

बहरहाल, दही बंड़ेरी की इस रस्म के समापन पश्चात कोहबर के मंगल गीतों का समेकित गायन शुरू हो जाता है! वर-वधू कोहबर में ही दही-गूड़-साग से मुँह-जूठाई करते हैं। फिर परिवार और पास-पड़ोस की कुल पांच सुहागिनों के साथ दुल्हन की मुँहजूठाई कराई जाती है। और इस 'मुँहजूठाई' की रस्म का मेन्यू है: दालपूरी, कढ़ी-पकौड़ा, दहीबड़ा, साग और इसके अलावा पांच तरह की सब्जियाँ। इसमें दही और साग तो "मैंडेटरी" है।

इन रस्मों के बाद-चाहे कुछ पलों के लिए ही क्यूँ न-वर और वधू का इस कमरे में शयन करना तय होता है। नियमानुसार इस कमरे में झाडु नहीं लगाया जाता है, क्योंकि शुभ या देवस्थान में झाड़ू नहीं लगाया जाता! बल्कि सूखे, साफ और शुद्ध कपड़े से ही बुहारते हुए धूल-गंदगी हटाई जाती है!

शादी के अन्य रस्मों के बाद वर-वधू का गठबंधन भी यहीं खोला जाता है जो कि वधू की शादी वाले चुनरी शॉल में वर के सिल्क की चादर जो गमछे से थोड़ा बड़ा होता है। उन्हीं वस्त्रों में गांठ बंधा रहता है जो प्रमाण है दोनों के बंधन के जोड़े रखने का जिसे विवाह के सारे रस्मों के बाद ही उसी कोहबर में खोला जाता है। और बाद वधू के घर से विदाई के समय भी खोंईछा कोहबर में ही दिया जाता है, और ससुराल पहुँचने के बाद भी खोंईछा खोलने की रस्म कोहबर में ही की जाती है। फिर बाद में भी बेटी-बहू को उसी कमरे में ले जाकर खोंईछा दिया जाता है जो कि खोंईछा का रूमाल आंचल रख कुलदेवता सहित सभी भगवान को प्रणाम कर विदाई के लिए घर से बाहर निकलती हैं! एक-से-सवा साल तक जब भी कोई शुभ कार्य हो-चाहे बहू का आगमन हो या विदाई-सारा कुछ उस कोहबर वाले कमरे से ही होता है।

आज तो विवाह बड़े-बड़े होटलों या कम्युनिटी-हॉलों में होने लगे है; किन्तु अगर घर में भीं हो रहा हो तब भी सब कुछ तात्कालिक तौर पर ही किया जाता है रस्मों की अदायगी सम्पन्न होते ही हटा भी दिया जाता है। मगर पहले जब नियमानुसार घर से ही होती थी शादियाँ, तो शादी के एक

साल पूरे होने के बाद ही सवा साल पर शुभ तिथि और लग्न देखकर पांच सुहागिनें नियमपूर्वक भूखी-प्यासी रहकर उस कोहबर के गीतों को गाते हुए कोहबर को दूध और नए कपड़े के टूकडों से लिपती हैं। उसके बाद उस विवाह का कोहबर हटाया जाता है ताकि अगली शादी में फिर घर के जिस बेटे या बेटी की शादी हो उसका कोहबर पुनः उसी जगह पर लिखा जाए और ये सारी रस्में फिर से मनाई जाए।

4. हमारी संस्कृति के रक्षक हैं हम

अगर हम अपनी संस्कृति और परम्पराओं को बचा सकें तो आगे यह हमारे लिए ही फलदायी साबित होगा। अपने बच्चों को अगर हम इन बातों से अवगत करा सकें तो संस्कारों का पौधा लहलहाते पेड़ बनकर हमें ही फल और छाया देंगे। वैसे तो हरसंभव प्रयास करती हूँ मैं कि अपने बीते पलों की सुंदर-सुखद यादों को संजोकर रख सकूँ और वक्त निकाल कर उन यादों को धूप और हवा भी दिखा दिया करूं। आने वाली पीढ़ी के लिए पुरखों की जमीन-जायदाद, रूपया-पैसा और धन-संपत्ति भले ही दबाकर न रख पाऊँ, मगर अपनी असली संपत्ति, जो कि हमारे अपने संस्कार और परम्पराएँ हैं, को उनमें पोषित अवश्य कर सकूँ। दु:खद है यह देखना कि आजकल आदमी के लिए धन ही सबकुछ हो गया है, और इसी धन के लालच में इंसान अपने हक़ से अपनों को ही बेदखल कर बड़े इत्मीनान से औरों के हिस्से की मलाई भी अकेले गड़प करते रहने में तनिक भी शर्म महसूस नहीं करता है। यह देख मुझे क्षोभ अवश्य होता है, लेकिन इस बात की खुशी भी होती है कि कल को हमें किसी का हक़ मारने का पछतावा तो नहीं होगा न! साफ दिल और सच्चा मन रखें तो यह पछतावा हमें चैन से सोने नहीं देगा। हालांकि जिनकी संवेदनाएँ ही मर चुकी हों, उनके लिए तो किसी की चिता की आग में भी होलिका की खुशी दीख जाएगी और किसी के जीवन की अमावस में भी अपनी दिवाली। मैं आज भी अपने विवाह की कई सुखद बातें बेटे से भी शेयर करती हूँ और तस्वीरों के जरिए ही उस दौर की खासियत बताती हूँ। वैसे तो खट्टे-मीठे किस्से बहुत से हैं इस जीवन के, मगर एक छोटा-सा वाक्या यह है कि: गाँव और शहर का वो लड़का जब महानगर से वापिस अपने गाँव लौटता है तब भी संस्कृति

का ताज सिर पर धारण किए हुए और भाव दिल में संजोए हुए ही। हमारी शादी के समय मुहूर्त के अनुसार सबकुछ इतनी जल्दी में करना पड़ा कि किसी को अपनी मंशा पूरी करने का मौका तक न मिला। उसी जल्दबाजी में वर को ठाकुर के द्वारा कपड़े बदलवाने को भी कहा गया जिसमें सूट-बूट उतार कर धोती पहननी थी। और ये काम हर किसी के लिए मुश्किल लग रहा था। लेकिन पलक झपकते ही जितनी सहूलियत से लड़के ने धोती पहन कर मंडप में एंट्री ले ली, उसे देख गाँव-घर, परिवार और रिश्तेदारों की नजरें एक सुखद आश्चर्य व्यक्त करने लगीं। सभी यही सोचने लगे कि दिल्ली के माहौल में ढल चुका एक लड़का इतनी आसानी से और बिना ना-नुकुर किए ही धोती पहन भी लिया और मंडप में आकर बैठ भी गया! अमूमन कुछ रस्में ऐसी होती है जिसका लड़के पुरजोर विरोध करते हैं। और कुछ तो हँसी-मजाक में मिले तानों पर बदतमीजी भी कर जाते हैं। जैसे सिंदूरदान से पहले कन्या के पैर का अंगूठा छूना है या "योग का पानी पीना", वैसी ही और बहुत सारी रस्में हैं जिसके बारे में फिर कभी बताऊँगी। बहरहाल, राकेश जी का मंडप में धोती में आकर बैठना वाकई सबको आश्चर्यचकित कर गया था।

उसी समय से गाँव भर में और रिश्तेदारों के बीच इनका बखान करते लोग थकते नहीं थे। दरअसल हुआ यह भी कि दो हफ्ते बाद ही गाँव में एक और शादी थी जिसमें दूल्हे के द्वारा कोट-पैंट और टाई पहनकर मंडप में बैठने की जिद ने स्वतः ही लोगों के मुख से इनके गुणों का बखान करवा दिया। मतलब, दूल्हा कौन और गुणगान किसका? उस पल वहाँ इनकी उपस्थिति न होने पर भी इनकी तारीफ मेरे मन में मेरे अपने भविष्य के लिए सुरक्षा का भाव जगा गई।

लब्बोलुआब यह कि अपनी संस्कृति को बचाए रखने के लिए हमें आधुनिकता के रंग में अपने पारम्परिक और संस्कारी अतीत का रंग भी मिलाकर ही जीवन को सतरंगी बनाना होता है। इस मिश्रण से उभर कर आने वाला रंग ही सबसे खूबसूरत होगा।

5. मनिहारी की चूड़ियाँ

"मनिहारी" शब्द अब तो बस एक शब्द ही रह गया है कि जिसे कभी पढ़कर तो कभी बूढ़ी-बुर्जूगों से सुनकर ही इसके बारे में जाना जा सकता है। नतीजतन, नई पीढ़ी इससे बिल्कुल अनभिज्ञ हैं। क्योंकि आज ले जमाने में तो जब चूड़ियों की बात आती है, तो उसके न जाने कितने सारे विकल्प नजर आ जाते हैं।

लेकिन उस जमाने में, जब चूड़ियों के लिए मनिहारी ही एकमात्र विकल्प हुआ करते थे, तब मनिहारी का अर्थ होता था चूड़ियाँ पहनाने वाला। इस काम को महिला और पुरुष दोनों ही किया करते थे, इसीलिए पुरुषों को मनिहारी और स्त्रिओं को मनिहारिन कहते थे। कुछ साल पहले तक इनका बहुत महत्व था। खासकर गाँवों में तो जब बहूएँ घर से नहीं निकलती थीं, तब चूड़ियों की खरीद के लिए बस इन्हीं का आसरा देखती थीं। घर में होने वाले शादी-विवाह या तीज-त्यौहारों के आने से पहले गाँव में मनिहारी-मनिहारिनों का एक चक्कर जरूर ही लग जाया करता था। लेकिन यदि त्यौहारों को ध्यान में रखते हुए ये लोग खुद ही आ जाने में यदि चूक भी जाते थी, तो बुलावा भेज कर इन्हें ससम्मान बुलाए जाने की भी प्रथा थी। गाँव की सीमा में इनके आते ही बस इनकी आवाज से गाँव की सारी महिलाएँ-बच्चे-बूढ़े या जवान-सबों के कान खड़े हो जाते और वे झुण्ड बनाकर उस ओर निकल भी पड़ते, जिधर से आवाजें आ रही होती थीं। बहूएँ भी कुछ देर के लिए इस आवाज को सुन अपना काम छोड़ उत्सुक हो उठती और मन में चूडियों के कितने ही रंग सजा लिया करतीं। ध्यान देने की बात यह है कि मनिहारिनें ज्यादातर मुस्लिम समुदाय की होती थीं। और यहाँ इस आलेख में मैं इस काम के लिए स्त्री और पुरुष दोनों का

जिक्र इसलिए भी कर रही हूँ, क्योंकि मेरे ददिहाल में तो स्त्री मनिहारिनें आया करती थीं, तो ननिहाल में केवल पुरुष-मनिहारी ही आते थे चूड़ियाँ बेचने।

ज्यादातर यही देखने में आता था कि आये हुए मनिहारिओं या मनिहारिनों को गाँव के किसी भी एक घर में भी बैठा लिया जाता था और गाँव की अधिकतर महिलाएँ उसी घर में एकत्रित हो कर अपनी-अपनी चूड़ियों की खरीद के लिए मोल-मोला करना शुरू हो जाते। मनिहारी या मनिहारिनें सिर्फ चूड़ियाँ ही नहीं, बल्कि सिंदूर, बिंदी और इसी तरह की सुहाग की कई दूसरी चीजें भी रखा करते थे। ये लोग किसी भी युवती या महिला की कलाई को क्षण भर देख कर ही अपने अंदाजे से जो चूड़ियाँ निकालतीं, क्या मजाल कि उनके द्वारा निकाली कोई भी चूड़ी पहनने वाले हाथों के लिए छोटी या बड़ी हो जाए। एकदम परफेक्ट साइज। इनकी एक और परम्परा बहुत ही लोकप्रिय हुआ करती थी, कि ये मनिहारी या मनिहारिनें एक दर्जन या दो दर्जन चूड़ियों के साथ एक या दो एक्स्ट्रा-चूड़ियाँ भी दिए देती थीं, जिसे जिसे जोग (योग) कहा जाता था, और ये जोग की चूड़ियाँ बेहद शुभ मानी जाती थीं। इसी तरह सिंदूर खरीदने पर भी एक छोटी पूड़िया-भर अतिरिक्त सिंदूर भी दे दिया करती थीं और इसे भी शुभ माना जाता था। उनके पैसे नहीं जोड़े जाते थे।

मेरे मन में चूड़िओं की इस खरीद और पहनाई के इस छोटे-से सांस्कृतिक अनुष्ठान से जुड़ी एक और बेहद खूबसूरत परम्परा की यादें बसी हुई हैं, और वो यह है कि चूड़ियाँ पहना दिए जाने के बाद उसे पहनने वाली बहूएँ अपने साड़ी के आंचल से मनिहारिन को पैर छूकर प्रणाम करना न भूलती थीं, और इस पर मनिहारिनें भी उन्हें "सदा सौभाग्यवती" होने का आशीर्वाद देना भी नहीं भूलती थीं। देखें तो कितना खूबसूरत था न अपने सनातन का ये रंग-कि हिन्दुओं के इस एक छोटे-से पारम्परिक अनुष्ठान के सबसे महत्वपूर्ण और केन्द्रीय चरित्र की भूमिका निभाने का दारोमदार आमतौर पर मुस्लिम औरतों पर होता था [चूँकि ज्यादातर मनिहारिनें मुस्लिम समुदाय से ही आती थीं, जिनका एक तरह से ये फैमिली-बिजनेस हुआ करता था], और क्या ही बखूबी निबाहती थीं वे औरतें अपनी इस भूमिका को! कहना न होगा, मनिहारी या मनिहारिनों का कद बाकी सारे घर-घर जाकर सामान बेचने वाले गरीब फेरीवालों की कोटि से बहुत ही ऊपर का

हुआ करता था, सिर्फ इसलिए कि वे सुहाग की चीजें बेचती थीं। कहाँ और किन फेरीवालों को खरीदार की ओर से इतनी इज्जत बख्शा जाना देखा है आपने, जैसी कि इन मनिहारिनों को बख्शी जाती थी उस समय... कि उनसे अपना सौदा लेने के बाद उनके चरण स्पर्श करके आशीर्वाद ग्रहण कर लेने के बिना उस सौदे में बरकत नहीं मानी जाती थी। दुसरे शब्दों में, मनिहारिनो की गिनती सामान्य वणिक वर्ग के नुमाइंदों के रूप में न करके अपनी सतत-सनातन संस्कृति के ही एक अभिन्न उपादान के रूप में की जाती थी।

6. शाकाहार बनाम माँसाहार

शाकाहार और माँसाहार को लेकर इस पटल पर बहुत तरह के विवादित पोस्ट देखे जो कि श्रीमती सुधा मूर्ति जी के शाकाहार पर दिए गए बयान से बात निकली और फिर फेसबुक के इस पटल पर गूँजायमान हो गई। सो मैंने भी इस पर अपने निजी विचारों को प्रस्तुत करने का मन बनाया। मैं सिर्फ इस विषय पर अपने विचारों को रखने की मंशा से पोस्ट कर रही हूँ और न तो मैं किसी पर अपने विचारों को थोपने की मंशा रखती हूँ, और न ही किसी के विचारों को गलत ठहराने की। वैसे माँसाहार के सेवन करते हुए कुछ लोग खुद को आधुनिक कैटेगरीज में भी रखते हुए कई तरह से सलाह देते हैं। लेकिन पढ़े-लिखे और आधुनिक होने की बात की जाए तो दुनिया के सबसे महान गणितज्ञ श्रीरामानुजन विदेश में रहते हुए, कुपोषण का शिकार होकर मृत्यु को प्राप्त कर गए, लेकिन अपनी शाकाहारी मानसिकता नहीं त्याग सके।

शाकाहार को भी कई माँसाहारी भोजन पसंद करने वाले ये कहते हुए माँसाहारी की श्रेणी में रखने की कोशिश करते हैं और दोनों तरह के भोजन को एक ही बराबर स्तर पर रखते हैं कि पेड़-पौधों से तोड़कर या काटकर खाना भी तो एक तरह से माँसाहार ही है। क्योंकि पेड़ भी तो जीव ही हैं। लेकिन मेरा मानना है कि अगर हमें अपनी क्षुधा को शांत करने के लिए किसी पशु की या अन्य जीवों की हत्या करनी पड़े जिन्हें काटने पर शरीर से बाहर बहते रक्त का प्रवाह दिखे और सांसो को भी असहनीय दूर्गंध की अनुभूति हो, तो वह आहार हमें संतुष्टि कैसे प्रदान कर सकता है भला? मुझे तो माँस-मछली तो क्या, बल्कि अंडा ही क्यों न हो-कहीं दूर भी इनके बन रहे होने की गंध को भी मेरा मन बर्दाश्त नहीं कर पाता।

इतना ही नहीं, इसी कारण मैं होटल में बने भोजन का भी भरोसा नहीं

कर पाती हूँ, क्योंकि भोजन की शुद्धता को लेकर मेरा विश्वास ही नहीं जम पाता होटल या रेस्टोरेंट्स के खाने पर। और मैं भी अगर कहीं बाहर घूमने-फिरने भी जाती हूँ, तो कई तरह के मीठे-नमकीन सूखे नाश्ते के तौर पर साथ में रख कर ही निकलती हूँ ताकि बाहर के भोजन पर कम-से-कम निर्भर रहना पड़े। उसमें भी एक शर्त तो होती ही है कि यदि खाना पड़ ही जाए, तो कम-से-कम होटल तो शुद्ध शाकाहारी होना ही चाहिए। वरना अगर ऐसा होटल न मिले तो यही सोच कर रह जाउंगी कि अगर एक रात नहीं भी खाऊँगी तो भी जिंदा तो रह ही लूँगी। लेकिन होटल के एक साथ ही शाकाहारी और माँसाहारी दोनों तरह का होने पर तो किसी भी कीमत पर वैसे होटल में खा ही सकती।

मेरी माँ ने भी अपने जीवनकाल में माँसाहार का सेवन तो क्या, इन चीजों को खाने की कभी कल्पना भी नहीं कर पाती थीं। हालांकि पिता शुरू में तो माँसाहार का सेवन कभी-कभार कर लिया करते थे, लेकिन माँ की घोर इच्छा का सम्मान करते हुए घर में कभी भी इसे खाने या बनाने-बनवाने की जिद नहीं की! बल्कि गाहे-बगाहे यदि कहीं बाहर खा ही लेते, तो ब्रश और स्नान के बाद ही घर में प्रवेश पाते थे। माँ की सदैव यही इच्छा रहती थी कि वो भी माँसाहार का पूर्ण परित्याग ही कर दें। बस कहा करती थीं, लेकिन कभी दवाब नहीं बनाया। कई सालों बाद जीवन में जब गुरु-जी के प्रभाव से पिता जी ने गुरु मंत्र लेने की इच्छा जताई तो माँ ने कहा कि गृहस्थ जीवन में यदि पति-पत्नी दोनों एक ही साथ गुरूमंत्र लेते हैं तभी इसका कोई महत्व भी होता था, वरना नहीं। इसीलिए माँ और पिता दोनों एक ही साथ गुरूमुख हुए और उसके बाद पिता ने भी माँसाहार का पूर्ण परित्याग कर दिया।

इसी तरह जब ससुराल गई, तब वहाँ भी सिर्फ मेरे ससुर जी ही माँसाहार के प्रिय थे, और कोई नहीं। ससुर जी न सिर्फ स्वयं ही करते थे, बल्कि अक्सर बिना किसी अवसर के भी गाँव के अपने मित्रों के साथ बड़े पैमाने पर माँसाहारी जलसा-पार्टी करवाते रहते। मेरी शादी के कुछ महीने बाद ही जब ससुर जी की तबीयत काफी सीरियस होने लगी थी और डॉक्टर ने उन्हें खाने के बारे हिदायत देते हुए कहा कि उन्हें माँसाहार तो क्या, ज्यादा तेल, मसाले वाली चीजों को खाने पर पूर्ण प्रतिबंध लगा दिया जाय, तभी कुछ चांस था स्वास्थ्य में सुधार का! सो वे कुछ महीने ससुर

जी के लिए काफी कष्टकारी रहे। लेकिन उसी दौरान जब मेरा होली में कुछ दिनों के लिए ससुराल में ही रूकना हुआ, तो ससुर जी ने न सिर्फ मेरी खान-पान सम्बन्धी आदतों का समर्थन और सम्मान करते हुए होली पर उनके द्वारा हर साल दी जाने वाली बड़ी सी माँसाहारी पार्टी का रिवाज भी रद्द कर दिया। कारण यह था कि मैं शाकाहारी थी। अगर मैं माँसाहारी होती तो हर साल की तरह ही इस साल भी वे बहुत ही बड़े पैमाने पर माँसाहारी जलसा-पार्टी करवाने से बाज न आते घर में। लेकिन मेरी वजह से होली में गाँव-घर में सबके सामने ही नॉनवेज न बनवाने का ऐलान कर दिया था पापाजी ने। लेकिन इतना ही नहीं, कुछ ही दिनों बाद उन्होंने अपने पारिवारिक गुरूदेव को भी घर पर आमंत्रित कर उनसे पूजा-हवन करवाया और खुद भी गुरू-मंत्र ले लिया। फिर जब इस सुखद घटना का श्रेय जब सब लोगों ने मुझे देना शुरू कर दिया तो मेरे मन को भी एक अपार खुशी और संतोष मिला। इस बात को जानकर गाँव-घर के सारे लोग भी चकित थे कि जिनके घर में बिना खस्सी या मुर्गे के कभी मनाई ही नहीं गई, उसके घर में इस बार सिर्फ पुआ-पकवान पर होली मना ली गई। हालांकि उन माँसाहार प्रेमियों को काफी कोफ्त भी हुई थी जो होली में मेरे यहाँ के माँसाहारी पार्टी का महीनों से इंतजार कर रहे होते थे जो कि इस बार मेरी वजह से रद्द हो गया था।

मुझे लगता है कि माँसाहार प्रेमी भी एक वक्त के बाद माँसाहारी भोजन के बुरे पक्ष को समझ ही जाते हैं-चाहे वह अपनी मर्जी से हो या डॉक्टर वगैरह की हिदायतों या अपनी ही किन्हीं स्वास्थ्य सम्बन्धी मजबूरियों के कारण ही। वैसे तो जिस भोजन के लिए नृशंसता पूर्वक किसी जीव ही की हत्या करनी पड़े, वो भोजन आखिर किस हद तक हमारी आत्मा को तृप्त कर सकेगा भला? इस लिए धर्म-अधर्म, जाति-बिरादरी से उपर उठकर इंसानियत के स्तर पर ही सोचती हूँ तो लगता है कि होना तो हमें मूल रूप से शाकाहारी ही चाहिए-तो एक उम्र के बाद बनने से बेहतर है कि क्यूँ न अभी से ही शुरुआत कर ही ली जाए? वैसे भी शाकाहार में भोजन के विकल्प भी काफी ज्यादा हैं जो कि हमारे स्वास्थ्य और जिह्वा दोनों को तृप्त कर सकने में सक्षम हैं, और वो भी बिना किसी जीव हत्या की गिल्ट-फिलिंग के। वैसे शाकाहार में भी कम वैराइटीज नहीं होती है बस बनाने और खाने की ललक होनी चाहिए।

7. महादेव की मुँहदिखाई

देवों के देव महादेव तो हर भक्त को अतिप्रिय हैं, और भक्त भी महादेव को बेहद प्रिय होते हैं। तभी तो महादेव मनोकामना पूरी करने में तनिक भी विलम्ब नहीं करते। वैसे तो श्रद्धा और विश्वास मुझे ईश्वर के हर रुप में था बचपन से ही, लेकिन महादेव के प्रति आस्था काफी गहरी थी। इसीलिए आभास होता है कि जीवन में जो कुछ भी पाया, उसमें मेरी मेहनत और किस्मत के साथ-साथ महादेव का आशीर्वाद भी रहा। बचपन में जब भी कोई परेशानी आती थी, तो सीधे महादेव का स्मरण करती थी और उन परेशानियों का निवारण भी हो जाता था। जैसे कोई भी छोटी-मोटी चीजें गुम हो गई और चीजों का मिल जाना। हालांकि चीजों में अंतर बड़े होने पर ही पता चलता है, और उसका मोल भी। लेकिन बचपन में तो छोटी-सी चीज भी अगर भा जाए तो बेशकीमती ही लगती है। जब भी खेल के दौरान दोस्तों में से किसी की बॉल गुम हो जाए और वजह मैं रहूँ तो वो छोटी-सी पांच रूपए की बॉल भी अत्यधिक मूल्यवान लगती उस समय। फिर उस विपदा की घड़ी में मन महादेव का ही स्मरण करता, और फिर बॉल मिलते ही महादेव के प्रति आस्था और भी गहरी हो जाती। और-तो-और उन दिनों जब भी दूरदर्शन पर शुक्रवार को रात साढ़े नौ बजे से फिल्म शुरू होनी होती और फिल्म देखने के मंसूबे पर बिजली विभाग वाले पानी फेर देते तब पढ़ाई के दौरान ही समय चुराकर महादेव का नाम एक सौ आठ बार पन्ने पर लिखकर उनके चरणों में रख देती। बस उस महादेव के नाम की पर्ची का रखना और बिजली का आ जाना भी चमत्कृत कर जाता था मुझे और फिर भाई-बहनों के बीच अपना स्वैग भी हो जाता था। महादेव के प्रति इस तरह का बचकाना विश्वास मुझे दस-ग्यारह साल

की उम्र से ही रह गया था। जहाँ भी, जिस भी परिस्थिति में रहूँ-रोज थोड़ा समय एकांत में जाकर उंगलियों के पोरों की सहायता से ही महादेव के नाम का एक सौ आठ बार स्मरण कर ही लेती थी मन ही मन में। फिर महादेव से सम्बंधित तमाम व्रत, जैसे श्रावण मास की सोमवारी हो या फाल्गुन मास कृष्ण पक्ष की महाशिवरात्रि का व्रत यह सब मैं जिसे छोटी उम्र से ही करती आ रही हूँ वो स्मरण में भी नहीं है आज। ईश्वर के प्रति माँ की श्रद्धा और पूजा-पाठ और व्रत-उपवास में उनकी गहरी अभिरुचि ने भी मुझे इस ओर को काफी प्रेरित किया। बालमन से ही इन सब चीजों में ललक जग गई थी तब रोकने पर भी मैं विरोध कर जाती और बड़ों के साथ ही उपवास करने की ठान ही लेती। सोमवारी फलाहार के साथ करती तो माँ कोई रोक-टोक न करती, लेकिन महाशिवरात्रि व्रत करने में माँ मुझे निर्जला व्रत नहीं करने देती, बल्कि फलाहार ही कराती। इन व्रत-उपवासों के लिए फूल और बेलपत्र का इन्तजाम करना भी एक अलग ही तरह की आत्मिक खुशी प्रदान कर जाता मुझे। आदत ऐसी बन चुकी थी कि मैं भले ही अक्सर रात्रि में भोजन करना भूल कर सो जाती थी, लेकिन भोलेनाथ का स्मरण करना कभी नहीं भूलती थी।

समय बीतता गया और स्कूल से दसवीं और उसके बाद इंटरमीडिएट की परीक्षाएँ उत्तीर्ण की। इस सब में प्रथम श्रेणी में उत्तीर्ण होना भी मेरी महादेव में मेरी आस्था को और गहरा ही कर गया।

फिर समय की राह में कुछ ही सालों में एक ऐसा पल आया जो हर लड़की के जीवन में आता है: विवाह का पल। तो ग्रेजुएशन सेकेंड ईयर में ही मेरे जीवन में माँ के दिल की अरमान और ईश्वर की मर्जी से बीस से इक्कीस साल के बीच में ही मेरे जीवन में भी विवाह का पल आ गया। जिसमें खुशी और रोमांच के साथ संशय और भय भी प्रचुर ही होता है। आजकल की बात तो और ही होती है, कि जिसमें लड़की भावी ससुराल वालों से ही नहीं बल्कि भावी वर से भी भली-भांति परिचित हुआ करती है। अथवा अब तो एक दूसरे के परिवारों से परिचित होने से पहले लड़का-लड़की ही एक-दूसरे से भली-भांति परिचित रहे होते हैं। कई बार तो विवाह से पहले से ही इतना ज्यादा खुले होते हैं कि विवाह से पहले ही तलाक वाली स्थिति भी आ जाती है और तब जाकर परिवार वालों को पता चल पाता है।

हालांकि यह कुछ हद तक अच्छा भी है, और कुछ स्थितियों में बुरा भी। अच्छा इसलिए कि लड़की में मन में कोई भय या शंका तो नहीं ही होती है ससुराल वालों के प्रति। लेकिन हमारे उस समय में भले ही परिवार वाले एक-दूसरे से परिचित हो जाएँ, लेकिन लड़का-लड़की तो अपने मन की एक-दूसरे के बारे में जानने की इच्छा को अपने मन में ही दबाए रखें, तभी संस्कारी कहला सकते थे। बस कठपुतलियाँ बनकर परिवार के बड़ों के इशारे पर हाँ न करते रहें, तभी अच्छा। वरना लड़की को ही नहीं बल्कि लड़के को भी परिवार के लोगों के ताने सुनने को मिल जाते थे। और कभी-कभी बन रहा रिश्ता भी बनने से पहले न जाने कितनी बार टूटने की कगार पर आकर खड़ा हो जाया करता था-अमूमन दोनों तरफ के बड़ों की जिद और सनक की वजह से, और इसमें भी लड़का या लड़की सिर्फ मूक गवाह की भूमिका ही निबाहने को विवश होते थे।

हालांकि औरों की क्या कहूँ, मेरे साथ भी कुछ ऐसा ही हुआ था। जब रिश्ता तय हुआ, तब मुझसे ज्यादा माँ महादेव का स्मरण करती थीं और न जाने क़ितने ही मंदिरों में मन्नत माँग रखीं थीं जिसे रिश्ता तय होने से महज चार ही महीने तक विवाह संपन्न होने की अल्प अवधि से खुश होकर माँ शीघ्र ही सारे मंदिरों में जाकर सारी मन्नतें पूरी भी कर ली थीं। तो जब दिसंबर 2006 में मेरी शादी की बात शुरू हुई और शीघ्र ही मेरा रिश्ता तय हो गया था तब तक मैंने विवाह के नाम की अर्जी महादेव से लगाई ही नहीं थी; क्योंकि विवाह का होना तो दूर घर में इस विषय पर लोगों का बात करना भी मुझे खीझ से भर देता था। क्योंकि उस समय मैं ग्रेजुएशन सेकेंड ईयर में ही थी और इन बातों से मन में सिर्फ चिढ़ ही पनपती थी। अपनी सहेलियों के समूह में भी मैं उम्र में छोटी ही थी और शादी की बात किसी के लिए भी बस एक मजाक ही होती थी। ऐसे में जब रिश्ता पक्का हो गया और हल्के में ही फोन पर मैंने अपनी सहेलियों को बताया तो उन सब को यह बात बिल्कुल मजाक लगी, तभी बिना बताए ही एक दिन मेरी सारी सहेलियाँ मेरे घर में परीक्षा के दौरान अचानक मुझे मिलने आ गईं। घर में शादी से संबंधित चीजों को देख और आमंत्रण कार्ड को देखकर अचंभित रह गईं। मेरी माँ से सवाल पर सवाल करने शुरू कर दिए: "चाची ऐसा क्यों कर रही हैं?" माँ ने बस ईश्वर की इच्छा बता कर सारी बातों पर पूर्ण विराम दे दिया। मेरी सहेलियाँ हालांकि माँ को कहती भी क्या?

माँ के मन का भय मैं बखूबी समझ रही थी। माँ हमेशा से ही जब किसी की इकलौती बेटी को अधिक उम्र तक कुंवारी देखती थी, तब उस लड़की के माँ की पीड़ा को स्वयं भी एक बेटी की माँ होने के कारण भली-भांति समझती थी। माँ समाज द्वारा उस बेटी पर कसी जा रही फब्तियाँ नहीं सुनना चाहती थीं। नहीं चाहती थीं कि भविष्य में उनकी बेटी पर भी ऐसी ही फब्तियाँ कसी जाएँ। इसीलिए मैं चाहकर भी विरोध न कर सकी और अपने जीवन में आए इस अवसर का खुले दिल से स्वागत किया।

जब रिश्ता पक्का हो गया और तारीख भी पक्की हो गई, तब हमारी बात करवाने के लिए ससुराल वालों ने ही पहल की। फोन नंबर का आदान-प्रदान करवा कर माँ के जरिए ही एक से दो बार बात की मैंने अपने भावी वर, उर्फ राकेश जी से। राकेश जी भी बेहद सरल एवं शादी-विवाह के दौरान होने वाले परिवारिक राजनीति के दांव पेंचों से कोसों दूर थे। इसीलिए अपने घर वालों की मंशा भांप न सके और परिवार वालों के कहे अनुसार बात कर ली। फिर वाक्या ऐसा हुआ कि जब एक बार बात करवा कर ससुराल वालों ने खुद ही लड़के लड़की के आपस में बात करने पर ऑब्जेक्शन जताना शुरू कर दिया, और राकेश जी को न जाने क्या कुछ सुनाने लग गए। फिर बात मुझ तक भी मेरे परिवार वालों के जरिए पहुँच ही गई। तब मन में क्रोध, घृणा और भय सब एक साथ पनपने लगे। नौबत यहाँ तक आ गई कि लगने लगा कि शादी टूट भी सकती है।

वैसे भी इस अचानक से पक्के हुए रिश्ते को लेकर भय और शंका दोनों तो बनी रहती ही थी माँ के मन में। लेकिन उन्होंने चूँकि अपनी बेटी के लिए राकेश जी को ही सुयोग्य वर मान लिया था, तो माँ तो इस रिश्ते को किसी कीमत पर टूटने नहीं देना चाहती थी। ऐसे भी जब तक हमारी बात नहीं हुई थी, तब तक मुझे भी कोई फर्क नहीं पड़ता था कि रिश्ता जुड़े या टूटे। लेकिन जब इतनी आगे तक बातें बढ़ जाने के बाद और ससुराल वालों के आग्रह पर मेरे द्वारा भी इनसे बात कर लिए होने के बाद जब रिश्ता टूटने का भय हुआ, तो इसने मुझे भी कहीं भीतर से हिला दिया था। क्योंकि मेरा संस्कार भी मुझे यही बताता था कि जिसका वरण हम मन से एक बार कर लें, जीवन साथी के रूप में उसी का हमारे मन में जीवन भर तक के लिए रहना चाहिए था और उसी के साथ मेरा पूरा जीवन भी गुजरना

चाहिए था। ऐसे में जब एक आखिरी बार राकेश जी का फोन आया, तब तक स्थिति इतनी खराब हो चुकी थी कि स्थिति को भांपते हुए तब मेरा बस यही कहने लगा था कि अगर हमारी शादी हुई तो हम सीधे मण्डप में ही मिलेंगे, वरना एक दूसरे को भूल ही जाएँगे। और फिर विवाह के पूर्व फिर कभी भी हमारी बात नहीं हुई। उस समय एक बार फिर मैंने महादेव का स्मरण करते हुए अपने जीवन का फैसला उन्हीं पर छोड़ दिया था। वैसे भी राकेश का अर्थ "चंद्रमा" होता था जो कि महादेव के ही शीश पर सुशोभित होते थे, और निशा का अर्थ "रात्रि" होता था... तो भला महादेव चंद्रमा और रात्रि को अलग कैसे कर सकते थे? यह मेल तो विधाता ने ही लिख दिया था।

तद्नुसार, तमाम जुड़ने और टुटने की निरंतर आशंकाओं के बीच ही महादेव हमारे मिलन के साक्षी बने और हमारा रिश्ता युगों-युगों तक के लिए जुड़ ही गया।

जैसे-जैसे विवाह के दिन नजदीक आने लगे, और शादी की कुछ रस्मों के लिए आना-जाना प्रारंभ हुआ, तब मेरे ससुराल के कोंचेश्वर महादेव मंदिर की चर्चा मायके के गाँव-घर परिवार और सारे रिश्तेदारों के मुँह से सुनने को मिलने लगी। कोंचेश्वर महादेव के अद्भुत रूप और मंदिर की बनावट एवं उस पर की गई नक्काशियों को लेकर ख़ूब चर्चे होते थे जो दूर से ही मेरे कानों तक भी पहुँच ही जाती। मंदिर के अद्भुत रूप और आकर्षण की कथाएँ सुन मुझे ऐसा लगता जैसे महादेव वास्तव में स्वयं ही हमारे विवाह के साक्षी बने हैं, और हमें अपनी छत्रछाया में ही रखेंगे। मैंने यह भी सुन रखा था कि कोंचेश्वर महादेव मंदिर के बाह्य प्रांगण की दीवार और मेरे ससुराल वाले घर की दीवार एक ही थी। यह जानकर ऐसा लगा जैसे यह कोई संयोग ही था जो महादेव ने अपने इतने पास बुलाया था मुझे। शादी के बाद जब विदा होकर ससुराल पहुँची, तो रीति के अनुसार सबसे पहले जोड़ी को महादेव मंदिर में ही दर्शन कराने ले जाया गया था। और इस रस्म की अदायगी तक कोई मुँह नहीं देखता था दुल्हन का, क्योंकि दुल्हन घूँघट में होती थी।

फिर गठबंधन में ही जब पति-पत्नी के रूप में हमने महादेव के मंदिर में कदम रखा तब मेरे मन में भी न जाने महादेव के दर्शन की उत्सुकता ऐसी थी कि मैं जब आंचल के कोर से महादेव को प्रणाम कर रही थी तब

खड़ी होकर खुद ही घूँघट उठा कर महादेव के दर्शन कर लिए। महादेव पर नजर पड़ते ही मेरी बड़ी-बड़ी आँखें, जो अब तक के तमाम रस्मों-रिवाजों के दौरान रोने-धोने और वैवाहिक रस्मों के दौरान हुए रात्रि जागरण के कारण दर्द से सजल हो रही थी, वो आँखें सहसा चमक उठीं और नैनों के कोर एक बार फिर से सजल हो उठे-मगर ये खुशी के आँसू थे। कुछ पल के लिए लगा कि मानों कहाँ आ गई थी मैं!

उस समय विवाह के दौरान दोनों पक्षों के बीच हुए तनाव की पीड़ा महादेव के दर्शन से थोड़ी कम हो गई थी। मन की शंका यह सोच कर कुछ दूर हो गई थी कि महादेव तो निवारण करेंगे ही। ससुराल में प्रवेश करते ही सबसे पहले मेरा कोंचेश्वर महादेव से कुछ इस तरह से हुई मुँहदिखाई के दौरान ऐसा लगा जैसे आशीर्वाद और आश्वासन दोनों मिल गया हो मेरे विवाह को।

मेरे ससुराल के घर की छत और मंदिर दोनों अगल-बगल ही थे। छत पर बैठ चांदनी रात में पुराने पतले ईंटों की नक्काशी और डिजाइन से निर्मित अतिप्राचीन महादेव मंदिर को निहारना मन में एक अलग ही शांति-सा प्रदान करता था। मेरे मन में जैसे कोंचेश्वर महादेव का दिव्य रूप तो बस ही गया था। जब ससुराल से लौटी तब भी बाबा भोले का वह दिव्य रूप मेरे साथ-साथ ही रह गया था।

महादेव में मेरी आस्था गहरी ही होती गई। इसी बीच एक बार फिर से ससुराल जाना हुआ तो महाशिवरात्रि पर, और उसके बाद मेरे प्रथम वैवाहिक वर्षगांठ के अवसर पर महादेव की पूजा-अर्चना का सौभाग्य भी प्राप्त हुआ। फिर मैं ससुराल से दूर महानगर में आ गई। लेकिन महादेव का स्मरण और वो दिव्य रूप हर पल हर क्षण होता ही मेरे मन में।

एक लड़की जब पत्नी बनती है तब उसके बाद किसी भी स्त्री के जीवन में सबसे बड़ा सौभाग्य का पल माँ बनने का होता है। वैसे तो विलम्ब नहीं हुआ था कुछ भी, लेकिन फिर भी घर के किसी भी सदस्य के मन में ऐसी कोई लालसा नहीं थी। लेकिन महज ढाई साल की ही देरी ने मेरी माँ को बेचैन कर दिया था। उनके आग्रह पर कहूँ या जिद पर, कि डॉक्टर से मिल कर इस बारे में उनका परामर्श लेने और माँ के द्वारा की गई देवी-देवताओं की मन्नत ने मुझे भी उस ओर सोचने को बाध्य कर दिया। हालांकि ससुराल वालों की तरफ से ऐसा कोई इशारा न मिलने के कारण

मेरा ध्यान उस ओर जाता ही न था। फिर अपनी गृहस्थी की सेवा-सुश्रुषा में भी मैं अपना समय खुशी-खुशी गुजारे जा रही थी। लेकिन माँ के आग्रह ने मुझे संतान प्राप्ति के लिए भी भोलेनाथ को अर्पित सोलह सोमवार का व्रत करने को बाध्य कर दिया। फिर माँ के ही बताए नियमों के अनुसार मैंने यह व्रत पूरे मनोयोग एवं विधि-विधान तथा पूरी निष्ठा से शुरू किया। माँ का विश्वास और महादेव का आशीर्वाद रहा जो पांच से छः सोमवार करते ही खुश-खबरी प्राप्त हो गई। मेरी माँ को ऐसा लगा जैसे उन्हें सारा जहान मिल गया हो। पड़ोस में रह रही एक आंटी ने भी माँ के दूर होने पर माँ के जैसा अहसास करा दिया था, और डॉक्टर की रिपोर्ट में इस सम्भावना को देखते ही उनकी आँखें भी भर गई थीं। मुझे ज्ञात नहीं कि इतने भरे-पूरे परिवार और बहुसंख्य रिश्तेदारी में से कोई दूसरा भी माँ और पड़ोस की आंटी के जैसा खुश भी हुआ था।

अब महादेव के व्रत का प्रतिफल रहा जो उसी दौरान गोपू ने जन्म लिया। हाँ काफी कॉम्प्लिकेशन भी आईं लेकिन महादेव के आशीर्वाद एवं छाया की तरह माँ के मेरे साथ होने का परिणाम ही रहा कि मैं और मेरा नवजात बेटा दोनों ही मौत के मुख से बगैर किसी विशेष तरद्दुद के बाहर आ गए। फिर बेटे के जन्म के कुछ महीने बाद ही मैंने बचे हुए शेष सोमवारी के व्रत किए और विधि-विधान से उद्यापन भी किया। देवी-देवताओं के प्रति मेरे अंदर में गहरी आस्था जगाने में माँ सदैव आगे रहती थीं। और पूजा पाठ के गुण मुझमें माँ से ही आए थे। तभी मैं बचपन से अब तक महादेव के मनोयोग पूर्वक स्मरण के बिना रात्रि को भी सोती नहीं थी।

लेकिन शायद ईश्वर का भी अपने पूजने वाले से मन भर जाता है और वो उसकी आस्था की नैय्या डगमगाकर उसकी परीक्षा लेने लग जाते हैं शायद। कुछ ऐसा ही मेरे साथ भी हुआ और 2014 में एक ऐसा मनहूस दौर आया जब मैं मेनिंजाइटिस की बिमारी से पीड़ित होकर जिंदगी और मौत के बीच जंग लड़ने लगी। लेकिन माँ का साथ था, सो उनकी सेवा और प्रार्थना से किसी तरह मेरी जान तो बच गई, लेकिन मैं पूरी तरह स्वस्थ भी नहीं हुई थी कि ईश्वर ने एक बार फिर से अनर्थ करते हुए माँ को ही अचानक अपने पास बुला लिया। पूरी तरह से स्वस्थ और हँसती-हंसाती, बोलती-बतियाती माँ का इस तरह एकदम से ही चले जाना मेरे लिए खुद की ही मृत्यु से कम पीड़ादाई न था। सर्पदंश का शिकार होकर अस्पताल के बेड पर अपने

अंतिम क्षणों पड़ी माँ को मेरे पास लौटा देने के लिए मेरे लाख अनुनय-विनय करने पर भी महादेव ने मेरी एक नहीं सुनी। नियति को तो शायद यही मंजूर था, लेकिन यह महादेव के प्रति मेरी आस्था की परीक्षा थी जिसमें मैं खुद से ज्यादा महादेव को असफल मान रही थी। माँ की आँखें बंद होना और महादेव की तरफ से मेरा नजर फेर लेना-इन दोनों ही घटनाओं ने मुझे तोड़ दिया। क्योंकि बीमारी के बाद अभी मैं पूरी तरह से स्वस्थ भी नहीं हुई थी, और अब तक के मेरे जीवन काल में सिर्फ यही दोनों रहे थे जिनसे मैं खुलकर अपनी सारी बातें कहती थीं और दोनों का मुझसे एक साथ दूर हो जाना मेरे लिए सबसे बड़ी विपदा की घड़ी थी। मैं एक जिंदा लाश बन गई थी। आधी-आधी रात को अचानक से आने वाले अटैक और मेरी भयावह स्थिति मेरे घर में ही एक डरावना माहौल क्रिएट कर जाता था और फिर मेरे पांच-छः घंटे तक बेसुध होकर सो जाने से गोपू का भी भयभीत हुआ रहना राकेश जी के लिए भी किसी भारी मुसीबत से कम नहीं होता था।

इन्हीं परिस्थितियों ने ही न जाने कितने ही रिश्तों के मुखौटों की पहचान भी करवा दी। जिन्दगी के सुखद भ्रम भी ऐसी विपदा की घड़ी में ही टूट जाया करते हैं-मैंने ऐसा सोचा भी नहीं था। उन्हीं दिनों पूरी तरह से यह भी अहसास हो गया कि जिन रिश्तों को अब तक शीश-माथे पर बिठाते आए थे, अपने पांवों तले कुचल कर रौंदते हुए निकल जाने में वही रिश्ते सबसे आगे रहे।

उस समय परिवार और रिश्तेदारों से कहीं ज्यादा पति और बेटे के साथ-साथ आस-पड़ोस और मेरे घर की सहायिका शांति आंटी ने साथ निभाया था। अगर राकेश और गोपू का पूरा स्नेह और पूरी संवेदना मेरे साथ न होती तो मेरा जिंदा लाश से सचमुच के लाश में तब्दील हो जाने में कोई बाधा न थी। चार साल का होकर भी अपनी उम्र से बहुत ज्यादा समझदारी की बातें करते हुए मुझे संभालने वाला गोपू मेरे लिए तो अद्भुत सहारा बना रहता था, कि उसकी स्थिति देख-देख कर मुझमें स्वयं ही जल्दी से जल्दी ठीक हो जाने की अकुलाहट पनप जाती थी। उसका अन्य बच्चों की तरह किसी भी चीज के लिए कोई जिद न करते हुए फौरन ही परिस्थिति की विवशता को समझ जाना उसके पापा के लिए मेरी देखभाल के साथ-साथ ऑफिस में भी रेगुलर रह पाना संभव बना गया। शायद माँ का सशरीर उपस्थित न होकर भी किसी अदृश्य शक्ति हम तीनों के साथ ही विद्यमान

होना ही मुझमें धीरे-धीरे शक्ति का संचार करते हुए मेरी जीने की लालसा को जागृत करने लगी। लेकिन तब तक मैं महादेव की ओर से पूरी तरह विमुख हो गई थी। कभी आते-जाते मंदिर को बाहर से देखती तो महादेव से मन में ही सवाल जरूर करती। और इतना जरूर पूछती कि "हे महादेव, मेरी आस्था और पूजा आपको रास नहीं आई या कोई कमी लगी थी तो इशारा कर देते! ये क्या अनर्थ कर दिया? किस चीज का ऐसा जघन्य दण्ड दे दिया?" इतना पूछकर मुँह फेर लेती। जो लड़की कभी रास्ते के पत्थर को भी गलती से पैर लग जाने पर शीश झुका लेती थी और मन-ही-मन क्षमा माँग लेती थी, वह अब शिवलिंग को भी बस सवालिया नजरों से देखते हुए उनके बगल से निर्विकार भाव से गुजर जाने लगी!

मेरी मनोस्थिति आततायी-सी हो गई थी। जब भी एकांत में होती, अनायास ही आँसू बह निकलते और जार-बेजार रोने लगती। अब व्रत-उपवास सबकुछ बेहद व्यर्थ और अनजाने-से लगने लगे था। लेकिन भले ही मैं किसी पूजा-पाठ को सोचकर उपवास नहीं रखती थी, उस दिन मुझसे अन्न खाया भी नहीं जाता था। वैसे भी मेरा मानना था कि जब तक गहरी और सच्ची आस्था न हो, तब तक सिर्फ बाहरी दिखावे के लिए भजन-कीर्तन करना या घड़ी-घण्ट बजाना महज दिखावा और कोरा ढोंग ही है।

तब मुझे माँ की कही बातें भी याद आतीं कि हम इंसानों द्वारा पापदण्ड तो सहा जा सकता है, लेकिन धर्मदण्ड नहीं सहा जा सकता क्योंकि धर्म के नाम पर उपवास रखने में इंसान को और भी ज्यादा और जल्दी-जल्दी भूख लगने लगती है। वही लड़ाई-झगड़े या बैर में इंसान की भूख-प्यास मिट जाती है। यही सोच मैं ईश्वर से कहती कि मैं ये सब व्रत उपवास आपके लिए नहीं कर रही। क्योंकि आपने तो मेरी आस्था ही खत्म कर दी। मैं भयभीत और क्षुब्ध हो जाती मंदिरों-मूर्तियों आदि के दर्शन करने भर से। और फिर जब कोई महान बनकर सलाह देता, तब मन में यही आता कि काश आपके साथ भी कुछ ऐसा ही बीतता और मुझे आपको सलाह देने का लुत्फ मिल पाता! तभी आपको मेरी मनोस्थिति का अंदाजा हो पाता शायद।

फिर धीरे-धीरे मैं अपने दैनिक जीवन में रमने लगी और सबकुछ संभालने लगी। बीच-बीच में परेशानियाँ भी आती रहीं तब माँ को अपनी व्यथा सुना उन परेशानियों का हल माँगती और मिलता भी। हालांकि अब

तो कर लेती हूँ व्रत-उपवास भी, त्यौहार वगैरह भी मना लेती हूँ।लेकिन पहले जिस निश्छल मन से पूजती थी महादेव को, न दिन देखती थी न रात-संन्यासिन की तरह जपा करती थी महादेव का नाम...वो अब मुझसे छुट ही गया। अब ये भी महादेव के ही हाथ में है कि वे मेरी आज की आस्था को क्या रूप देंगे भला?

नौ सालों से मेरे और महादेव के बीच का रिश्ता कुछ ऐसा ही है। मैं तो एक अबोध बालक हूँ-सो हठ कर सकती हूँ; लेकिन बैर कभी नहीं। हालांकि मैं जब जीवन में सब कुछ पाने का श्रेय महादेव को देती हूँ, तो खोने का दोष भी उन्हें ही कैसे न देती? क्योंकि इंसानों से उम्मीद करना तो व्यर्थ ही है, चाहे कभी कितना ही सगा का ढोंग क्यों न रचा हो अपनों ने? वही रिश्ते समय आने पर अपनी पीठ दिखा ही जाते हैं। सावन के महीने में कुछ इस तरह याद आए मुझे भोलेनाथ।

8. नाक भर सिन्दुर

जब-जब छठ महापर्व आता है और मैं नाक पर से सिंदूर लगे चेहरे को शीशे या फोन के कैमरे में निहारती हूँ तो स्वतः ही लेखिका मैत्रेयी पुष्पा जी की फब्तियाँ कसती वो बात याद आ जाती है, कि "स्त्री हारती रहेगी जब तक लादे रहेगी, सिंदूर का बोझ"; और फिर होंठों पर व्यंग्यात्मक मुस्कान बिखर जाती है। लेकिन उन्हें शायद बिल्कुल पता नहीं कि यह सिंदूर हमारे लिए बोझ नहीं, बल्कि हमारा मान-सम्मान, हमारा गौरव है।

वैसे ये जरूरी नहीं कि उन्हें भी इस सिंदूर का महत्व और इसकी शक्ति का भान हो। लेकिन आज के बदलते दौर में कितनी ही आधुनिक शादीशुदा लड़कियाँ भी ख़ूब माँग भरकर सिंदूर लगाती हैं। यही नहीं इस साल जब छठ मे सुबह के अर्घ्य के समय मैं सिंदूर लगवा रही थी तब मेरी ही कॉलोनी की एक मुस्लिम महिला ने भी माँग भर कर नाक तक सिंदूर लगवाया। यह दृश्य देख मैं आश्चर्य से भर उठी और स्वतः ही यह ख़्याल आया कि एक ओर हमारे हिन्दू धर्म की ही महिलाएँ सिंदूर को बोझ समझती हैं और सिंदूर लगाने से कतराती हैं, तरह-तरह से फब्तियाँ कसती हैं, और वही दूसरी ओर बिना सिंदूर के महत्व को जाने ये महिला मुस्लिम समुदाय की होकर भी कितने शौक से कितनी खुशी से माँग से नाक तक सिंदूर लगवा रही हैं। सच अपने धर्म का अपनों के हाथों पतन और दूसरे धर्म के लोगों से मिले सम्मान पर उत्थान लगा। वैसे अगर साहित्य की ऊँची उड़ान भरने पर अगर हमारे विचार ऐसे कलुषित हो जाएँ तो हमें उड़ना गवारा नहीं।हम जमीं पर ही अपने धर्म और अपनी संस्कृति की रक्षक बनकर इस दुनिया से विदा लें और हमारे अंत समय में हमारा सिंदूर ही हमारा कवच बनकर हमें सुशोभित करे।

सिंदूर

बस एक बार लगा दी मुझको आपने,
ये सिंदूर मेरे माँग में अपने नाम की।
मैं जन्म-जन्मांत्तर तक हो गई आपकी,
यह बात संग आपके दुनिया भी मान ले।

बस सिंदूर से सजी माँग हो मेरी,
मुझे कोई और प्रमाण न देना है।
गहरे रिश्तों को भी पीछे छोडकर,
प्रेम के हक से संग आपके रहना है।

ना संदेह उत्पन्न करना अब,
गैरों के मन में है मुझको।
बस अधिकार है तेरा प्रिय,
अब तो मेरे पूरे जीवन पर।

ना बोझ लगे सिंदूर कभी मुझको,
अब बिंदिया-चूड़ी बहुत सुहाती है।
इस सुहाग की खनक तो दूर से भी,
प्रिय के मन में हरपल प्रेम जगाती है।

सोलह श्रृंगार करने को मुझको,
ये सिंदूर ही प्रेरित करती है।
मोटी कंगन पायल के घूँघरू को भी,
बेड़ियाँ कहने का हक नहीं किसी को देती है।

अपने जीवन की अंतिम घड़ी तक,
खूब सजते-सवँरते श्रृंगार करूँ।
अंत समय के लिए अभी से अर्ज प्रिय,
मैं माँग भरने की आपसे बारम्बार करूँ।

अपने प्रेम जुनून का हर वक्तघ मैं,
प्रदर्शन यूँ ही उन्मुक्त करूँ।
जब तक रहे यह जीवन मेरा प्रिय,
बस तेरे नाम के सिंदूर से अपनी माँग भरू

9. नई दुल्हन की मुँह-दिखाई की रस्म

शादी-विवाह की बात करें तो आज के पंद्रह-सोलह साल पहले की शादियों और आज की शादियों में जमीन-आसमान का अंतर हो गया है। कुछ चीजें तो ऐसी बदली हैं जिन्हें देखकर मन प्रसन्न भी होता है, यह सोचते हुए कि ये बदलाव सुखद हैं और होने भी चाहिए क्योंकि परिवर्तन ही संसार का नियम है। लेकिन कुछ बातों की ओर ध्यान जाता है तो बहुत क्षोभ भी होता है कि कुछ ही सालों में कितने ज्यादा बदल गए हम। बहुत पहले की बात क्या कहूँ, मेरी अपनी ही शादी से लेकर आज अद्यतन वर्तमान की बातों पर नजर डालती हूँ तो दिखता है कि कितना अमूल-चूल परिवर्तन हो चुका है।

पहले मुँह-दिखाई की कोई अलग से रस्म नहीं होती थी, बल्कि जब भी बहू ससुराल में हो तब मुँह-दिखाई चलती ही रहती थी। शादी के बाद भी दुल्हनों का जब द्वारागमन होता था या ऐसा तीन-चार बार भी होता था तब तक वे घूँघट से खास नाता रखती थीं और दुल्हन कहलाती थीं।

मैं जब भी छुट्टियों में अपने गाँव या रिश्तेदारी में अथवा ननिहाल जाती, तब गाँव में जाकर दुल्हन देखकर जरूर आती। पहले तो ऐसा भी होता था कि जिस घर में नई दुल्हन आई होती, उस घर में जाने की ललक भी ज्यादा होती, दुल्हन देखने का बहाना होने के चलते। अब अगर बहुत पहले की बात की जाए, तो एक दौर में घूँघट को इस क़दर दुल्हनों पर थोप दिया गया था कि वह घूँघट कम क़फस ज्यादा हो गया था। कहा जाता है न कि अति किसी भी चीज में विनाशकारी ही होता है, सो तब भी विनाशकारी था जब बहूओं को घूँघट के नाम पर पिंजरे में जकड़ लिया गया था, और आज भी है जब तरह-तरह के प्री-वेडिंग और आफ्टर-मैरिज फोटो शूट

किए जा रहे हैं जिसमें घूँघट तो छोड़िए साड़ी ही ढंग से पहन लिया जाए तो गनीमत होती है। कोई उपर ब्लाऊज और नीचे जींस में फोटो शूट करवा रही है तो कोई साड़ी के साथ ब्लाऊज का बस भाव लपेट कर ही फोटोशूट कराए जा रही है। और भी इतने तरह के अंदाज हैं जिन्हें बयाँ करना भी उचित प्रतीत नहीं होता है। लेकिन बंबईया फिल्मों की देखा-देखी मुँह-दिखाई की रस्म अदायगी जरूर हुआ करती है। भले ही हर समय खुली आजादी से घूमते फिरे हों, लेकिन उस समय घूँघट काढ़ कर बैठना और लोगों का आकर घूँघट उठा कर मुँह देखते हुए मुँहदिखाई दे जाना एक प्रचलन हो गया है।

मेरे कहने का अभिप्राय यह नहीं है कि मुँह-दिखाई की रस्मों का स्वांग रचा जाए या नहीं, बल्कि यह है कि जब तक दुल्हन के रूप में हैं तब तक तो अपने शर्मो-हया को खुद में समेटे रहें हम। घूँघट हो या न हो, सिर पर लिहाज का पल्लू अवश्य होना चाहिए और आँखें, जिनमें दुल्हन की सारी खूबसूरती सिमटी है, बंद करके मुँह-दिखाई करें या न करें लेकिन वे झुकी तो रहनी ही चाहिए।

10. चौठारी (चउठारी)

(शादी में होने वाली एक अंतिम एवं बहुत ही मजेदार रस्म)

1.

आजकल शादियों का तो मौसम ही चल रहा है; लेकिन वैसे भी हम में से कितने ही लोग ऐसे होंगे जिन्हें शादी-विवाह की ज्यादातर रस्में हमेशा याद भी रहती होंगी। हालांकि ज्यादा दिन बीत जाने पर अमूमन लोग छोटी-छोटी बारिकियों को भूल भी जाते हैं, या हमारा ध्यान उस ओर से हट जाता है। लेकिन शादी-विवाह के दिनों में तो हर किसी की जुबान पर ही होती है। वैसे तो शादी की हर रस्म का जिक्र करते हुए हम सब भी आपस में जानकारियों का आदान-प्रदान करते हैं, लेकिन बस महत्वपूर्ण रस्मों का ही। इसीलिए आज मैं विवाह के बाद की जिस रस्म का जिक्र करने जा रही हूँ, वो आखिरी भी है और बेहद महत्वपूर्ण भी। इस रस्म के बारे में बिहार की महिलाएँ तो क्या, पुरुष भी भली-भांति परिचित होंगे। खास तौर पर लड़के इस रस्म में इसलिए भी दिलचस्पी लेते हैं, क्योंकि इस रस्म की अदायगी में काफी खेल और मस्ती की सम्भावना भी बन जाती हैं। साथ ही, दुल्हा-दुल्हन के बीच होने वाले खेल का परिणाम देखने के लिए भी सारे लोग दर्शक दीर्घा में डटे ही रहते हैं।

तो विवाह के सबसे अंत में होने वाली इस रस्म, जिसकी चर्चा मैं करने जा रही हूँ यहाँ पर, उसे "चौठारी" कहा जाता है। यह रस्म खास इसलिए मानी जाती है क्योंकि ये देवी-देवताओं के विवाह-काल से ही चली आ रही है। चाहे फाल्गुन कृष्ण पक्ष की त्रयोदशी को महा शिवरात्रि पर देवाधिदेव महादेव एवं माँ गौरी का विवाह हो, या मार्गशीर्ष के शुक्ल पक्ष पंचमी को प्रभु श्रीराम एवं माता जानकी का विवाह हो। विवाह के सबसे अंत में, अर्थात् विवाह की बाकी सारी रस्मों का समापन इस चौठारी की

रस्म से ही होता है। यह रस्म मण्डपाच्छादान के दिन से चार दिनों बाद सम्पन्न की जाती है। इस रस्म की अदायगी वर के घर में बहू के गृह-प्रवेश के अगले दिन होती है, और वधु के घर में उसकी ससुराल-विदाई के दो दिनों के बाद। ध्यातव्य है कि वर पक्ष के यहाँ कन्या पक्ष से एक दिन पहले मण्डपाच्छादान होता है।

तो अब इस रस्म के बारे में जो भी मैंने बचपन से लेकर अपनी शादी तक में देखा और समझा है, वही आप सबको भी बताना चाहूँगी! इस रस्म में सबसे पहले नाउन के द्वारा मण्डप में चौक पुराई की जाती है। अमूमन शादी में तिलक से लेकर चौठारी तक हर रस्म के शुरू होने के पहले चौक पुराई होती है और फिर उसी पर वर-वधू बैठते हैं। तो यह ड्यूटी निर्विवाद रूप से नाउन की ही होती है जिसे नेग की गारंटी के कारण नाउन बड़ी फूर्ती से सम्पन्न भी कर दिया करती है। बिना चौक पुराई के किसी भी शुभ कार्य की शुरुआत ही नहीं होती। इसीलिए लोग पहले ही नेग के तौर पर मिट्टी के पात्र (जिसे ढकनी कहा जाता है) में अरवा चावल और कुछ रूपये रख देते हैं, अथवा कोई वस्त्र भी-जैसे साड़ी, ब्लाउज-पीस, या कुछ और भी। मन मुताबिक नेग नहीं मिलने पर नाउन भी काफी टाल-मटोल और ना-नुकुर करते हुए टाइम पास करती रहती है। लेकिन आशा के मुताबिक नेग मिलते ही बड़ी फूर्ती से नाउन चावल के आटे के घोल (अईपन) से हाथों से ही चौक पुराई की इतनी खूबसूरत चित्रकारी उकेर जाती है कि देखने वाले की नजर ठहर जाए। फिर इन लकीरों से बनी आकृतियों में लाल सिंदूर का टीका हर कोने पर लगाया जाता है। रस्म के सम्पन्न हो जाने के बाद भी चौका में झाड़ू नहीं लगता, बल्कि उसे कपड़े से ही साफ किया जाए-ये ध्यान रखा जाता है।

2.

इस रस्म की शुरूआत ढकनी फोड़ने से शुरू होती है। इसमें सोलह श्रृंगार के साथ नाक से सुहाग का पीला सिंदूर करके तैयार की गई नई दुल्हन कर दूल्हे के संग गठबंधन कर कोहबर में से निकाल कर बाहर लाया जाता है। दुल्हे के हाथ में कोई धार्मिक ग्रंथ, जैसे श्रीराम-चरितमानस या श्रीमदभगवद्गीता होता है जिसे वह बगल में दबाए रखता है और उसके दूसरे हाथ में कोई अस्त्र या डंडा होता है। यह रस्म धार्मिक के साथ-साथ

काफी मनोरंजक भी होती है। जब वर-वधू दोनों गठबंधन करके घर से बाहर निकलते हैं, तब दुल्हन के सिर पर मिट्टी के दो पात्रों (जिसे ढकनी कहा जाता है) में पीला चावल (जो हल्दी से रंगा होता है) भर दिया जाता है; और फिर उपर से आटे और हल्दी के लेप से दोनों ढकनियों को जोड़कर बंद कर दिया जाता है। उसके उपर चारों तरफ से सिंदूर का टीका लगाकर तैयार किया जाता है जिसे दुल्हन के सिर पर रख कर साथ में सारी महिलाएँ गीत गाती हुई बाहर निकलती है। फिर दुल्हा ही (दुल्हन के घूँघट में होने के कारण) सिर पर रखी ढकनी को पकड़े रहता है, हालांकि साथ में भाभी को संभालने के लिए असिस्टेंट के रूप में ननद भी साथ-साथ ही चलती है।

दुल्हन और दुल्हा साथ में चलते हुए आगे बढ़ते हैं, और घर से बाहर आठ से दस क़दमों की दूरी पर जाकर उस ढकनी को नीचे गिराकर तोड़ दिया जाता है। फिर उसके बाद दुल्हन घूँघट में ही वहीं पर रूठकर बैठ जाती है। और तब तक नहीं उठती जब तक दुल्हा यह कहते हुए न मनाए कि "जो कुछ भी कमाएँगे, सारा कुछ बस तुम्हें ही देंगे"। दूल्हे द्वारा ऐसे बोले जाने के साथ ही उपस्थित सारी महिलाओं की व्यंग्यात्मक टीका-टिप्पणियाँ शुरू हो जाती है। लेकिन यदि दुल्हन फिर भी नहीं उठती, तो हाथ में लिए डंडे से दुल्हन को वापिस चलने के लिए धमकाने का भी स्वांग करना होता है। हालांकि सबके सामने ही अपनी सारी कमाई दूल्हन को ही सौंपने का वचन देना-भले स्वांग के तौर पर ही क्यूँ न-दूल्हे के लिए अक्सर झेंप की घड़ी बन जाती है, रिश्तेदार और परिवार के लोगों की प्रचुर छींटाकशी की सम्भावना से। फिर जब मान-मनौव्वल की रस्म सफलतापूर्वक सम्पन्न हो जाती है, तो पुनः दोनों घर में प्रवेश करते हैं और आगे के रस्मों की तैयारियाँ शुरू हो जाती हैं।

3.

ढकनी फोड़ने और रूठने-मनाने की रस्मों के बाद जब आंगन में प्रवेश किया जाता है तब मण्डप में पुराए गए चौक पर बैठना होता है जिसमें आसन के रूप में दूल्हे के लिए लकड़ी का पीढ़ा और दुल्हन के लिए पत्तल होता है। बैठने के बाद पुनः दूल्हे की बहन के द्वारा स्टील या किसी अन्य धातु की थाली में पानी ले जाकर पैर धुलाई की रस्म होती है (जो कि एक दिन पहले भी हुई थी जब दुल्हन का इस घर में प्रवेश हुआ था, और मंडप में मुँहदिखाई और चुमावन की रस्म की गई थी)। पहले भाई के

पैर पखारती है, फिर भाभी के। उसके बाद ननद भी उसी थाली में अपना पैर रखती है जिसे भाभी धुलाती है। पैर धुलाई की रस्म के बाद थाली धोकर पानी बदल दिया जाता है फिर उसमें पांच कौड़ियाँ, हल्दी के गांठ और हरी दूब रखी जाती है। ये चीजें बहुत ही शुभ मानी जाती है। थाली में रखे उन सभी चीजों को दुल्हा अपने हाथ से उठाकर दुल्हन के हाथ में रखता है और दुल्हन अपने हाथ से पीछे की ओर फेंकती है जिसे चुनकर बहन हर बार थाली में लाकर रखती है। यह प्रक्रिया पांच बार दोहराई जाती है। फिर बहन बैठकर भाई-भाभी को कौड़ियों का खेल खेलवाती है। हर बार हाथ में भाई को भी और भाभी को भी कौड़ियाँ हाथ में देती है। पहले भाई पांच बार खेलता है फिर भाभी और इसी दिलचस्प खेल में कौड़ियों से आए प्वाइंट के जरिए हार-जीत भी तय होता है।

फिर सबसे आखिरी में ननद भी अपनी भाभी के साथ यह गेम खेलती है। इस खेल में खेलने के साथ ही उत्साहवर्धन करने वाले भी ख़ूब जोश से भरपूर रहते हुए चियर अप करते हैं। जिसमें महिलाओं की मंडली के साथ ही कुछ पुरुष भी जैसे दुल्हे के भाई सब भी होते हैं।

4.

उसके बाद इन कौड़ियों और दूब को हाथ में रखकर मुट्ठी बांधा जाता है। पहले दुल्हा मुट्ठी बांधता है और दुल्हन खोलती है जिसमें दुल्हन कुछ तो शर्म-लिहाज के कारण और कुछ तो दुल्हे से जीत नहीं सकती यह सोच बिना किसी जोर-जबरदस्ती के मुट्ठी आराम से खोल देती है। वैसे भी सुकोमल और कमजोर हाथ मुट्ठी बांध कर भी दुल्हे की अपेक्षा कमजोर ही रहते हैं। जिस कारण दुल्हे के जीतने के चांसेज ज्यादा रहते हैं। फिर इन रस्मों के दौरान गीत-गायन और हँसी-ठिठोली के बाद सबसे आखिरी में चुमावन की रस्म होती है। जो शादी के हर रस्म के अंत में होती है। छींटाकशी के तौर पर चुमावन की रस्म में रिश्ते और उम्र का लिहाज देखते हुए केवल मजाकिया रिश्तों में ही गीत के रूप में गालियाँ भी बरसाई जाती है। जिसमें माँ के साथ अन्य पांच, ग्यारह या पंद्रह महिलाएँ या फिर जो भी चुमावन करने को इच्छुक हों वे सारी महिलाएँ इस रस्म को करती हैं। और जैसे भगवान की पूजा के बाद पानी से आचमन किया जाता है वैसे ही चुमावन की रस्म के बाद आखिर में पानी ढारने की रस्म की जाती है। और

चुमावन के साथ-साथ इसका भी गीत है जो लगभग हर जगह इस रस्म के दौरान गाया जाता है। जिसके बोल कुछ इस तरह से हैं।

"कहमा के शीशी-बोतल कहमा के पानी गे माई
कहमा के सुंदर नारी ढारले पानी गे माई"।

फिर उस महिला और उसके ससुराल के नाम के साथ-साथ आस-पास के बाजार वाले शहर का नाम लेते हुए गीत पूरा किया जाता है। या फिर यह गीत भी गाया जाता है: "गंगा-जमुनमा के निर्मल पानी शुभे हो/

के मोरा ढारले पानी शुभे हो/ ले चल देवता दुआरी।" और जो कोई पानी ढारता है उसी का नाम लेकर गीत को आगे बढ़ाया जाता है। उसके बाद दुल्हा-दुल्हन को कुलदेवता के द्वार ले जाकर प्रणाम करवाया जाता है और फिर कोहबर घर में प्रवेश मिलता है जहाँ द्वार पर दुल्हे की बहन द्वार छेक कर खड़ी हो जाती है, और फिर मन मुताबिक नेग वसूल कर ही भाई-भाभी को कमरे में प्रवेश देती है। उस कमरे में जमीन पर ही बिछावन बिछा रहता है जिस पर विवाहित जोड़ा बैठते हैं। और घर की महिलाएँ पहले प्रभु श्रीराम एवं माता सीता के कोहबर के गीत गाती है फिर दुल्हा -दुल्हन के नाम के कोहबर गीत गाते हुए इस रस्म को आगे बढ़ाती है।

यह दिन वैवाहिक रस्मों के समापन का भी दिन होता है इसीलिए मंडप में ही खीर बनाई जाती है वो भी सिर्फ दूध और चावल से बिना गुड़ और चीनी के। वैसे तो चीनी या गुड़ की खीर, पूड़ी-सब्जी और भी बहुत सारी चीजें बनाई जाती है, लेकिन मंडप में सिर्फ बिना चीनी की खीर ही बनाई जाती है। वो भी उस महिला के द्वारा जो दूल्हे की माँ हैं और विवाह की बाकी की रस्में सम्पन्न की हैं। या फिर माँ नहीं तो भाभी या चाची भी जिन्होंने शादी की रस्में की हैं। इस खीर से मंडप की पूजा होती है और फिर पांच सुहागिन महिलाएँ (जिन्होंने शादी की अन्य रस्में की हैं) वो सभी मंडप में ही बैठकर खीर पूड़ी प्रसाद के रूप में ग्रहण करती हैं। और यही बिना चीनी की खीर ही दुल्हा-दुल्हन को भी परोसा जाता है जिसमें दोनों एक-दूसरे को खिलाते हैं। फिर दुल्हा-दुल्हन के बाद घर में सभी लोग यह खीर-पूड़ी खाते हैं और गाँव भर में बाँटा भी जाता है।

इसी दिन से विवाह की रस्मों का समापन हो जाता है और मंडप में रखे कलश को भी उठाकर किसी ऊँचे स्थान जैसे छप्पर या छत पर रखवा दिया जाता है।

11. सोहर

वैसे तो 'सोहर' का अर्थ वैसे तो माँगलिक गीत होता है जिसे संतान के जन्म के बाद गाया जाता है। और दूसरे नजरिए से देखा जाए तो सोहर का मतलब सुंदर या मनोहर भी होता है जिसे कहीं-कहीं सुंदरता के बखान को लेकर भी जाना जाता है; लेकिन यू पी, बिहार या और भी अन्य कई जगहों पर सोहर का मतलब माँगलिक गीत से है। वैसे तो हमारे देश में हर भाषा या बोली का अपना माँगलिक गीत होता है और यूपी और बिहार भी हर अवसर पर गाए जाने वाले अलग-अलग तरह के गीतों के लिए जाने जाते हैं। सोहर घर में संतान के जन्म पर गाया जाने वाला गीत है जिसे आदिकाल से गाया जा रहा है। प्रभु श्रीराम जन्मोत्सव हो या प्रभु श्रीकृष्ण जन्मोत्सव-इन अवसरों पर आज भी सोहर गाया या गवाया जाता है। क्योंकि सर्वप्रथम ये गीत प्रभु जन्मोत्सव पर ही गाया गया था जिसे आज तक पारम्परिक तौर पर गाया जा रहा है। और इनमें महिलाएँ ही नहीं बल्कि पुरुषों को भी कौशल प्राप्त है। तभी तो पुरुष गायक भी बड़े ही सुर और लय में इस गीत को गाते हैं।

जिस तरह शादी-ब्याह के गीतों में बन्ना-बन्नी शब्दों का प्रयोग होता है उसी तरह सोहर के गीत में "ललना" शब्द का प्रयोग होता है। कुछ गीत बड़े ही आँचलिक भाषा में होते हैं जिनके गीत के बोल या उनमें प्रयुक्त शब्द तो चाहे भले ही समझ में भी न आएँ, लेकिन गीत गाने के क्रम में 'ललना' शब्द से पता चल जाता है कि सोहर ही गाया जा रहा है।

अब तो न जाने कितने ही पुरुष गायक भी प्रभु के नाम का सोहर गा चुके हैं, और काफी प्रसिद्धि भी पा चुके हैं। एक सोहर जो कि कृष्ण जन्मोत्सव पर आदरणीय श्री पंडित चुन्नू लाल मिश्रा जी के द्वारा गाया गया

है-उनका वृद्धावस्था वाले कंठ का गायन भी इतना मधुर एवं कर्णप्रिय है कि जिसे मैंने स्वयं ही अपने घर में न जाने कितनी बार सुना है। गीत के बोल कुछ इस तरह हैं (लेकिन जिसके बोल से ज्यादा मुझे उसकी लय ने प्रभावित किया है):-

"सखि सब गावेली सोहर,
रतिया मनोहर हो।
ललना यशोदा के भईले किशोर,
मुरली मनोहर हो।।"

एक पुरुष गायक के मुख से यह गीत इतना मधुर एवं कर्णप्रिय लगता है कि जिसका आनंद हर कोटि के श्रोता उठा सकते हैं।

हमारे लोकगीत में ये अनिवार्य होता है कि पहले प्रभु श्रीराम के नाम का और प्रभु श्रीकृष्ण के नाम का स्मरण किया जाता है फिर उसके बाद ही घर के लोगों के नाम से गीत के बोल को आगे बढ़ाया जाता है। अभी हाल ही में आए वेब सीरीज पंचायत सीजन-3 में भी मनोज तिवारी की आवाज में गाए गए सोहर को प्रस्तुत किया गया है जो कि इस सीरीज के एक सीन में एक अलग ही तरह का आनंद बिखेर देता है।

मेरे मानस पटल पर अंकित सोहर के गीत के स्वर एक पुरुष और एक वृद्ध महिला के भी रहे जिसमें पुरुष के गायन की बात आने पर बचपन का एक वाक्या याद आ जाता है। हमारे गाँव में एक आदमी जो कि नचनिया था और लोग उसे लौंडा कहकर संबोधित करते थे, वो सिर्फ नृत्य में ही नहीं बल्कि गायन में भी निपुण था। जब भी वो गीत को अपनी लय में उठाता तो उसकी काफी तेज एवं सुरीली आवाज में गाए जाने वाले गीत लोगों को बरबस ही उसकी ओर ध्यानाकर्षित कर जाते। आमतौर पर वह शादी-विवाह के गीत एवं तत्कालीन चलन में चल रहे गाने को अपने नाच के लिए गाया करता। लेकिन हर रस्म-रिवाजों से संबंधित गीतों के साथ ही उसे सोहर गाने में विशेष महारत हासिल था। वो अक्सर गाँव से अपने किन्हीं न किन्हीं निजी कार्यों की पैरवी लेकर मेरे घर आते-जाते रहता था। कभी-कभी माँ के चाय-पानी पूछ लिए जाने पर बैठ भी जाया करता था। उसके गायन के गुणों से परिचित होने के कारण चाय पीते-पीते ही माँ उससे कुछ गाने का आग्रह कर जातीं। लगन न होने के कारण शादी-विवाह के गीत न गवाकर उससे कोई सोहर ही गाने को कहतीं। थोड़ा मान-मनुहार

और थोड़ी ना-नुकुर करते हुए कुछ शर्तें बताकर वह गाने के लिए तैयार भी हो जाता। हालांकि पहले तो वो यह कहकर भी झिझकते हुए बचना चाहता कि "न साहब, हमार आवाज बड़ी ऊँचा हईन, ज्यादा लोग-बाग जूट जईथिन।" इतना ही नहीं, वह हम बच्चों के सामने गाने में भी शरमा जाता। लेकिन फिर उसकी कला को मान देते हुए माँ हम बच्चों को दूसरे कमरे में भेज कर ड्राइंग रूम में उसे बैठातीं और गाने को कहतीं। लेकिन उसके द्वारा छेड़े गए राग की गूँज इतनी ऊँची होती कि कमरे में ही क्या घर के बाहर तक भी लोगों को अच्छी तरह सुनाई दे जाती। और उसकी आवाज को सुन लोग मुख्य द्वार के बाहर भी खड़े होकर गीत सुनने को ठिठक जाते। उसके द्वारा छेड़े गए सुर के बोल धुंधली यादों की तरह कुछ इस भांति मेरे मानस पटल पर अंकित है कि आज भी भूलाए नहीं भूलते। उसकी कुछ पंक्तियाँ ये रहीं:

कवन मासे बाबा मोर बियाह कएलन
कवन मासे गवन कएलन होऽ
ललना कवन मासे स्वामी सेजिया सोएली कि
आठो अंगवा भारी भईले होऽ
ललना हो कवन मासे...
बैसाख मासे बाबा मोर बियाह कएलन
अगहन मासे गवन कएलन होऽ
ललना हो अगहन मासे स्वामी सेजिया
सोएली कि आठों अंगवा भारी भीईले होऽ
रहड़ी (अरहर) के दाल न सोहाए
त बसमतिया भात देखी हूल आवे होऽ
ललना चुल्हवा के माटी बड़ा
नीक लागे फोरी-फोरी खाएला होऽ

इन गीतों के जरिए न जाने कितना कुछ बखान किया जाता। लाड-दुलार, शिकवे-शिकायत, रूठना-मनाना और आस-उम्मीद का पूरा होना भी। लेकिन हम बच्चे इन गीतों के भावों को समझे बिना बस पुरुष की आवाज में महिला के गीत सुनकर हास्य-परिहास छेड़ने लगते।

जिन घरों में बच्चों की किलकारियाँ काफी सालों तक नहीं गूँजतीं उस घर के लोगों को इन गीतों को सुनकर कलेजे में कसक उठनी शुरू हो

जाती थी। और फिर वे हर तरह से देव-पितृ मनाने लगते थे कि यह सौभाग्य किसी दिन मेरे घर में भी आए। कई घरों में तो यह सुनते ही कि बहू के पाँव भारी हैं, घर की महिलाएँ मद्धम-मद्धम राग में ही सोहर गीत गाना शुरू कर देतीं जिनमें गीतों के माध्यम से ही स्त्री के मानसिक और शारीरिक बदलाव का, प्रसव पीड़ा का और संतान के जन्म के बाद की खुशी से लेकर नेग-जोग में होने वाली हँसी-ठिठोली का भी वर्णन होता था। बाद में सोहर के माध्यम से ही नवजात शिशु के उज्जवल भविष्य की कामना करते हुए यह गाया जाता कि:-

जुग-जुग जियसु ललनवा,
भवनवा के भाग जागल हो,
ललना लाल होईहें, कुलवा के दीपक,
मनवा में आस लागल हो।

और साथ-ही-साथ महिलाएँ बच्चे के दादा-दादी, नाना-नानी, चाचा-ताऊ, बुआ-मौसी समेत अन्य रिश्तेदारों को भी संबोधित करते बधाई देतीं और बच्चे की बलईयाँ लेतीं। सोहर को छठी, बरही, सतईसा या फिर बच्चे जन्म लिए घर में जब कभी महिलाएँ एकत्रित होतीं तो गीतों के माध्यम से ही राग छेड़ते हुए आपसी रिश्तों में छींटाकशी भी कर जातीं।

कुछ गीत ऐसे होते हैं जिनमें ननद, यानि की बच्चे की बुआ, नेग के लिए भाई को दिलदार कहते हुए और भाभी पर महाकंजूस होने की तोहमत लगाते उसपर कई इल्जाम लगाती हैं। जैसे;

"सिर पे काले-काले बाल होरिलवा के,
(होरिला: नवजात शिशु)
होरिला के मम्मी बड़ी रंगरसिया,
पापा बड़े दिलदार होरिलवा के"

इन गीतों को गाने में अगर ढोलक मिल जाए तो महफिल के रंग में चार चांद लग जाएँ और अगर ढोलक या कोई वाद्ययंत्र न भी हो तो भी महिलाएँ थाली और ताली बजाते हुए गीतों को और रसीला बना रंग जमा देतीं।

वैसे तो थाली बजाने के पीछे का पर्याय कुछ और ही समझाया गया था बचपन से मुझे, जो कुछ इस तरह है कि: घर में नए मेहमान, यानि नवजात शिशु, के आगमन पर थाली इसलिए भी बजाया जाता है कि इसकी

आवाज हमारे पुरखों (पूर्वजों) के कानों तक पहुँचती है और वे चौंक कर देखते हुए तृप्त आत्मा से अपने घर में हुई वंश वृद्धि की खुशी मनाते हुए आशीर्वाद बरसाते हैं। इसीलिए तो कभी बचपन में खेल-खेल में हाथ में लिए थाली बजा देती थी तो माँ डाँटते हुए थाली बजाने का मतलब समझाती थीं कि बेवजह बजी थाली की आवाज सुनकर पुरखे चौंक कर दुःखी हो जाते हैं।

वैसे मेरा बचपन से लेकर आज तक बहुत ज्यादा कहीं भी आना-जाना नहीं रहा। इसलिए स्कूल-कॉलेज की शिक्षा के अलावा जो कुछ दुनिया-जहान से सीखना था वो बातें मुझे माँ ने ही सिखाई। और बहुत कुछ मैंने माँ को देखते हुए और माँ के संघर्ष और अनुभव से सीखा। माँ की मुस्कुराती-गुनगुनाती छवि आज भी कई पाठ याद करवा जाती है। एक छोटा-सा वाक्या कुछ इस तरह है कि जब भी हम सपरिवार छुट्टियों में गाँव जाते तब खासकर मैं माँ के इर्द-गिर्द ही घूमती रहती। एक धुंधली याद यह है कि मेरे गाँव से ही बाहर सड़क किनारे एक टूटे-फूटे घर में एक ब्राह्मणी रहती थीं। बहुत ही वृद्ध एवं परिवार विहीन होने के कारण वह दान-दक्षिणा से ही अपना जीवन-यापन कर पाती थीं। सहारा के नाम पर उनकी लाठी और मोटे लेंस वाला चश्मा ही उनके साथ दिखता था जिसे वो कपड़े की छोर से बाँध कर पहनी रहती थीं। हम जब भी गाँव जाते और उन्हें खबर मिलती तो वो माँ को मिलने के लिए मेरे घर जरूर आतीं। कारण यह भी था कि उनकी इस अवस्था में और काफी ऊँचा सुनने के कारण भी माँ उनकी बातें ध्यान से सुनते हुए उन्हें अपनी बातें प्रेम से समझातीं। मेरे छोटे होने के कारण माँ से खुशखबरी की बातें पूछतीं और माँ इशारे से ही हाँ कह जातीं। माँ से कितने महीने का पूछतीं तो उंगलियों के सहारे से बता जातीं। माँ के इशारे से बताते ही हर्षित हो तरह-तरह के सोहर तालियाँ बजाकर गाने लगतीं।

"बन गेलई बन गेलई बन गेलई हे,
सुदिन के दिनमा बन गेलई हे।
... और भी न जाने कितने तरह के गीत।

माँ भी उन्हें गाने का बहाना इसलिए देतीं ताकि उन्हें कुछ दान-दक्षिणा दे सकें। उनकी सुनने की शक्ति और स्मरण शक्ति काफी क्षीण होने के कारण उन्हें ये बातें याद नहीं रह पाती थीं। और माँ जब-जब गाँव आतीं यही बातें दुहराई जातीं। ये यादें तो काफी धुंधली थीं मेरे मानस पटल पर

क्योंकि उस समय महज छह साल की रही होऊँगी। लेकिन अपनी शादी से पहले से लेकर अपने बेटे के जन्म तक माँ के मुख से कई सोहर सुनें जिसमें से एक कुछ इस तरह है:

एक मुट्ठी चऊरा चोरवली,
त फाँकहूँ न पाएली हो ललना
ओटी जाके फटले करैली नियत
कमर चिल्हक मारे।
मचिया बइठल तोहूँ सासूजी
सरब गुण आगर हो सासूजी,
सुते दे हूँ अपन गोड़थरिया
हिये दरदे व्याकुल
दरदिया कुछु नरम होइहे न
हमरा गोड़थरिया पतोहु,
ससुर हथु आउर देवर हव न पुतहू।
चली जाहूँ गोतनी गोड़थरिया
दरद कुछ नरम होइहें न
सेजिया सुतल तू हु गोतनी,
सरब गुण आगर हे गोतिनो
सुते द न अपनी गोड़थरिया,
त दरदे व्याकुल, दरदिया कछु नरम होएतई
हमरा गोड़थरिया गोतिनो,
भैंसुर हथुन अउरो जाउत हव न
ए गोतनी चली जाहूँ ननदो गोड़थरिया,
दरद कुछ नरम होइहें न
सेजिया सुतल तू हु ननदो
सरब गुण आगर हे ननदो,
सुते द न अपन गोड़थरिया,
हिये दरद व्याकुल दरदिया कुछु नरम होइहें न
भौजी हमरो गोड़थरिया नन्दोईया हथुन
आउरो भगिनवा हव न
हे भौजी चली जाहूँ भइया गोड़थरिया,

दरदिया ओहे हरथुन, दरद कछु नरम होइहें न
पोथिया पढईत स्वामी जी
तू हु सब गुण आगर हो,
प्रभु जी सुते द न आपन गोड़थरिया,
दरद कछु नरम होइहें न
हमरिओ संग धनिया,
दोस्त हव आउरो यरवा हव हे धनिया
चली जाहूँ देव के दुअरिया दरदिया ओही हरथून
देव के दुअरिया पर गइली
त बैइठ हूँ न पाएली हो ललना,
कि आधी रात छलकी गिरल नन्दलाल,
महलिया उठे सोहर हो।
केरे जे उठलन गावइत, केरे बजावइत हो,
ललना केरे उठले विष माँधल,
गोतियवा घर सोहर हो।
सासू जे उठलन गावइत, ननद बजावइत हो ललना
गोतनी उठिलअ विष माँधल, गोतियवा घर सोहर हो।

इन गीतों को मैं माँ के मुख से सुनती थी तभी उनकी मधुर आवाज आज भी कानों में गूँजती है। उन्हीं दिनों को याद करते हुए कभी-कभी आज भी मैं इन गीतों को मन ही मन गुनगुना उठती हूँ भले ही भूले-भटके शब्दों में ही। और तब ऐसा लगता है कि माँ किसी-न-किसी रूप में मेरे साथ ही हैं।

मुझे लगता है कि हमें हमारी लोक गीतों और लोक परंपराओं को सदैव जीवित रखने का हरसंभव प्रयास करते रहना चाहिए। समयानुसार इन्हें भी हवा एवं धूप लगाते रहना चाहिए ताकि हमारी लोक संस्कृति और परंपराएँ खुलकर सांस लेती रहें और इन्हें भी समुचित पोषण मिलता रहे।

12. चौंक-पुराई

चौंक पुराई एक ऐसी कला है जिसके बिना विवाह की किसी भी रस्म की शुरूआत ही नहीं की जाती। और शादी ही एक ऐसा आयोजन है जिसमे समाज में हर किसी को शामिल किया जाता है और महत्व दिया जाता है। विवाह के शुभ अवसर पर नाई और नाउन को बहुत महत्व दिया जाता है। दोनों पति-पत्नी विवाह के रस्मों की शुरूआत से ही उसके संपन्न होने से लेकर विदाई तक नव वर-वधू के अंगरक्षक बने रहते हैं। जितना महत्व पंडित जी के वेद मंत्रोच्चार का होता है उतना ही महत्व विवाह के कुछ रस्मों में नाउन का भी होता है। जैसे हर रस्म के पहले ही चौंक पुराई की रस्म। जब तक चौंक नहीं पुराता तब तक रस्म की शुरूआत ही नहीं हो सकती। भले ही पंडित जी उपस्थित हों या नहीं, लेकिन नाई या नाउन की उपस्थिति अनिवार्य रहती है। क्यूँकि कुछ रस्में ऐसी होती हैं जिनमें केवल महिलाओं को ही नहीं बल्कि पुरुषों के भी पैरों में महावार लगाया जाता है। विवाह के दौरान मंडप में वेदी बनाया जाता है। फिर गाँव भर में रस्म देखने से लेकर गीत गाने या फिर अंज्ञा-विज्ये (मतलब भोजन ग्रहण करने के लिए गाँव भर के लोगों को बुलाना) या फिर चुमावन की रस्म के दौरान नेग के लिए नोंक-झोंक करनी हो-इस सबमें नाई या नाउन का सर्वाधिक महत्त्व है। और तो और विवाह संपन्न होने तक नाई का दूल्हे के साथ साये की तरह रहना। साथ-ही-साथ हर रस्म के दौरान नेग भी वसूलते रहना। और रस्मों के मुताबिक मन को गुदगुदाने वाली गालियाँ भी सुनते रहना।

विवाह के रस्मों की शुरुआत, मतलब की तिलक-फलदान की शुरूआत से ही, चौकपुराई की रस्म शुरू हो जाती है। हर रस्म के पहले जहाँ लड़का-लड़की बैठने वाले होते हैं वहाँ चावल के आटे को पानी में घोल

अईपन तैयार करके चौकोर डिजाइन से पल भर में ही इतना सुंदर डिजाइन उकेर कर चौंक पुराई की जाती है जैसे किसी प्रोफेशनल का हाथ हो। और उसी पर बिठाया जाता है चाहे विवाहित जोड़े हों या शादी में कोई खास रस्म करते लोग हों। वर-वधू को शादी से पहले चौंक पुराई पर आसन दिया जाता है जिसमें वर के लिए लकड़ी का पीढ़ा और वधू के लिए उससे कम ऊँचाई का आसन चाहे पीढ़ा हो या पत्तल ही क्यों न। क्योंकि वर की अपेक्षा वधू के आसन की ऊँचाई थोड़ी कम होती है। यह चौंक पुराई का कार्य तिलक से लेकर चौठारी तक चलता है। जो कि विवाह की अंतिम रस्म होती है। इस रस्म की चर्चा फिर कभी।

भले ही लोग सदियों से इनके महत्व को न बताए लेकिन विवाह के शुभ अवसर पर हर किसी की महत्ता होती है। और उनके महत्व को आदर-सम्मान भी दिया गया है। तो हर बार ही चौंक पुराई की रस्म से पहले मिट्टी के पात्र में जिसे ढकनी कहा गया है उसमें चावल और कुछ रूपये रख दिए जाते हैं या कोई वस्त्र भी, जैसे: साड़ी हो या कोई ब्लाउज का पीस ही सही। बिना नेग वसूले चौंक पुराई करती ही नहीं। और हर रिश्तेदारों में जो महिलाएँ होती हैं वे सब हुलस कर उन्हें मन मुताबिक नेग देती भी हैं। तभी तो माता पार्वती के साथ देवों के देव महादेव का विवाह हो या माता सीता के साथ प्रभु श्रीराम काङ्ख तब भी चौकपुराई से लेकर पैरों में महावार लगाने के लिए नाउन की उपस्थिति अनिवार्य रही है और उनके महत्व को भी दर्शाया गया है। फिर चाहे शादी का आयोजन हो या पूजा-पाठ का चौंकपुराई अनिवार्य होती है। शादी के रस्मों के दौरान बिना किसी भेद-भाव के वर-वधू और पंडित जी के साथ नाउन पति-पत्नी की उपस्थिति अनिवार्य होती है। जिस बेटे की शादी से पहले ही उपनयन संस्कार (जनेऊ) की रस्म हो जाती है उनकी शादी में मण्डपाच्छादान के साथ और भी कुछ रस्में नहीं किया जाता। क्योंकि कई रस्में जनेऊ की रस्म के दौरान ही सम्पन्न कर ली गई थीं जिन्हें अब दुबारा से करने की आवश्यकता नहीं होती, लेकिन चौक पुराई अनिवार्य होती है।

13. मृत्यु भोज

हमारे स्वतंत्र भारत में खुले विचारों वाले लोगों के होते हुए भी कई ऐसी दकियानूसी रिवाजों को बढ़ावा दिया जाता है जिसे रोकना किसी एक के वश की बात नहीं। जिसे खास तौर पर पढ़े-लिखे लोग ही बढ़ावा देते हुए अपनी हैसियत की दुदूँभी बजवाते हैं। वैसे तो कई ऐसे रिवाज हैं जो कि अभिशापित हैं जिनमें एक "मृत्युभोज" को भी माना गया है। तो मुद्दा सिर्फ यह नहीं की मृत्युभोज हमारे समाज में एक अभिशाप के तौर पर स्थापित है बल्कि यह तो हैसियत के तौर पर दिन-प्रतिदिन बढ़ता ही जा रहा है। इसके लिए हम स्वतंत्र भारत के आजाद नागरिक ही जिम्मेदार है। और उनमें भी उस तरह के लोग जो जीते जी अपनों के प्रति अपनी जिम्मेदारियों का निर्वहन नहीं कर पाते और मरने के बाद नौ रस और ग्यारह रस मिठाई और न जाने कितने तरह की वैरायटी बनवाकर अपनी हैसियत और मरने वाले के प्रति अपनी जिम्मेदारियों को पूरा करने का सुलभ रास्ता समझते हैं। भले ही वस्त्र, भोजन और आवास की जरूरतों को पूरा करने के लिए हमने जीते जी हाथ खड़ा कर दिया हो लेकिन मरने के बाद बस मृत्युभोज का आयोजन खूब धूमधाम से करके अपनी सारी गैरजिम्मेदाराना हरक़त पर पर्दा डाल लेते हैं। तो सवाल यह है कि क्या मरने वाले इंसान की आत्मा इन ग्यारह रस मिठाईयों और पकवानों से तृप्त हो जाएँगी? क्या वो जिंदा शरीर जो अपनों के नेह और अपनी छोटी-छोटी जरूरतों के लिए तरसा हो उसकी भारपाई हो जाएगी? बिल्कुल नहीं... लेकिन अपने संतान होने का फर्ज पूरा करने का मौका हमें इससे आसान और उचित कोई और नहीं लगता। हाँ तो भले ही पैसे वालों को न अखरता हो लेकिन यह अभिशाप जो नियम के तौर पर जिसका निर्वहन समाज में रह रहे गरीब और बेसहारा लोगों को भी करना पड़ता है। उन पर इन जबरदस्ती के थोपे नियमों

का क्या असर पड़ता है इसका हम अंदाजा भी नहीं लगा सकते। कहा जाता है कि जिनके पास कुछ नहीं होता लूटाने और दिखाने को वो सिर्फ दुःख जताकर आँसू ही बहाते हैं वो भी छुपाकर। भरे पेट वाले को खिला-खिलाकर उल्टी करवाना किस हद तक उचित है? वैसे लोगों की कमी नहीं जो खाने का तो खाएँगे ही और आपके ही आंगन में उल्टियाँ करते हुए अपनी कृतघ्नता का परिचय भी खुद ही दे जाएँगे। इसीलिए इन थोपे गए रिवाजों से बाहर निकलकर हमें सोचने की जरूरत है कि अगर हम जाने वाले की आत्मा की शांति के लिए कुछ करना ही चाहते हैं तो क्यों न कुछ ऐसा करें जिससे जरूरतमंदों के काम आ सकें। हमारे देश में ऐसे भी कई सारे अनाथ आश्रम और वृद्धाश्रम हम दिखावा करने वाले की ही देन है। तो क्यों न इस तरह दिखावा करने का ढोंग छोड़ हम उन्हीं जगहों पर दान करें ताकि जरूरतमंदों के काम आ सके। हमारे सनातन धर्म की यही मान्यता है कि हम किसी भी जीव-जंतु का वध करते हैं तो जीव हत्या के पाप का भय सताता है। भले ही चींटी ही क्यों न दब जाए पैरों से। तो किसी को मुखाग्नि देकर दाह-संस्कार करने पर भले ही हम अपने कर्तव्यों का पालन कर रहे हों लेकिन रोम-रोम को जलाने के पाप का भय हमें सताता है। इसी पाप से मुक्ति के लिए हमारे धर्म में कुछ ब्राह्मणों को भोजन कराने की प्रथा बनाई गई है। और ब्रह्मभोज के दौरान नमक परोसने की भी परंपरा है। जिससे मुखाग्नि देकर रोम जलाने के पाप से मुक्त हो सकें। मृत्युभोज हमारे समाज में दिखावे की नहीं बल्कि निभाने की परंपरा है जिसे भव्य आयोजन करके बढ़ावा दिया जाता है। और इस दिखावे के क्रम में दुःख-दर्द और चार आँसू भी दिखावे के बहा ही लेते हैं लोग। हम पढ़-लिखकर भी इसी दिखावे की होड़ में लगे रहें तो इससे बेहतर हमारा अनपढ़-गंवार होना ही होता। कितने ही गरीब परिवारों को कर्ज लेकर यह दिखावा तो नहीं करना पड़ता और मरने वाले को शांत मन से याद करने के बजाय यह तो नहीं सुनना-सुनाना पड़ता कि मैंने तो ये किया, वो किया और न जाने कितना कुछ किया लेकिन तुमने क्या किया? मृतात्मा इस दिखावे की ऐसी प्रवृत्ति से कभी संतुष्ट नहीं होते बल्कि उनकी आत्मा को शांति के बजाय क्षोभ ही होता होगा। तो यह सब शानोशौकत दिखाने के बजाए हम अपनों के किए सत्कर्मों को याद करते हुए उनके नाम से कुछ नेक काम ही कर जाएँ तब कुछ नहीं तो कम-से-कम संवेदनशीलता तो विद्यमान रहती हमारे भीतर। तो इसे अगर पूरी तरह से बंद नहीं बल्कि बदलाव की इसमें जरूरत है।

14. खोंईछा

कितनी सदियों पुरानी है खोंईछा की ये रीत... और कितना कुछ समेट रखा है खोंईछा शब्द ने ही खुद में! हमारे बिहार में खोंईछा शब्द सुनते ही न जाने कितनी भावनाएँ और और कितना नेह जुड़ जाता है लोगों के मन में। क्यूँकि खोंईछा वह अनमोल उपहार है जो ससुराल जाते समय विदाई से ठीक पहले माँ, भाभी या कोई अन्य सुहागिन महिला ससुराल जाती हुई बेटी के आंचल में देती हैं। इस खोंईछा में जीरा, चावल, हल्दी, हरा दूब, फूल और कुछ द्रव्य होता है। यूँ तो खोंईछा में बस मुट्ठी भर अरवा (सफेद) चावल, हरी दूब, फूल और चंद सिक्के ही काफी होते हैं, लेकिन अब तो लोगों ने बेटियों के विवाह में अपनी सामर्थ्य के अनुसार ही खोंईछा देना शुरू कर दिया है! ऐसे में खोंईछा के रूप में रूपयों के साथ सोने के पांच या ग्यारह जीरे, चांदी की मछलियाँ, चांदी के सिक्के या सोने का कोई छोटा-मोटा गहना भी दिया जा सकता है। ध्यातव्य है कि खोंईछा में दी जाने वाली सारी चीजें बेटी के ससुराल में उसकी छोटी-बड़ी ननदों का हो जाता है। बढ़ा-चढ़ाकर देना कोई रस्म का हिस्सा तो नहीं है, लेकिन आजकल तो खोंईछा भी अपनी ऊँची सामर्थ्य को दिखाने का भी एक जरिया होता जा रहा है।

हालांकि यह चलन कहीं-कहीं तो भले ही पूर्व की तरह ही जारी है, लेकिन धीरे-धीरे लोग इसके महत्व को भूलते जा रहे हैं, जबकि खोंईछा में मिले हर एक चीज का गहरा महत्व है।

जैसे शादी के बाद पहली बार विदाई पर हल्दी, दूब, फूल और द्रव्य के साथ जीरा दिया जाता है। जीरा का मतलब जीव से भी होता है और मायके से ससुराल खोंईछा में जीव के प्रतीक जीरा को लेकर आना शुभ

माना जाता है। मछलियाँ भी शुभ मानी जाती है, इसीलिए खोंईछा में चांदी की मछलियाँ देने का भी प्रचलन है। वैसे तो यह भी मान्यता है कि चूँकि जीरा कठोर होता है, इसलिए हो सकता है कि बेटी मायके का मोह त्याग कर ससुराल में रच बस जाए। हमारे यहाँ शादी के बाद विदाई में पहली बार जीरा और उसके बाद हर बार अरवा चावल दिया जाता है। सोच यह है कि चावल देने से बेटी का नया जीवन धन-धान्य से भरा रहेगा और हल्दी की पांच गांठें देने के पीछे मान्यता यह होती है कि नया जीवन सकारात्मक ऊर्जा से भरा रहे और इन गांठों की तरह शुभ और स्वस्थ बने रहकर पूरे परिवार को एक सूत्र में बांधे रखे। हरी दूब परिवार को जीवन देने के लिए होता है, चूँकि दूब कहीं भी पनप जाती है। द्रव्य या सोना-चांदी तो लक्ष्मी का प्रतीक है ही, सो यह सब देना तो बेटी के ससुराल में बरकत बनाए रखने के लिए प्रतीकात्मक तौर पर दिया ही जाता है।

खोंईछा का धार्मिक महत्व भी है, क्योंकि दुर्गापूजा पर माँ दुर्गा को भी खोंईछा भरा जाता है; कई जगह तो देवी-दुर्गा के मंदिर में खोंईछा भरने की मन्नत भी मानी जाती है, और देवी माँ के समक्ष जाहिर की गई मनोकामना के पूर्ण होने पर सुहागन महिलाएँ सोलह श्रृंगार कर देवी माँ के गीत गाते हुए उन्हें नई साड़ी ओढ़ाकर पान, सुपारी, लौंग, इलाईची, फूल, हल्दी, हरी दूब, अक्षत, फल और बताशे या किसी अन्य मिठाईयों से देवी माँ का खोंईछा भरती हैं। इसके पीछे की भावना यह है कि बेटी अन्नपूर्णा होती है, और माँ अपनी बेटी का आंचल धन-धान्य से भरकर उसे लक्ष्मी और अन्नपूर्णा के रूप में ही ससुराल भेजती है। खोईंछा हमेशा पूजा घर में, उस कमरे में जहाँ कुलदेवता का वास माना जाता है, ही दिया जाता है। आंचल में रूमाल रखकर बांस के कोलसुप से ये खोंईछा दिया जाता है, क्योंकि बांस को शुभ तो माना ही जाता है, साथ-साथ यह वंश वृद्धि का द्योतक भी है। खोंईछा देने के क्रम में पांच बार में मुट्ठियाँ भर-भर कर आंचल में डालते हैं, और चुटकियों से चंद दाने आंचल से कोलसुप में पांच बार निकाला भी जाता है; ताकि बेटियाँ लक्ष्मी स्वरूपा अपने मायके में भी बरकत छोड़ती जाए और मायका भी धन-धान्य से भरा रहे।

हर सुहागिन स्त्रियाँ किसी भी माँगलिक कार्य को करने के लिए आसन ग्रहण करती हैं तब सोलह श्रृंगार के साथ खोईंछा भी जरूर होता है साथ में। सबसे खूबसूरत बात यह होती है कि खोंईछा मायके से विदा होती हर

सुहागिन बेटी को बुढ़ापे तक दिया जाता है, और अंत में मृत्यु के पश्चात् भी विदाई में साज-सिंगार के साथ खोंईछा दिया जाता है।

बचपन में ननिहाल से माँ की विदाई के समय खोंईछा मिलने के समय ही माँ, नानी, मामी और मौसीयों के एक साथ मार्मिक-रूदन की आवाज कानों में पड़ती थी तो समझ आ जाता था की अब विदाई हो रही है। खोंईछा मिलने का पल ही इतना भावाकुल करने वाला होता है कि मायके क्या, ससुराल से भी खोंईछा मिलते हुए मेरी आँखें गीली हो आई थीं।

मेरी शादी में भी द्विरागमन की रस्म भी हो गई थी तो दोबारा खोंईछा मिला था। जिसमें पहली बार जीरा, और दूसरी बार में चावल के साथ हल्दी, दूब, फूल और रूपए के साथ ही चांदी के सिक्के, मछली और सोना के जीरे भी रखे गए थे जो कि शुभ माना जाता है।

बेटियों की खुशकिस्मती होती है यदि माँ के बाद भाभी भी इस रीत को निभाती रहे, और भाभियों का भी सौभाग्य होता है कि ननदों को खोंईछा देने की रीत निभा पाए। हर बेटी के जीवन में यह सौभाग्य बना रहे और खोंईंछा की यह प्रथा कभी विलुप्त न होने पाए। हल्दी जैसी शुभ और हरी दूब की तरह जीवन में हरियाली बनाए रखें। यह रीत पुरानी होकर भी अपनी सोने जैसी चमक हमेशा बनाए रखे, यही कामना है।

15. एक छोटा सा सम्बोधन हमारे छठव्रतिओं को

आज से छठ महापर्व की शुरूआत हो गई है। प्रकृति की पूजा का द्योतक मानते हुए इस महापर्व में कृत्रिम चीजों से दूरी बनाए रखने की हरसंभव कोशिश करते हुए प्रकृति से जुड़ी चीजें ही उपयोग में लाई जाती है। तभी तो इसमें जल, पेड़-पौधे, मिट्टी और मिट्टी में उपजे अनाज, फल और फूल को पूजा में जरूर शामिल करते हैं। बिना किसी मंत्रोच्चारण के ही चार दिनों तक चलने वाले इस व्रत को घर की महिलाएँ अपने तरीके से नियम-एवं धर्म का पालन करते हुए संपन्न करती हैं, जिनमें घर के पुरुष भी कदम-कदम पर साथ देते हुए हर कार्य में सहभागी बनते हैं।

इस व्रत की खासियत यह भी है कि इस में महिला और पुरुष के साथ-साथ विधवा हो या सधवा सभी इस व्रत को करती हैं। एकता का प्रमाण देता यह महापर्व जिसमें नदी में एक साथ ही जात-पात का भेद मिटाकर कितने ही लोग डुबकी लगाते हैं और अर्ध्य देते हैं। इस महापर्व की एक सबसे अद्‌भुत बात यह है कि इसमें पहले डुबते सुरज को अर्घ्य अर्पित करते हैं फिर उगते सुरज को। अमूमन इस संसार में डूबते हुए को अपने हाल पर छोड़ लोग नजर अंदाज कर जाते हैं। लेकिन छठ महापर्व की षष्ठी को डूबते सूरज को अर्घ्य देते हैं फिर सप्तमी को उगते सुरज को अर्घ्य देकर इस व्रत का समापन करते हैं।

आज नहाय-खाय के साथ सभी छठव्रती सूर्योपासना में शामिल हो जाएँगी। चावल-दाल और लौकी की सब्जी सुर्य देव एवं छठी मईया को अर्पित करते हुए प्रसाद के रूप में ग्रहण करेंगी। और उसी थाली में छोड़े गए प्रसाद को बेटियाँ और बहूएँ ग्रहण करना खुद का सौभाग्य मानेंगी। हमारे घर में तो अड़ोस-पड़ोस की बहू-बेटियाँ भी माँग-मांगकर इस छोड़े

गए थाल के प्रसाद को खाती थीं।

अब ऐसा लगता है जैसे छत की मुड़ेर पर कौए कांव-कांव करते हुए अपनों के आने-जाने का संदेशा देना बंद कर दिया है। क्योंकि तीव्र गति से वीडियो कॉल कराने वाले उपकरणों ने अवसर से ज्यादा असहजता को जन्म दे दिया है। अब वाकई बहुत कुछ बदल गया और कई जगह तो बस छठ के नाम पर स्वांग ही बच गए और कहीं वह भी नहीं बचा।

तब कितना पावन लगता था वह सबकुछ जब अमीर हों या गरीब सभी इस व्रत को करने की हिम्मत जूटा लेते थे और रूपये-पैसों के अभाव में भी इस व्रत को पूरा कर लेते थे। क्योंकि इसमें हर कोई यथाशक्ति अपना योगदान देने को तत्पर रहते थे। जिनके पास जो सामग्री उपलब्ध है वो निः शुल्क उन चीजों से मदद कर जाते और जिनके पास गाँव-घर की चीजें जैसेः-चावल, गेहूँ, गुड़, घी, इत्यादि उपलब्ध न हो वो पैसों से अपना योगदान दे जाते। और जिनके पास ये दोनों न हों वो सपरिवार शारीरिक श्रम से योगदान देने को तत्पर रहते हैं। इस तरह सबके सहयोग से जिन्हें सामर्थ्य न हो उनका भी व्रत निर्विघ्न संपन्न हो जाता।

सभी छठव्रतिओं को मेरा प्रणाम! छठी मईया की कृपा से सबका यह व्रत निर्विघ्न संपन्न हो! जय छठी मईया! जय सुर्य देव!

16. यादों में कार्तिक

छठ महापर्व से बचपन से ही जुड़ाव रहा है, क्यूँकि जब से होश संभाला है, तब से यह व्रत माँ को करते देखती रही हूँ। छठ का आह्वान तो कार्तिक महीने के प्रारम्भ से ही हो जाता है। मेरे घर में तो इसलिए भी, क्यूँकि माँ के कार्तिक-स्नान करने के साथ ही, यानि माह की शुरुआत से ही मेरे घर में प्याज-लहसन, बैंगन, मसूर, टमाटर, और भी बहुत सारी चीजें ऐसी थी जिन्हें रसोई में लाना वर्जित हो जाता था। तो माँ के साथ-साथ उनके आदेशों का अनुसरण करते हुए हम भी यह महसूस कर लेते थे की थोड़े पुण्य तो मैंने भी कमा ही लिए होंगे।

वैसे हम लोग तो दाल, चावल, सब्जी, रोटी सब खा लेते थे, लेकिन माँ का भोजन बिलकुल सात्विक ही रहता था इस माह में। उन दिनों हम बच्चों की आखें खुलती थीं तो घड़ी के अलार्म से नहीं, बल्कि माँ की पूजा के घंटियों की मधुर ध्वनि से। और तब आलस नहीं, बल्कि पछतावा होता था कि पहले क्यों नहीं जाग पाई। लेकिन मेरे पछतावे पर विराम लगवा कर माँ अपनी पूजा-पाठ के कुछ काम मेरे हिस्से छोड़ ही जातीं थी। गृहस्थ जीवन में रहते हुए पूजा-पाठ एवं धर्म-कर्म के नियमों का पालन उतना सरल भी नहीं होता। इसी लिए माँ पूजा पाठ से निवृत हो कर हम सबों के भोजन के प्रबंध में लग जातीं, और फिर सबको खिला-पिला कर ऑफिस/स्कूल/कॉलेज भेज देने के बाद ही खुद अपने भोजन के लिए समय निकाल पातीं।

मेरी सहूलियत के लिए माँ बिल्कुल मेरे समय के अनुसार ही अपना टाइम सेट करतीं, जैसे-पूजा में माँ के साथ मैं अगर सोते रहने के कारण शामिल नहीं हो पाती, तो घर के काम-काज निपटाने के बाद पुनः स्नान

के बाद स्वच्छ वस्त्र धारण करके "कार्तिक माहात्म्य की किताब से हर रोज कथा मेरे द्वारा ही सुनती और मैं भी आनंदपूर्वक सुनाया करती थी। माँ इसलिए भी सुनती थीं कि लोग कहते थे कि कुंवारी कन्याएँ अगर कार्तिक स्नान करतीं हैं तो घर और वर दोनों ही योग्य मिलते हैं। कार्तिक-कथा की किताब में भी लिखा था कि अगर स्नान करना सुबह संभव न हुआ तो बाद में स्नान करके इस कथा को पढ़ना या पढ़कर सुनना भी फलदाई होता है। इतना ही नहीं, कथा सुनाने वाले को या पंडित हो या चाहे बेटियाँ ही उन्हें पूर्णिमा के दिन दान-दक्षिणा स्वरूप रूपए पैसे एवं अन्न के साथ वस्त्र भी दिया जाता है, और माँ मुझे दान उपदान के रूप में नवीन वस्त्र स सम्मान दिया करती थीं। जिसमे दोनों ही खुश हो जाते। मुझे वस्त्र मिल जाता और माँ को बेटी के लिए योग्य घर और वर का आश्वासन। फिर माँ को कथा सुनाकर माँ के लिए प्रसाद तैयार करने की जिम्मेदारी मेरी होती थी। पूजा एवं आरती के तुरंत बाद ही मैं रसोई में प्रवेश करती जहाँ माँ पहले से ही रसोई, गैस स्टोव, स्लैब, एवं शुद्ध बर्तनों को धो पोंछ कर रखतीं और मैं भोजन बनाने में लग जाती। वैसे भोजन बनाने में समय कम ही लगता लेकिन उसकी तैयारी में ही समय ज्यादा लगता क्यूँकि माँ खाती भी थीं तो बस चावल, आलू, घी, सेंधा नमक, घरेलू चक्की में पिसा हुआ मोटा आटा, हरी मिर्च, कच्ची हल्दी, धनिया पत्ती, और जीरा। तो मैं भी क्या बना पाती? बस आलू की सब्जी घी में, आलू के भरते, आलू की भुंजिया, घी, कच्ची हल्दी, जीरा डाल कर दो-चार हरी मिर्च फ्राई कर देती घी में और बस क्या था, इतने में ही भोजन का स्वाद बढ़ जाता।

अब मैं क्या जानूं की मेरे द्वारा बनाए गए प्रसाद का स्वाद कैसा होगा? लेकिन माँ के भोजन ग्रहण करने के भाव को देख संतुष्टि मिल जाती मुझे भी। वैसे तो कार्तिक मास में काम की व्यस्तता और नित दिन त्योहारों को ले कर साफ-सफाई पूरी दिनचर्या को व्यस्त रखती। लेकिन फिर भी मन उकताने वाली थकान नहीं होती जबकि इस माह में माँ के व्रत उपवास की संख्या में और भी वृद्धि हो जाती। वैसे तो हर महीने एकादशी त्रियोदशी और त्योहारों के व्रत ही होते थे लेकिन इस महीने में छठ पर्व और माह के अंत में पांच दिन फलाहार रहना मतलब मिला-जुलाकर माँ महीने में दस दिन ही अन्न खा पाती थीं और वो भी बिलकुल सात्विक भोजन। न जाने कैसे इतना कुछ करने के बाद भी माँ सकारात्मक ऊर्जा से भरी रहतीं। तब भी

दीपावली की थकान के बाद गाँव जाने की तैयारी और छठ पूजा का आह्वान ऐसा की माँ को देख हम सब भी उत्साह से भर उठते थे और गाँव जाने की तैयारी में लग जाते। क्यूँकि वहाँ भी शारीरिक श्रम लगना था और यह व्यस्तता छठ तक ही नहीं बल्कि कार्तिक पूर्णिमा के अगले दिन दान-उपदान और ब्राह्मणों को भोजन करवा कर अन्न जल में मिलने के बाद ही जो खत्म होना था। फिर उसके लिए उत्साह तो समेट कर रखना ही था। छठ में भी माँ हर एक काम को इतनी बारीकी एवं उसकी शुद्धता को परखती थीं मानो छठी मैय्या खुद भी सहयोगी बन गयी हैं इस कार्य में। तभी तो इतनी शुद्धता से हर कार्य संपन्न हो पा रहा है। और बिना छठी मैय्या के सहयोग के इस कार्य का बीड़ा उठाया ही नहीं जाता। माता की मंशा और उनकी इच्छा होती है तभी अवसर मिलता है छठी व्रती होने का। फिर तो नहाय खाये हो या खरना मैं भी माँ के हर कार्य में उनके पीछे रहती। ऐसे तो कार्तिक स्नान के कारण माँ चना दाल लौकी ये सब नहीं खाती थीं लेकिन छठी मैय्या को भोग लगाकर नहाय खाय के दिन सिर्फ एक समय बासमती चावल, चना दाल और लौकी की सब्जी, दही और तुलसी दल के साथ प्रसाद ग्रहण करतीं।

माँ के प्रसाद ग्रहण करने के बाद ही मैं, गाँव-घर की तमाम अपने उम्र की लड़कियों के साथ ही, माँ द्वारा जूठन छोड़ी गई थाली में से ही उस प्रसाद को ग्रहण करती। फिर बाकी लोग भी प्रसाद खाने और खिलाने में जूट जाते, और इस तरह नहाय-खाय संपन्न हो जाता। अगले दिन खरना होता, जिसे हम सब "लोहंडा" भी कहते हैं। उस दिन भी माँ के साथ उनके निर्देशों पर घर-बाहर के तमाम काम निबटाते हुए मैं गोधूली तक पूजा के लिए प्रसादः तैयार करने में माँ की मदद करती। उन दिनों ऐसा लगता जैसे मेरे पैरों में पंख लग गए हों। लगातार इधर से उधर चक्कर कटवाते रहने वाले काम होते, और फिर गाँव की अन्य बेटियों और महिलाओं को खरना के लिए गीत गाने और प्रसाद पाने का बुलावा देने भी खुद ही जाना होता। जब तक खरना होता रहता, सभी महिलाएँ आंगन में बैठ गीत गाती रहतीं। खरना संपन्न होने पर सब लोग बारी-बारी से खरने वाली जगह पर मत्था टेकते और फिर माँ को प्रणाम करते। माँ से आशीर्वाद लेकर माँ के ही हाथों से सिंदूर का टीका लगवा मैं तो जैसे खुद को बेहद शक्तिशाली और प्रोटेक्टिव महसूस करने लग जाती थी।

उसके बाद तो उस खरने के महाप्रसाद को पाने की ऐसी ललक होती कि माँ के प्रसाद ग्रहण करने के बाद उनकी थाली में जो कुछ भी छूटा होता, उसे लेकर मैं फौरन बाहर निकल जाती और सारी बहनों, बुआओं और हमउम्र लड़कियों के साथ बैठ कर एक साथ ही प्रसाद ग्रहण करते। प्रसाद के अतिस्वादिष्ट होने के बावजूद भी हमें जल्दी-जल्दी खाकर उठ जाना पड़ता था, क्योंकि तब तक घर में प्रसाद ग्रहण करने के लिए आने वाले बाहरी लोगों की भीड़ लग गई होती। कुछ लोग प्लेट में लेते, तो कुछ लोग बस हाथ में ही लेकर निकल लेते ताकि बाकी घरों का प्रसाद भी ग्रहण किया जा सके। खरने के महाप्रसाद का यह माहात्म्य था, कि इसे कोई भी किसी भी घर में जाकर बेहिचक माँगकर खा सकता था।

उसके तुरंत बाद प्रसाद खिलाने की जिम्मेदारी घर के बड़े लोगों पर छोड़कर मैं बुआ और गाँव की अन्य लड़कियों के साथ पूरे गाँव में प्रसाद बाँटने को निकल जाती। पूरे गाँव में यह प्रसाद बाँटने का यह काम भले ही काफी थका देने वाला होता था, लेकिन अपनी हमउम्र इतनी सारी लड़कियों के साथ हँसी-ठिठोली करते हुए रात के उस घुप्प अंधेरे में टॉर्च के सहारे घूमकर अपनी ढीठता का परिचय देना हमारे लिए प्रचूर मनोरंजन भी तो था। झुंड में कुछ लडकियाँ तो ऐसी भी हुआ करती थी जो अक्सर किसी दुसरे घर की कुण्डी जोर से खटखटा कर दरवाजा खुलने से पहले ही वहाँ से भाग खड़ी होती। छठ के दिनों में गाँव जाकर कुछ इस तरह का माहौल जीना मेरे लिए जैसे एक नई दुनिया से रू-ब-रू होने जैसा था।

इसके अगले दिन थोड़ा आराम रहता, क्योंकि मुझे बस दोपहर के भोजन की ही तैयारी करनी होती सबके लिए। माँ का तो निर्जला उपवास ही होता। सो उस दिन मैं भोजन कुछ इस तरह बनाती कि रात्रि के भोजन के लिए भी पर्याप्त बचा रह सके, ताकि घाट से थककर आने के बाद भोजन बनाने में ज्यादा कुछ मेहनत की दरकार न हो।

शाम को घाट पर जाने से ठीक पहले मैं एक बार फिर से स्नान करके तैयार हो लेती, ताकि माँ के नदी में खड़े रहने पर उन्हें सिंदूर लगाने और सूप देने की जिम्मेदारी शुद्धता से निपटा सकूँ। अर्घ्य दिलवाकर जल्दी ही लौट जाती, क्योंकि शाम में ज्यादा भीड़ नहीं होती थी और मेला भी कम ही लगा होता। सुर्यघाट से घर की दूरी भी करीब घंटे भर की थी, और बिना चप्पल के आना-जाना थोड़ा कठिन भी होता था और संभल-संभल कर

चलने के कारण समय भी कुछ ज्यादा ही लगता था। तभी सायंकालीन अर्घ्य के बाद घाट पर तनिक भी समय गंवाए बिना हमलोग वहाँ से वापिस घर खिसक लिया करते थे।

शाम को अर्घ्य दिलवाकर घाट से लौटते ही बुआ लोगों के साथ रात्रि-भोजन को समय से पहले निबटा लेती ताकि सुबह के लिए भोजन की तैयारी समय पर हो सके। हालांकि माँ तो कार्तिक स्नान के कारण सामान्य भोजन कार्तिक पूर्णिमा के बाद ही कर पाती थी।

लेकिन फिर भी पारण के भोजन के लिए तो कढ़ी-पकौड़ा, साग, कई तरह की सब्जियाँ पकौड़ियाँ घर के बाकी लोगों के लिए तो बनाना ही होता। सो माँ के लिए घाट से लौटने के बाद घी का वही सात्विक भोजन बनाती थी, बस उस दिन माँ के भोजन में अगस्त्य के फूल की पकौड़ियाँ भी शामिल कर देती।

प्रातः सारी तैयारियाँ पूरी कर घाट पर निकलने के लिए माँ ज्योंहि अपने कदम दरवाजे से बाहर निकालतीं, पिछे दो दिनों के कठिन उपवास के बावजूद भी उनके स्निग्ध-स्नेहिल कंठ से जब "कांच ही बांस के बहंगिया, बंहगी लचकत जाए" के स्वर प्रस्फुटित होते, गाँव की मुहं-अंधेरी गलियाँ जैसे झंकृत हो उठती। पीछे-पीछे पास-पड़ोस की सारी दादीओं, बुआओं के स्वर समाहित होते चले जाते माँ के द्वारा उठाए गए गीत में। गीत की आवाज सुनते ही इंतजार में तैयार हुई बैठी बेटियाँ और बहूएँ भी घाट की ओर कूच कर रहे उस काफिले में शामिल होती जातीं।

गीतों के साथ घंटे भर की लंबी दूरी भी बड़ी आसानी से तय हो जाती। शाम में जहाँ अर्घ्य पड़ा था, सुबह में भी पुनः वहीं पर अर्घ्य का दौरा रखा जाता। सिर पर दौरा उठाए-उठाए चाचा जी थक चुके होते थे और दौरे को भूमि पर उतारे जाने की बाट बड़े शिद्दत से जोह रहे होते। सुबह के अर्घ्य में समय भी ज्यादा लगता, क्योंकि सुबह के अर्घ्य की प्रक्रिया अपेक्षाकृत लम्बी भी होती थी। घाट पर का मेला भी घने और विशाल भीड़ से आप्लावित होता था। असंख्य दुकानें और हलवाईयों के टेंट और ठेले जैसे रातों-रात सजकर तैयार हो गए होतेः मिठाईयों, चाट-पकौड़ियों, तरह-तरह के झूलों और मिट्टी के खिलौनों की दुकानें। और फिर मेला घूमने और मिठाईयाँ खाने का चाव भला किस बच्चे को न होता?

बल्कि आवारा लड़के घाट के भीड़ की ही आड़ में जूए की बाजियाँ

भी जमा देते और फिर पुलिस के डंडे की मार झेलते हुए भीड़ में इधर से उधर दौड़ भाग करते हुए माहौल में हड़बोंग पैदा कर जाते जिससे कि छेड़-छाड़ और भगदड़ मचने की आशंका भी बराबर बनी रहती। और फिर छठ घाट का मेला भी तो इतना बड़ा होता था कि लोग अपने बच्चों को गमछे और दुपट्टे से बांधे रखते।

और मेले के लुत्फ ज्यादातर पुरुषों के लिए ही होते थे, क्योंकि छेड़छाड़ और खामख्वाह के टेंशन की आशंका सभ्य-शरीफ घरों की लड़कियाँ खुद को दूर ही रखा करतीं। पूजा पश्चात प्रसाद वितरण करने के साथ ही वे घर वापसी को कूच कर जातीं। ऐसे ही परिवारों में से एक परिवार हमारा भी होता। लेकिन घुमने का लोभ मन में ही दबा लिए होने के बावजूद भी मेले की ही किसी एक दूकान से मिट्टी का एक गुल्लक तो मैं खरीद ही लाया करती थी। और हाँ, माँ के आदेशानुसार बुआ के साथ जाकर एक दूकान से सिंदूर-बिंदी भी खरीदना हो जाता, चूँकि छठी मईया के घाट से सुहाग की चीजें खरीदने को माँ शुभ मानती थीं। माँ कहतीं कि देवस्थल से और कुछ खरीदें या न खरीदें, सिंदूर, बिंदी और चूड़ी-लहठी जैसी सुहाग की चीजें तो खरीद ही लेनी चाहिए, अहिवात बढ़ता है।

सुबह के अर्घ्य के बाद वापस लौटते समय छठ के गीत नहीं गाने होते थे, सो बुआ पर उनके चाट-प्रेम को लेकर हँसी-ठिठोली करते-कराते हम घर पहुँच जाते। छठ-घाट की घनी भीड़ और धक्का मुक्की से बचते-बचाते सपरिवार सकुशल घर लौट गया होना हमारे दिलों को किसी जंग को जीतकर घर लौटे होने का अहसास करा जाता।

फिर घर आकर थकान मिटाने का समय निकाले बिना ही पहले मंदिर में पुजाई होती और फिर प्रसाद ग्रहण कर भोजन करने-कराने का कार्यक्रम। तुरंत बाद ही पूरे गाँव में प्रसाद वितरण। अद्भुत तो यह कि बाकी सबने तो अपनी-अपनी पेट पूजा सम्पन्न कर ली होती, लेकिन व्रती के रूप में माँ ने तो अभी तक पारण नहीं किया होता।

लेकिन करती भी कैसे? माँ को तो वो सब कढ़ी-पकौड़ा एवं अन्य सब्जियों को खाकर पारण करना ही नहीं होता था। क्योंकि माँ को तो बस नहाय-खाय के दिन ही छूट थी उस प्रसाद को ग्रहण करने की। आज तो पुनः वही चावल और आलू की रसेदार सब्जी घी, जीरा, सेंधा नमक, कच्ची हल्दी और हरी मिर्च डालकर। मुझे आश्चर्य होता कि इतने तरह के

व्यंजन बने होने के बाद भी माँ कैसे इतनी प्रतीक्षा कर लेती है फिर से उसी सादे भोजन के लिए। यही सोचते हुए मैं उस दिन चावल और सब्जी के साथ-साथ आलू की घी में भूंजिया और चावल भीगोकर-पीसकर घी में ही अगस्त्य की पकौड़ियाँ तल देती। हालांकि यह टास्क मेरे लिए बहुत मुश्किल होता था, क्योंकि शहर के फ्लैट में तो गैस स्टोव को धो-पोंछकर उसी पर माँ के लिए भोजन बना लिया करती थी लेकिन गाँव में मिट्टी के चूल्हे पर ही बनाना होता जो कि मैं मिट्टी के चूल्हे और जलावन नहीं संभाल पाती थी। फिर भी मेरे लाख मना करने के बावजूद माँ आकर चूल्हा और जलावन का काम अक्सर संभाल ही लेती और पल में भोजन तैयार हो जाता।

जैसे-जैसे समय बीतता जाता, मुझे यही लगता रहता कि अब माँ का तप पूरा होने में बस कुछ ही दिन बचे हैं। व्रत-त्यौहार कम हो जाएगा तो माँ को राहत मिलेगा। लेकिन अभी कहाँ? अभी तो छठ के दूसरे दिन अक्षय नवमी का व्रत जिनमें आंवले के वृक्ष के नीचे भतुआ दान करने का दिन, जो कि बहुत बड़ा आयोजन होता था और आंवले के वृक्ष के नीचे ही बैठकर भोजन ग्रहण करना होता था। लेकिन इतनी व्यस्तता के बावजूद भी उस दिन का एक अलग ही उत्साह होता था।

दशमी के दिन भी मैं माँ के लिए बहुत ही लगन से खाना बनाती थी, क्योंकि उसके बाद से पांच दिनों तक माँ फलाहार पर ही रहा करती थी। अगली सुबह एकादशी का व्रत होता था, जिस दिन घर में तुलसी विवाह का आयोजन बड़े ही धूमधाम से किया जाता। शाम में पंडिताइन जी को बुलाकर विधिवत पूजा कराई जाती और गन्ने का मंडप सजा माँ तुलसी एवं भगवान शालिग्राम का विवाह संपन्न कराया जाता। तुलसी माता को खोंइछा देकर यह विधि संपन्न होती, जिस दौरान पूजा-पाठ के साथ-साथ खूब मंगल-गीत भी गाए जाते।

इन व्यस्तताओं में भी दो बार स्नान करना और सुबह की पूजा के साथ आंवले एवं शम्मी के पौधों में हर शाम दीपक जलाने का काम पूरे महीने चलता। दिन में समय निकालकर बिना कुछ भोजन ग्रहण किए कार्तिक महात्म्य के बाकी अध्यायों की कथा भी सुन लिया करती। दिन द्वादशी का हो या त्रयोदशी का, रहना तो व्रत में ही था; क्योंकि पांच दिनों तक रहना तो फलाहार पर ही था। फिर चतुर्दशी को देवताओं को दीपदान कर चौरस्तों

पर काफी सारे दीये जलाए जाते थे। मान्यता यह थी कि स्वर्ग चतुर्दशी यानि की देव दीपावली के दिन चौरस्तों पर दीया जलाने से स्वर्ग की ओर जाने वाले रास्ते प्रकाशित हो जाते हैं, या, दुसरे शब्दों में, व्रती के लिए स्वर्ग का रास्ता खुल जाता है।

वैसे तो ये पांच दिन सिर्फ कहने भर के लिए ही फलाहार पर बीतते, लेकिन काम और पूजा-पाठ के आगे माँ को सुध कहाँ रहती थी फल आदि भी खा पाने की। हालांकि मैं थोड़ी-बहुत बेटीगिरी दिखा कर माँ को जबरदस्ती कुछ खिला ही दिया करती थी। क्योंकि पूर्णिमा को निर्जला व्रत रहना होता और रात्रि में चंद्रोदय के बाद ही अर्घ्य देकर माँ सफेद फल या दूध से बनी मिठाई प्रसाद के रूप में ले सकती थीं। वैसे तो माँ की हालत कितनी भी डाउन हो जाती, लेकिन दिखाती खुद को एक्टिव ही थी। फिर भी जीवन के अंतिम कुछ वर्षों में माँ का कमजोर शरीर इस तप से बिल्कुल ही ऐसा थक जाया करता था कि माँ के मुँह से आवाज भी बमुश्किल ही निकल पाती।

लेकिन फिर भी मेरे हृदय में थोड़ा उत्साह इस कारण बचा रह जाता था क्योंकि सबसे महत्वपूर्ण एवं पसंदीदा कार्य, जो बेहद जटिल भी था, मेरे जिम्मे था;। यह काम था अगले दिन माँ के कार्तिक समापन का दिन। यह अवसर काम के प्रचुर भार और दबाव के बावजूद भी मुझे बेहद खुश और सक्रिय बनाए रखता। उत्साह इतना होता कि अकेले ही माँ के अगले दिन की पूजा और ब्राह्मण भोग के लिए कढ़ी-पकौड़ा, बासमती चावल, ग्यारह तरह की सब्जियाँ-साग, दही-भल्ले, पूरी-खीर और इस तरह की वो सारी चीजें जो माँ ने अपने भिन्न-भिन्न व्रतों और उपवासों के कारण इस महीने में नहीं खाया होता था। सुबह आठ बजते-बजते माँ के पूजा दान-उपदान का समापन कर भगवान का भोग लगाती। दान के रूप में अनाज और सब्जियाँ कुछ द्रव्य सीधा के रूप में छूती। फिर ग्यारह ब्राह्मणों को भोजन ग्रहण करवाकर दान-दक्षिणा सहित सभी ब्राह्मणों को विदा करती। उसके पश्चात ही माँ अपने तमाम व्रतों और पूजा-पाठों में जाने-अनजाने में हुई भूलों और त्रुटियों के लिए ईश्वर से क्षमा माँगने के बाद ही भोजन ग्रहण कर इस कठिन व्रत का समापन करती थीं।

माँ के लिए कार्तिक का यह महीना कितना प्रिय था-मैं शब्दों के जरिए इस प्रेम का खाका खींच सकने में किंचित असमर्थ हूँ। इसीलिए, मेरे लिए

तो इस साधारण और सर्वज्ञात तथ्य में भी बेहद गहन जीवन-दर्शन के बीज निहित हैं, कि माँ अचेत तो हुईं कार्तिक पूर्णिमा के ही दिन, लेकिन उन्होंने इस दुनिया से विदा लिया दो दिनों के बाद। कार्तिक मास से इतना लगाव रखने वाली इस महीने को अशुभ कैसे कहे जाने देती?

माँ ने पांच सालों तक लगातार कष्टी व्रत करने के उपरान्त जब यह इच्छा जाहिर की कि अब इस व्रत की पूर्णाहूति बेटी ही करे, तो अच्छा हो। लेकिन जिस समय माँ ने छठे साल में छठ-पूजा करके कष्टी व्रत के पूर्णाहूति और इसी अवसर पर अपने नाती के मुण्डन-संस्कार संपन्न करने की जिम्मेदारी मेरे कन्धों पर सौंपी, तो मैंने एक तरह से डाँट पिलाते हुए झिड़की दी थी कि मैं सहायता के लिए हर तरह से तैयार थी, किन्तु व्रती की भूमिका तो उन्हें ही निभानी पड़ेगी। ये जिम्मेवारी भला उनसे बेहतर निभा भी कौन सकता था? इसपर माँ ने बिलकुल नपे-तुले थोड़े से शब्दों में बस इतना ही कहा कि उनकी दिली इच्छा यही थी कष्टी व्रत की पूर्णाहूति मेरे ही हाथों संपन्न हो। उस समय मुझे माँ की इस इच्छा में नियति के किसी गूढ़ संकेत का तनिक भी भान तक नहीं था। उनकी इस इच्छा का अर्थ मुझपर तो तब जाकर खुला जब मेरे ऊपर यह जिम्मेदारी सौंपने के एक हफ्ते बाद ही माँ कार्तिक मास के खत्म होते ही पूर्णिमा के दो दिनों के बाद ही अपने पार्थिव चोले को त्याग कर बैकुंठ की अनंत यात्रा पर निकल गईं।

हालांकि नियति के इस क्रुर मजाक ने मुझे नास्तिक बना देने की हद तक झकझोर दिया था। लेकिन माँ की इच्छानुसार उनकी ली गई मन्नत को पूरी करने के लिए तो मुझे अपने अंतर्मन में छठी-मैय्या के प्रति लगभग संज्ञा-शून्य हुई पड़ी आस्था को जागृत करना ही था। सो माँ के जाने के दो साल बाद छठी माता के श्री-चरणों में शीश झुकाते हुए यह व्रत विधिपूर्वक संपन्न किया, और माँ द्वारा दी गई सीखों का ही माहात्म्य है कि मेरे जैसी एक अबोध-अल्पज्ञानी स्त्री बिना किसी त्रुटी के छठ का यह महाव्रत संपन्न कर पाई और माँ की इच्छानुसार ही पांच सूप से अर्घ्य देकर गाजे-बाजे सहित बेटे गोपू का मुंडन-संस्कार संपन्न करा सकी।

खंड-दो

भूले-बिसरे चित्र

(उर्फ आधुनिकीकरण की दौड़ में पीछे छूटती जा रही चीजें)

17. मलिया

यह एक लकड़ी का बना कटोरीनुमा आकार का ऐसा पात्र हैं जिसमें तेल रखा जाता है। गाँव के आम बोलचाल की भाषा में इसे हम "मलिया" कहते हैं। यह मलिया और उसमें रखा तेल तो हर किसी के जीवन में उपयोग में लाया जाता है। शुरूआत तब से ही हो जाती है जब घर में बच्चे का जन्म होता है। और उसी मलिया में रखे तेल से माँ और बच्चे दोनों की मालिश होती है। मौसम के हिसाब से इसमें तेल रखा जाता है। और मौसम के अनुकूल ही तेल में कुछ-कुछ मिलाकर रखा जाता था। जैसे; कपूर, अजवायन इत्यादि। शहरों में इसकी महत्ता न के बराबर हो गई है क्योंकि तरह-तरह के प्रोडक्ट्स और तेल में भी कई प्रकार बाजार में अपनी जगह बना चुके हैं। कुछ तो बाजार और कुछ डॉक्टर की हिदायतों ने इन घर के तेलों की महत्ता को कम करते हुए "मलिया" को दरकिनार कर दिया है। लेकिन गाँवों में आज भी इसका उपयोग होता रहता है। इस मलिया में सिर्फ तेल ही नहीं होता बल्कि जूड़ जाता है नेह और पीढ़ी-दर-पीढ़ी को इस मलिया के तेल से मजबूती मिलती जाती है।

लेकिन गाँव में आज भी बच्चे के जन्म से ही प्रसूति और शिशु को इसमें रखा गया तेल ही लगाया जाता है। जो कि उस समय माँ का दूध और तेल ही शिशु के लिए जीवन होता है। और माँ बनने के बाद एक स्त्री का दूसरा जन्म होता है तो शारीरिक कमजोरी होना तय है। ऐसे में तेल और उचित खान-पान ही एक स्त्री को जीवन में आगे बढ़ते हुए जिम्मेदारियों से लड़ने की ताकत देती है।

गाँवों में तो तकरीबन हर घर में यह मलिया होता ही है लेकिन शहरों या फिर महानगर के घरों में तो सवाल ही नहीं होता कि यह मिल जाए।

वैसे तो जन्म से लेकर बड़े होने तक या यूँ कह लें कि उम्र भर यह उपयोगी रहता है। आज के जमाने जैसा संक्रमण का ख़तरा पहले नहीं होता था और लोग एक साथ एक ही थाली में बैठकर खाना, एक-दूसरे के कपड़े पहनना फिर साबुन हो या तेल एक ही से घर भर में इस्तेमाल करते थे। मौसम अनुकूल तेल भर दिया जाता था मलिया में और घर भर के लोग इस्तेमाल कर लेते थे। जन्म के बाद बढ़ती उम्र से लेकर शादी में तो "मलिया" बहुत महत्वपूर्ण माना जाता था। क्योंकि शादी-विवाह में फैशनेबल चीजों के साथ-साथ तेल का भी खूब इस्तेमाल होता आखिर तेल की कई सारी रस्में भी तो होती है शादियों में। जैसे शादी की शुरुआत में ही हमारे बिहार में तिलक की रस्म होती है और उसी दिन से लड़के-लड़की को हल्दी का उबटन लगाया जाता है। उस उबटन लगाने के दौरान मलिया में रखे तेल का खूब इस्तेमाल होता है। हल्दी के साथ तेल की भी मालिश होती लड़के-लड़की को। माँ, बुआ, चाची, मौसी, दादी, मामी या अन्य सुहागिन महिलाओं को द्वारा। आज की तरह मसाज पार्लर की जरूरत नहीं पड़ती थी बल्कि हाथ-पैर, पीठ हो या चेहरा सब जगह हल्दी और तेल की मालिश हो जाती थी। जिससे शारीरिक दर्द तो छूमंतर होता ही सौंदर्य भी निखर कर जाता। और हल्दी लगाने के बाद बाल संवारने की रस्म की जाती जिसे बुआ, मौसी या बड़ी बहनें करती। उस रस्म को "पटफर" कहा जाता है। बाल संवारने के लिए नई कंघी और मलिया में रखे तेल का इस्तेमाल होता था। तेल और मालिश को लेकर एक छोटा-सा वाक्या यह भी याद आया कि मेरी माँ के द्वारा दी गई सीख और उनके संस्कार ससुराल में भी मुझे हर बड़ी-बुजूर्ग करना अच्छा लगता था। वैसे तो बस नेग भर ही ज्यादा किसी ने मालिश नहीं करवाया था। लेकिन दादी सास के काफी बुजूर्ग और पैरों में काफी दर्द होने के कारण उनकी मालिश कर देती। और दादीजी मुझे खूब स्नेह करते हुए मेरी सराहना करतीं कि आज के फैशन की बहू तेल मालिश करे ये सौभाग्य की बात है। तभी तो इस मलिया में रखे तेल का इस्तेमाल जन्म से लेकर बुढ़ापा तक किया जाता है। और मलिया में रखे तेल सिर्फ शरीर ही नहीं रिश्ते भी मजबूत करता है।

18. कजरौटा

अब तो ये शब्द ही पुराना हो गया, या यूँ कहें कि इसकी जगह आई नई-नई मेकअप प्रोडक्ट्स ने ले ली है। लेकिन पहले के जमाने मे तो आँखों का श्रृंगार बस कजरौटे से ही पूरा हो जाता था और आँखें खूबसूरत दिखने लगती थीं। लेकिन अब तो आँखों के श्रृंगार के लिए न जाने कितनी तरह की चीजें आ गई है बाजार में, और हमारे घर में भी, जैसे आई पेंसिल, आइब्रो पाउडर, आइब्रो पेंसिल, मस्कारा, फॉल्स आई लैशेज, आई शैडो, आई लाइनर और काजल की पेंसिल सहित और भी न जाने क्या-क्या, जिनका इस्तेमाल करके आँखों को खूबसूरत बनाने की बजाय कई बार तो डरावना भी बना दिया जाता है।

पहले भले ही हम तेल और जलते दीये की लौ से घर में ही काजल बना लेते थे और फिर वही घर की महिलाओं से लेकर बच्चों तक को लगाया जाता था। लेकिन अब ऐसा नहीं है। अब तो हम घर के बने काजल का इस्तेमाल इस डर से नहीं करते कि कहीं कोई इन्फेक्शन न हो जाए। शायद हम भूल जाते हैं कि घर के बने काजल से ज्यादा सुरक्षित बाजार वाले तो बिल्कुल ही नहीं! और अब तक इसी काजल ने तो हमारी आँखों को स्वस्थ, सुंदर और सुरक्षित रखा हुआ है।

कजरौटे का महत्व बस रोजाना लगाए जाने के लिए काजल रखने तक के लिए ही नहीं था। शादी-विवाह में रस्म के अनुसार बुआ या बड़ी बहनें तोहफे के रूप में भी कजरौटा दिया करती थी। शादी में होने वाले रस्मों में भी काजल लगाने की रस्म होती थी और उसी अनुसार गीत भी गाए जाते थे। बुआ अपने भतीजे-भतीजी की शादी में रस्म अनुसार काजल घर में ही बनाती और लगाती थी, अक्सर तगड़ा नेग वसूल पाने के भी। वैसे काजल

लगाकर वसूले जाने वाले नेग की शुरूआत घर में बच्चे के जन्म से ही शुरू हो जाती थी। जन्म लेते ही बच्चे को काजल नहीं लगाया जाता था, और तब तक नहीं लगाया जाता था जब तक घर में छठी या बरही न हो जाए-जो कहीं जन्म के छः दिनों के बाद तो कहीं बारह दिनों के बाद होता है। सो इस आयोजन से पहले बच्चे को काजल नहीं लगाया जाता। बरही के दिन ही कोई बड़ा या छोटा आयोजन करके तमाम रस्मों के साथ बच्चे की बुआ या मौसी के द्वारा काजल लगाने की इस रस्म को संपन्न किया जाता है जिसमें तगड़ी नेग मिलने की भी भरपूर गुँजायश रहती है। और फिर उसी दिन से बच्चे को काजल लगाने की शुरूआत हो जाती। लड़का हो या लड़की, जन्म के कुछ सालों तक-जबतक बच्चे का मूण्डन न हो जाए तभी तक ही-काजल लगाया जाता था और बच्चे के आस-पास लोहे का कजरौटा जरूर रखा जाता। मान्यता यह थी कि कजरौटा बच्चे को बुरी नजर से बचाए रखेगा।

बचपन में नवरात्र के शुरूआत में भी माँ को सरसों तेल और दिये की लौ से काजल बनाते देखती थी। हालांकि यह काजल चुपके से बनाया जाता था छिपाकर लेकिन छुपे चीजों की तहकीकात करना ही तो बचपने का असली आनंद होता था। बचपन में सुनती थी कि नवरात्रि में नजर लगने का भय काफी हद तक होता है और कुछ लोग टोने-टोटके भी ख़ूब करते हैं। तो भले ही अंधविश्वास रहे यह लेकिन माँ तो खुद की नजरों से भी अपने बच्चों को बचाते हुए नजर उतारती है तो बच्चों के मामले में औरों पर भरोसा कैसे करती। और आँखों से लेकर, कान के पीछे, हथेली, नाभी और तलवे तक में काला टीका लगा देती थीं। शायद माँ के द्वारा बचपन के लगाए काला टीका ही हमें बुरी नजरों से आज तक बचा रहा है।

विवाह में भी यह नजर का काला टीका या आँखों में भी काजल जरूर लगाया जाता। कहते हैं कि विवाह समारोह के दिनों में लड़के-लड़की को जल्दी नजर लग जाती है, इसीलिए उस दौरान काजल का टीका जरुर लगा रखना चाहिए! और ध्यातव्य रहे कि चांदी-पीतल से ज्यादा लोहे के कजरौटे का ही इस्तेमाल किया जाता है।

बारात विदाई से पूर्व लड़के के घर में हो रही रस्मों में ये काजल की रस्म भी महत्वपूर्ण मानी जाती है। इसमें काजल की रस्म के गीत और बुआ, मौसी, भाभी-ननद सबके बीच छींटाकशी वाले गीत भी गाए जाते थे। उस

दौरान आँखों में तो काजल लगाया ही जाता है; उसके अलावा लड़के के माथे पर लाल या पीला कपड़ा बांधते हैं, जिसे पटमासी कहा जाता है, और उस पर काजल के लंबे-लंबे पांच टीके लगाए जाते हैं। आँखों के साथ-साथ उस लाल पट्टे पर काजल का टीका लगा लड़के के सिर पर बांधते हैं जिससे दूल्हे पर बूरी नजर का प्रभाव न पड़े। वाकई कितनी नजरों से बचाता है यह काला टीका।

अब तो कई लोग डॉ के परामर्श से बच्चे की आँखों में काजल नहीं लगाते, तो ललाट के कोने पर या नाभि में, कान के पीछे या अन्य जगहों पर काजल का टीका लगाते हैं। इतना ही नहीं कोई सुंदर लग रहा है या हमारा अपना हो जिस के प्रति अत्यधिक स्नेह एवं वात्सल्य भाव हो मन में उसे भी नजर न लगने की कामना करते हुए काजल का काला टीका लगा जाते हैं हम। मतलब जन्म से लेकर शादी-विवाह तक में काजल का खास महत्व होता है। ये काजल ही है जो काला होकर भी शुभ माना जाता है और इसे लगाना अपनेपन के एहसास से भर देता है।

तभी तो हमारे बिहार में विवाह के दौरान काला रंग वर्जित माना जाता है, लेकिन एक काजल और दूसरा मंगलसूत्र के मोती के बिना कोई भी रस्म और विवाह दोनों ही अधूरा रह जाता। कजरौटा के काजल का काला रंग और मंगलसूत्र के धागे में पिरोए काले मोती हर जोड़ी को आबाद रखें, हर परिवार को खुशहाल रखते हुए हमारे जीवन पर आने वाली हर मुसीबतों और बुरी नजर से हमें बचाए रखे।

19. पीढ़ा

पीढ़ा प्राय: लकड़ी का बना हुआ चौकी के आकार का वह छोटा-सा आसन है जो कि हिन्दू धर्म में धार्मिक कार्यों में पूजा-पाठ में उपयोग किया जाता है। लकड़ी के बने होने के कारण यह शुद्धता का प्रतीक भी है। इसके पाये बहुत ही कम ऊँचे होते हैं और छोटा होने के बावजूद भी काफी मजबूत होते हैं जिससे यह बैठने में काफी आरामदायक होता है। इसे पीढ़ी-दर-पीढ़ी इस्तेमाल किया जाता है। पहले के जमाने में पीढ़ा और पानी देकर ही किसी का स्वागत किया जाता था... ऊँचा पीढ़ा विशेष आदर-सम्मान को दर्शाता था। तभी तो हमारे बिहार में यह कहावत आज भी खूब प्रचलित है कि "बिन बुलएले मत जईह भवानी, न मिलतव पीढ़ा अउर पानी"। यही नहीं, आज भी शादी होने में आसन के लिए वर-वधू को पीढ़ा ही दिया जाता है। हालांकि ये बात और है कि विवाह होते समय ईश्वर ने मुझे कुछ ज्यादा ही आधुनिक बना दिया था...मंडप में आते ही ठंडी हवाओं का झोंका जो आंधी में तब्दील हो गई और सिंदूरदान के समय तक मुसलाधार बारिश ने शादी के दौरान मुझे पीढ़ा और कुर्सी दोनों पर बैठने का अवसर दिया। ख़ैर अब तो सोफा और डायनिंग टेबल के आ जाने से यह आसन धीरे-धीरे अब शहरों में विलुप्त हो रहा है। फिर भी मुझे खुशी इस बात की है कि महानगर के इस छोटे से घर में आज भी इस आसन को मैंने संभाल रखा है...जिसे मेरी माँ दिल्ली तक ले आईं थीं। तब मुझे इसका महत्व समझ नहीं आया और ऐसा लगा कि यहाँ इसका इस्तेमाल कब, कैसे और क्यों होगा भला?

लेकिन इस आसन को रखना तब सार्थक लगा था मुझे, जब गाँव से हमारी दादी माँ गोपू के जन्म के समय उसे देखने और अपने परपोते को

आशीर्वाद देने आईं थीं। तब आदतानुसार वो सोफे, कुर्सी पर बैठने में उतनी कंफर्टेबल नहीं हो पातीं थी। तभी आसन के लिए मेरे द्वारा पीढ़ा दिए जाने पर उस पर बैठ एक आश्चर्यजनक संतोष उनके चेहरे पर दिखा। आत्मिक संतुष्टि दिखाते हुए वह बोलीं; कि खुशी इस बात कि है कि घर से दूर बड़े शहर में बच्चों के पास आकर भी मुझे वही आसन मिल पाया जो गाँव में मेरी जरूरत रही हो। अब तो लगता है कि आगे भी मेरे बच्चों में गाँव की खुशबू बड़े शहर में आने के बाद भी महकती रहेगी। दादी माँ के भाव को देख मैंने माँ के लिए मन में ही सोचा कि कब बच्चों को कहाँ कौन-सी चीज की जरूरत पड़ जाए ये सिर्फ एक माँ ही समझ सकती है। तभी तो दादी माँ के द्वारा दिया गया यह आशीर्वाद ही गाँव से मीलों दूर रहने के बावजूद भी हमारे दिलों में गाँव की रस्मों-रिवाज एवं पुरानी परंपराओं को जीवित रखने में आज भी सक्षम रहा है।

20. पऊती

पऊती: यह शब्द भले ही हम जैसे आधुनिक युग वाले लोगों के लिए अनसुना लगे, लेकिन यह शब्द मैं अपने बचपन में अपनी नानी के मुँह से सुना करती थी। बचपन के उस अल्प ज्ञान में मुझे इस शब्द को सुनकर ख़ूब हँसी आती थी और मैं नानी से किसी बहाने कहलवाने की कोशिश भी करती थी। उस जमाने में भी यह शब्द सिर्फ एक शब्द नहीं था बल्कि एक स्त्री के लिए वो पिटारा हुआ करता था जिसमें एक स्त्री अपनी हर बेशकीमती चीजों को सहेज कर रखा करती थी। हालांकि "पऊती" तो मेरी नानी कहती थी लेकिन बाकी लोग बक्सा या पेटी भी कहा करते थे।

बक्सा भी कई तरह की बनावट, के साथ ही कितने ही तरह के आकार और प्रकार के होते थे। बक्सा से मोह और रिश्ता एक स्त्री का विवाह के समय की शुरूआत होते ही हो जाती थी। जो कि मरते दम तक या मरने के बाद भी उसी स्त्री की धरोहर के रूप में सहेजी जाती थी।

इस पऊती का बड़ा रूप जो होता था वो संदूक कहलाता था। और उससे थोड़ा छोटा होने पर बक्सा, पेटी या पऊती कहलाता था। और उससे भी छोटा जो होता उसे सिंगारदान के रूप में इस्तेमाल किया जाता था जिसे "मंगटिकनी" भी कहा जाता था। वो इसलिए कि इसमें हर तरह के सौंदर्य प्रसाधन के साथ-साथ सिंदूर दानी जरूर रखा जाता और उसमें रखा हुआ सामान में से और कोई सिंगार करने की फूर्सत भले न हो लेकिन स्त्रियाँ उसमें से सिंदूर जरूर लगाती थी जिसे बालों की बीच माँग में सिंदूर की टीका लगाना अर्थात उस कार्य को माँग टिकना कहते और इसी कारण उस श्रृंगारदानी को मंगटिकनी भी कहा करते थे। जो कि शादीशुदा स्त्रियों के लिए सबसे अनमोल चीज होती थी। इस नन्हे प्यारे बक्से पर इसीलिए और प्यार आता था क्योंकि सबसे बेशकीमती चीज "सिंदूर" उसमें रखा जाता था।

फिर जब पऊती पुरानी होने की कगार पर होती और जंग लगना शुरू हो उससे पहले गाँव-घर में बक्से पेंट करने वाले के आने पर या उसे बुलवा कर हर तरह के बक्से को पेंट करवा देते और पेंटर अन्य रंगों से तरह-तरह की नक्काशी कर फूल या अन्य डिजाइन भी बना कर पुन: बक्से को नया ही रूप दे जाता। और बदले में कीमत के तौर पर अनाज या पैसे उसकी अपनी सहूलियत के हिसाब से उसे मिल जाता।

हर तरह के बक्से की अपनी खास अहमियत होती थी। जैसे; बड़ा बक्सा जो कि संदूक कहलाता उसमें सर्दियों के कपड़ों से लेकर कुछ मूल्यवान चीजें भी रखी जाती। जो नीम, शीशम सागवान, आम या और भी कई तरह की लकड़ियों से बनाया जाता था। एक तरह आम की लकड़ी का बना बहुत भारी होता था तो दूसरी ओर नीम की लकड़ी में कीड़े लगने का भय नहीं होता था। इसीलिए अपनी सामर्थ्य और उपलब्धता को देखते हुए बनवाया जाता था।

ज्यादातर यह बक्सा और संदूक जैसी चीजें बेटियों को विवाह में देने के काम में आता और उसी प्रयोजन को ध्यान में रखते हुए आवश्यकतानुसार सामान दिया जाता। ताकि बेटी दूसरी जगह जाकर भी अपने मायके में जो हक़ का है वो उसे मिल सके और उसका उस घर में इस्तेमाल कर जाए। पहले लकड़ीनुमा संदूक या लोहे के भी संदूक होते थे लेकिन ऐसे बक्से बहुत भारी हो जाते जिसे उठाना तो दूर की बात होती उसे खिसकाना भी बहुत मुश्किल काम था। तो इसी सहूलियत को देखते हुए फिर टीन या चदरा का (जो स्टीलनुमा बक्सा होता जिसमेंं लोहे की मात्रा भी होती और कार्बन कम होने के कारण आकार के हिसाब से वजन बहुत कम होता था। जिसे ट्रंक कहा जाता था) बक्सा बनाया जाने लगा। ट्रंक जब मध्यमवर्गीय परिवार में लोगों के बीच आई तो उसे देख बहुत खुशी मिलती जिसका कारण यह भी था कि सामान रखने के साथ ही उसकी लंबाई-चौड़ाई को देखकर उसे कई घरों में परिवार के या अतिथियों के बढ़ने पर घर के लोगों को सोने के लिए एक जगह भी बन जाती थी। और ट्रंक के चारों कोनों में कुछ ऐसे स्टैंड बनाया होता जिसमें मच्छरदानी लगाया जा सके। फिर अचानक से घर में हुई भीड़ में भी दो लोगों के सोने का पुख़्ता इंतजाम हो जाता। उससे छोटे आकार के बक्से का तो ऐसा महत्व होता कि वो बक्सा कहीं आने-जाने या शादी-विवाह में खूब उपयोग होता। लोहे में जंग लगना

और लकड़ी के भारीपन को देखते हुए स्टील के बक्से बाजार में उतारे गए। और लोगों के बीच अपनी ख़ूब जगह बनाई।

तो स्टील और चदरा के बक्से की खासियत यह भी रहती की वो अन्य के अपेक्षा थोड़ी सस्ती भी मिल जाती। फिर यही बक्सा हर जगह चलने लगा। यहाँ तक कि उस दौर में यह बक्सा काफी शुभ भी माना जाता। बेटी-बहू के विवाह से लेकर अन्य आयोजन में मायके-ससुराल में आवागमन के दौरान इसी में कपड़े-लत्तों के साथ-साथ साज-सिंगार के सामान और परिवार के लिए भी कपड़े दिए जाते थे। यहाँ तक कि गाँव में तो यह एक रस्म ही होती थी जब बेटी के ससुराल जाने से पहले और बहू के आने के बाद बक्से खुलवाकर उसमें रखे गए देन-लेन के सामान और अन्य चीजें गाँव वालों को दिखाई जाती। घर की बेटियों या ठकुराइन के द्वारा बुलहटा भी भेजा जाता गाँव भर में बक्सा-पेटी दिखाई के रस्म की। और गाँव की बेटियों से लेकर बूढ़ी-बुजूर्ग भी अपने पोते-पोतियों के साथ आ जाते। तब घंटो यह साड़ी-कपड़े दिखाने की रस्म चलती और उसपर तरह-तरह के विचारों और सलाह का भी आदान-प्रदान होता।

फिर ये बक्से का दौर फैशन के अनुसार बदलने लगा और अटैची ने उनकी जगह ले ली। फिर तो ललक रहती हर विवाह हो रही बेटियों में भी कि बक्से के साथ उन्हें भी अटैंची दी जाए। हालांकि पहले बेटियाँ फरमाइश बताती नहीं थी लेकिन कुछ के फैशन की चीजें देख जुबान और आँखें दोनों ही हौले से बोल उठती। तो कुछ दिनों तक तरह-तरह की कंपनियों ने अपना पैर जमाए रखा और अटैंची में भी कई आकार और प्रकार ले आए बाजार में। उसमें भी छोटा सिंगारदान होता था। और नई अटैंची के साथ जब अल्फाबेट स्टिकर मिलते नाम लिखने को तब तो बहुत मजा आता अटैंची पर उसके मालिक का नाम चिपकाने में। फिर धीरे-धीरे इसकी भी महत्ता घटने लगी और शहंशाह की तरह ट्रॉली बैग अपने चक्कों पर काफी स्पीड से आते हुए अटैंची को उनकी जगह से उखाड़ फैंका। और फिर हर घर की पसंद हर लोगों की पसंद ट्रॉली बैग और इस रूप में कई तरह के लुभावने बैग बाजार में गाजे-बाजे के साथ उतर आए। ये सारे बैग आ तो गए लेकिन ये स्थिर रहने वाले में से नहीं थे तभी तो इनमें सामान सहेजा नहीं गया बल्कि इसे सिर्फ कहीं आने-जाने में इसमें सामान भर कर लें जाने में ही उपयोगी रहा। और बिना किसी वॉर्निंग के ही चैन से लेकर

फीते तक अलग ही हो जाते। मतलब ये बस अपना जीवन पैक और अनपैक होकर किसी तरह काट रहे हैं।

सामान रखने की जिम्मेदारी आलमारी और वार्डरोब की हो गई। जिनमें सहूलियत और जगह तो काफी है। लेकिन वो पऊती, बक्सा-पेटी वाला ममत्व कहीं खो गया जो अब ढूँढने से भी नहीं मिलने वाला। वो संदूक और बक्से को पीढ़ी-दर-पीढ़ी इस्तेमाल किया जाता। लेकिन दूर्भाग्य ऐसा रहा जो मेरी माँ की संदूक मेरी दादी इस्तेमाल कर रही क्योंकि माँ कब का चल बसीं और दादी अभी जिंदा ही नहीं बल्कि हट्टी-कट्टी भी हैं। बदलाव सुखद भी होते हैं और खतरनाक के साथ-साथ भयावह भी। इन्हीं चीजों को देखकर लगता है जिनके साथ खुशी और भय दोनों मिलते हैं।

21. पंगत का जमाना

पंगत में बैठ कर खाना, वो पत्तल पर का स्वाद,
बीत गए हों भले ही बरसों, पर है अब भी याद।।

वो भी क्या दौर था जब शादी-विवाह या अन्य छोटे-बड़े आयोजनों में भोजन पत्तल पर करवाया जाता था। लोग उस समय में भी समय के पाबंद हुआ करते थे। क्योंकि तब लोग समय और रिश्ते दोनों का ही महत्व समझते थे। तभी तो उस समय भोजन बनाने से लेकर परोस कर खिलाने तक के सारे कामों के लिए अपने परिवार, रिश्तेदार और गोतिया भाई ही काफी होते थे। हम धीरे-धीरे आधुनिक होते गए और कितना कुछ बदलता गया हमारे जीवन में। तभी तो पंगत में बैठकर खाने से लेकर खड़े होकर खाने तक का सफर तय कर लिया हमने। कभी-कभी आगे तक का सफर तय कर जाना भी दुखदाई होता है। तभी तो आज के न तो किसी आयोजन में जाने का उत्साह होता है और न ही खान-पान को लेकर खास ललक।

आज भी जब उस सामूहिक भोज को याद करती हूँ तब मन में दबी कितनी मीठी-मीठी यादें हिचकोले मारती हुई बाहर आ जाती है और एक फीकी मुस्कान बिखेर जाती है होंठों पर। याद है कि उस समय के सामूहिक भोज का अपना एक अलग ही महत्व हुआ करता था, और मुझे खुशी इस बात की है कि मैंने भी जीया है उस काल को।

उस समय आमंत्रण भी बड़े ही मान-सम्मान के साथ दिया जाता था। और तो और गाँव में एक ही भोज के लिए दो-दो बार हज्जाम या नऊया (ठाकुर) के द्वारा बुलावा (निमंत्रण) भिजवाया जाता था। पहली बार भोजन के लिए निर्धारित समय के चार-पांच घंटे पहले, जिसे "अंज्ञा" कहते थे; और फिर भोजन तैयार होने से आधा-पौन घंटा पहले जिसे "विज्ये"

(विराजिए) कहते थे। और बस लोग विज्ये के ही इंतजार में रहते थे। विज्ये मिलते ही लोगों का आना शुरू हो जाता था।

एक बार में कम-से-कम पचास-साठ लोगों का समूह बनाकर पंक्ति में बिठाया जाता था। उससे पहले बैठने के लिए ठाकुर के द्वारा ही धान की नेबारी, जिसे पुआल भी कहते हैं, से बिंडी बनवाई जाती थी। बाद में तो फिर बैठने के लिए दरी का इस्तेमाल किया जाने लगा। भोजन के लिए आए सभी लोगों को कतार में बिठाया जाता था और फिर पत्तल परोसा जाता था। (पत्तल पत्तों को तिनके से जोड़कर बनाई जाने वाली थाली होती है जो मुख्यतः महुआ, कदम्ब, ढाक, कमल, केला, शाल, बरगद आदि के पत्तों से बनाई जाती थी। पत्तल के लिए ऐसी पत्तियाँ होनी चाहिए जो सुखने के बाद भी मुलायम रहे ताकि आसानी से मुड़ सके)। तब पत्तल की थाली और पत्तों की ही कटोरियाँ भी होती थीं। और पानी पीने के लिए मिट्टी के कुल्हड़ दिए जाते थे। इन पात्रों को परोसने के बाद पानी परोसा जाता था ताकि भोजन परोसने से पहले लोग जल छिड़क कर अपने पत्तलों को शुद्ध कर सकें। पानी के लिए कुछ लोग साथ में घर से लोटा भी लेकर आते थे। (और उन्हीं में से कुछ ऐसे भी होते जो लोटे में मिठाईयाँ या अन्य व्यंजन डालकर घर भी ले जाते थे)। भोजन परोसने के लिए घर-परिवार, रिश्तेदार एवं गाँव के लड़के मिल अपने मुताबिक चीजों के पात्र उठा लेते और एक-एक करके सारी चीजें परोसते हुए आगे बढ़ते चले जाते। कुछ आलसी लड़के होते जो पानी परोसना पसंद करते। बड़े-बड़े लड़के क्या छोटे-छोटे लड़कों को भी ललक होती कुछ परोसने की और वो पत्तल या पानी परोसने में लगे रहे। वैसे पत्तल भी खाने में कच्ची है या पक्की यह देखते हुए परोसा जाता था। कच्ची का मतलब दाल-चावल, सब्जियाँ, रायता इत्यादि; और पक्की का मतलब पूड़ी-सब्जी, रायता, बुँदिया (बुनिया) और मिठाई वगैरह।

वैसे कभी-कभी पत्तल पर कच्ची भोजन खाने में मुश्किल भी होती थी। जैसे चावल पर से दाल का फैलकर नीचे बह जाना। हालांकि चावल को बहुत ही सलीके से दबाकर बीच में थोड़ा गड्ढा बनाकर रखते ताकि उसमें दाल लेने पर पत्तल से बाहर बहे नहीं। लेकिन वैरायटी अधिक होने पर कभी-कभी दाल, सब्जी, रायता, चटनी इत्यादि का पत्तल पर आपस में मेल-जोल कर लेना स्वभाविक था। पहले वाले पत्तल जिनमें थाली की

भाँति किनारी नहीं होती थी। उन पर भोजन करना भी एक आनंददायक चैलेंज होता था।

कच्ची भोजन परोसने पर कुछ नियमों का पालन करना होता था। जब भोजन के सारे प्रकार परोस दिए गए हों जैसे:-चावल, दाल, दो-तीन तरह की सब्जियाँ, रायता, मीठी चटनी, पापड़, मीठे में गुलाब जामुन, रसगुल्ले या अन्य कोई मिठाई भी, तो सबसे अंत में पवित्री अर्थात् घी भी परोसी जानी अनिवार्य होती थी। भोजन में वैरायटी अपनी सामर्थ्य अनुसार होती थी।

पंगत का नियम था कि जब तक सारे व्यंजन परोस न दिए गए हों, तब तक भोजन करना शुरू नहीं किया जाता था। घी (जिसे पंगत पर पवित्री कहते हुए परोसते थे। पवित्री इसलिए कहा जाता है क्योंकि घी भोजन को पवित्र बनाता है। इसीलिए घी को हमारे यहाँ कभी भी जूठा भोजन में यानि खाने के बीच में नहीं लिया जाता है।) परोसते ही "जय ठाकुर" के उद्घोष के साथ भोजन ग्रहण करना शुरू किया जाता था। पंगत में नमक की आवश्यकता होने पर नमक कहकर नहीं बल्कि "रामरस" कहकर माँगना होता था। भोजन करते समय बीच में किसी को उठना नहीं होता था, क्योंकि पंगत का नियम था कि जब सब साथ में भोजन करने बैठे हैं तो साथ में ही उठना होगा, भले ही भोजन किसी ने पहले ही क्यों न समाप्त कर लिया हों। अंत में भोजन खत्म किए गए पतल पर ही दही-चीनी परोसने का नियम होता था। इसके लिए लोग पहले भोजन खत्म करके भी इंतजार किया करते थे। दही-चीनी के लिए भी फिर से चावल या पूड़ी परोसा जाता। इच्छुक लोग लेते या ज्यादातर लोग बिना चावल या पूड़ी के ही दही-चीनी का आनंद लेते। भोजन समाप्त करने पर लोग पंगत में नजर डालते हुए सब एक साथ उठते और अलग जाकर हाथ धोते थे।

सामूहिक भोज में पहले पुरुषों की टोली को खिलाया जाता था और फिर महिलाओं की टोली को। जिसमें अंज्ञा एक ही बार माँगा जाता था। जनानी-मर्दानी, सरदरे (अर्थात् घर के सभी लोगों को) में न्यौता मिल जाता। लेकिन विज्ये घर के मर्दों के लिए अलग और महिलाओं के लिए अलग से कराया जाता था। भोजन करने आने से लेकर चले जाने के बाद भी दो-तीन दिनों तक आपसी समूह में भोजन के प्रकार और स्वाद को लेकर चर्चा होती रहती थी। धीरे-धीरे इस पत्तल के पुराने सिस्टम को खत्म

करते हुए थोड़े आधुनिक होते गए हम। फिर टेबल-कुर्सी पर बैठ थर्मोकोल के प्लेटों में खाने लगे हम। लेकिन तब भी थोड़ा पिछड़ापन तो साथ ही रहा क्योंकि लोग थोड़ा-बहुत आदर दिखाते हुए भोजन परोसते थे। लेकिन हम भोजन तो करते गए लेकिन आदर-सत्कार को पचा नहीं सके। इसीलिए कुछ ही सालों में अंज्ञा-विज्ये के इस नियम को बदलकर अत्याधुनिक नियम ने अपना वर्चस्व फैला लिया है जिसमें पता नहीं चल पाता कि कौन मेहमान है और कौन मेजबान। बल्कि सब है एक समान। न कोई पूछने वाला और न ही कोई आवभगत करने वाला। हाँ नजर तब तक बनी रह सकती है जब तक लिफाफा हाथ में न थमा दें। और अगर इस दौरान नजरें टकरा गईं तो बस इतना ही कह पाना कि हें..हें..हें..हें... खाना खाकर ही जाइएगा। बाकी बाद में आप खाओ या जाओ। हम खाए या बिना खाए आ गए भला कौन पूछने वाला। और वैसे भी अब तो बफर सिस्टम का है जमाना जहाँ हाथ में भिखारियों की भाँति प्लेट उठाकर इधर-उधर घूमते खाते रहना है। सच यही है कि अब बुफे सिस्टम के वो थर्मोकोल या प्लास्टिक की प्लेटों में भोजन, और हर बार इस्तेमाल किए गए उन स्टील के चम्मचों के इस्तेमाल में उतना आनंद कतई नहीं मिल पाता जितना पत्तल पर खाने में मिल पाता था। जैसे-जैसे शादी-विवाह के आयोजन भव्य होते गए वैसे-वैसे रिश्ते खोखले और जर्जर होते गए। चूँकि अब तो बस बूफे सिस्टम की है बहार/ जिसमें न ही आदर बचा है, न सत्कार।

22. कपड़े का झोला

एक जमाना था जब कपड़े का झोला हमारे जीवन में बहुउपयोगी होता था क्योंकि तब प्लास्टिक ने हर दिशा में अपना पैर नहीं फैलाया था। हम इन कपड़े के बने झोलों का प्रयोग न जाने कितने ही तरह से करते थे। और आज जब हम अपने चारों तरफ रंग-बिरंगी प्लास्टिक की छोटी-बड़ी थैलियाँ देखते हैं तो इस पुराने समय के झोले को ये समझ कर दरकिनार कर जाते हैं कि इस झोले को हमारे हाथ में देख कहीं लोग हमें ओल्ड फैशन्ड न समझ लें। एक समय था जब घर के पुराने कपड़ों से घर में ही हर साइज के थैले या झोले तैयार कर लिए जाते थे और फिर अपनी सहूलियत और जरूरत के हिसाब से उसे इस्तेमाल किया जाता था। झोले का इस्तेमाल तो सबसे पहले बच्चों के स्कूल जाने की शुरूआत से ही हो जाती थी। छोटे कपड़े के झोले में बच्चे अपनी स्लेट-पेंसिल से लेकर कॉपी-किताब तक रखकर कंधे में टांग निकल पड़ते थे स्कूल को।

घर से जब भी बाजार निकलना हो तो पैसे के जितना जरूरी ही झोला भी साथ में रखना होता था। पैसा और झोला लेकर शान से खरीदारी होती थी। तभी तो घर में पुराने कपड़े कभी बर्बाद नहीं होते थे और उन कपड़ों का इन्हीं चीजों को बनाने में उपयोग हो जाया करता था: जैसे झोला हो या बिछावन के तौर पर सूजनी हो। पहले हर किसी के पास इफरात पैसे भी तो नहीं होते थे, इसलिए भी हर चीज का इस्तेमाल उसके अंत तक करने की प्रवृत्ति होती थी।

पहले सब्जी से लेकर किराना सामान हो या राशन की अन्य चीजें लेनी हो या फिर गेहूँ पिसवाना हो-हर काम में लोग झोले को उपयोग में लाते थे। यहाँ तक की रिश्तेदारी में आने-जाने के दौरान भी इस झोले में ही

सामान या हल्के-फूल्के कपड़े लेकर जाने में जरा भी संकोच नहीं करते। अब जबसे झोले की जगह प्लास्टिक के तरह-तरह के लुभावने थैले और बैग्स बाजार में उपलब्ध हो गए हैं तबसे झोले रिटायर हो चुके हैं और झोला लेकर चलना गंवारपना हो गया है।

लेकिन मुझे स्पष्ट दिख रहा है कि भविष्य में वही भूतकाल के रहन-सहन दोहराए जाएँगे। और धीरे-धीरे बैन हो रही प्लास्टिक पर कपड़े का झोला फिर से अपना अधिपत्य स्थापित करेगा। हमारे पर्यावरण संरक्षण में कपड़े के थैले ही फिर से अपना परचम लहराने वाले हैं।

हमें खुद को और हमारी प्रकृति को स्वस्थ एवं सुंदर बनाने के लिए हमें प्लास्टिक पर निर्भर होकर खाली हाथ बाहर नहीं, बल्कि पर्यावरण संरक्षण को सोचकर हाथ में कपड़े के थैले और जरूरत के अनुसार छोटे-बड़े झोले लेकर ही बाहर निकलना होगा।

तो आइए अपने पर्यावरण को स्वच्छ एवं सुंदर बनाएँ और घर से बाहर निकलते समय अपने बैग में कपड़े के झोले अवश्य रखें। जब हम जागेंगे तभी तो जी पाएँगे।

23. सुजनी

'सुजनी', जिसके नाम से ही प्रतीत हो रहा है कि ये जननियों के द्वारा सुघड़ता से तैयार किया गया वह बिछावन है जो जन्म से लेकर पूरे जीवन के लिए उपयोगी होता है।

अनुभवी जननियाँ-रिश्ते में नानी, दादी, मौसी, बुआ आदि-अपने परिवार में पैदा हुए नवजात शिशुओं के लिए इस बिछावन को अपना भरपूर स्नेह उड़ेल कर पूरी तन्मयता से बनाया करती थीं। इसे और भी कई दूसरे नाम भी दिए गए हैं: सुजनी, फलिया, गेनरा इत्यादि।

आज आधुनिक दौर में भले ही यह बिछावन विलुप्ति के कगार पर है लेकिन इसकी महत्ता और इसका उपयोग बिहार और मिथिला के लोग आज भी करते हैं। घर के ही बचे पुराने हुए कपड़े जैसे; सूत्ती साड़ियाँ, चादर या नानी और दादी के बक्से में रखे ब्लाउज या पेटीकोट के नए टुकड़े को इस्तेमाल से इन कपड़ों को कई तहों के तौर पर लगाकर धागों से कई तरह की डिजाइनों के सम्मिश्रण से अद्‌भुत रूप दिया जाता है। ये काफी आरामदायक और सहुलियत प्रदान करने वाला होता है। तभी तो गाँव-घरों में आज भी जमीन पर हो या चारपाई पर, बिछाने के लिए इसी तरह के बिछावन को उपयोग में लाया जाता है।

हालांकि अब तो मशीन के द्वारा आसान हो गया है इसे बनाना, लेकिन मशीनी बुनावट में वह भाव और वैसा लगाव नहीं पनपता, जो हाथों से सुई-धागों के जरिए पिरोए गए स्नेह में मिलता था। अब तो मोटे-मोटे गद्दों और मैट्रेस के जमाने में सुजनी की अहमियत बिल्कुल ही कम हो गई है। लेकिन छोटे बच्चों के लिए आज भी कुछ लोग सुजनी बनवाना पसंद करते हैं जिसे सहेज कर रखते भी हैं। वैसे तो यह कोई बहुत बड़ी कलाकारी नहीं, लेकिन जब बढ़िया से तैयार की गई सुजनी पर नजर पड़ती है, तो

नजर एक पल के लिए ठहर सी जाती है। धागों से इतनी बारीकी से उकेरे गए डिजाइनों को देखते ही उनमें लगी मेहनत और कलात्मकता साफ झलक जाती है।

पहले की महिलाओं के लिए सुजनी की सिलाई एक बड़ा टास्क हुआ करता था-हाथ में लिए गए काम को समय पर पूरा करना, खासकर तब जब घर में किसी नवजात के आगमन की सम्भावना हो। ऐसे में ये काम घर की महिलाओं के साथ-साथ पास-पड़ोस की महिलाएँ भी मिल-जुल किया करती थीं। सुती साड़ियों की तह लगा उस पर धागे चलाकर फटाफट तैयार कर देती, और वास्तव में उससे नर्म, मुलायम कुछ हो ही नहीं सकता।

मेरे माँ बनने की ख़बर सुनने के लिए मेरी माँ भी बेसब्र ही रहा करती थी। माँ के द्वारा ईश्वर के सामने की गई मनौतियों ने कुछ यूँ असर दिखाया कि शादी के तीसरे ही साल माँ को यह खुशखबरी मिल ही गई। इस एक खबर से ही माँ को जैसे दुनिया की तमाम खुशियाँ मिल गई। चार महीने होते ही माँ अपनी गृहस्थी को किसी तरह व्यवस्थित कर मेरी देखभाल के लिए आ गईं। माँ आते हुए मेरी जरूरत की काफी सारी चीजों के साथ अपनी कई सूती साड़ियाँ लेकर आईं थीं। मेरे पूछने पर बस टालते हुए यह बता जातीं कि ऐसे ही घर में पहनने के लिए लाई हूँ। लेकिन मैं तो मन-ही-मन समझ ही गई थी। सो फिर उन्हीं साड़ियों से गोपू के जन्म के बाद पड़ोस की आंटी की मदद से कई फलियाँ और नैप्पियाँ तैयार कराई गई।

गोपू के लिए ही मेरी नानी के द्वारा बनाई गई फलिया जो आज भी मेरे पास है। इस कला में पारंगत मेरी नानी ने 85 वर्ष की आयु में अपने परनाती के लिए जतन से तैयार की गई सुजनी उन्होंने अपने बक्से, जिसे उनके जमाने की महिलाएँ "पऊती" कहा करती थीं, में रखे गए न जाने कितने सारे अलग-अलग तरह के नए और कोरे कपड़ों को जोड़ कर तैयार किया था। सभी कपड़ों को जोड़ने के लिए धागों से नानी ने कुछ यूँ सुंदर और बारीक डिजाइन उकेरा था, जो प्रोफेशनल दर्जियों के वश की बात कतई नहीं... क्योंकि नानी ने उसमें सिर्फ धागा ही नहीं पिरोया था, बल्कि अपना पूरा स्नेह और आशीर्वाद उकेर दिया था।

आज भी मेरे पास है नानी का दिया हुआ वह अनमोल तोहफा। क्योंकि कम-से-कम मैं तो उस सुजनी में दिख रही कलाकारी और उन कपड़ों की मुलामियत में उसे सिलते समय नानी के रोम-रोम में पल रहे नेह और दुलार की प्रत्यक्ष झलक ही पा लेती हूँ।

24. भूले-बिसरे चित्र

खुशियों की बात की जाए तो जरूरी नहीं कि मंहगी चीजे और संपत्ति ही हमें खुशियाँ दे सकती हैं। हम खुशियों को समेटे तो छोटी-छोटी चीजें भी जो निः शुल्क मिल सकती है, वह भी हमें अपार खुशियाँ दे जाती है। लेकिन उन खुशियों के लिए भी जो निः शुल्क मिल रही है और जिसे पाने के लिए हमारे अपनों को कोई कीमत अदा नहीं करनी पड़ रही उन पर भी ग्रहण लगाने की सोच लेते हैं कितने ही लोग। आज के बदले हुए परिवेश में बहुधा देखने में आता है कि अपने निकटतम रिश्तेदार, या स्वयं अपने ही परिवार वाले भी आपस में एक दूसरे से कितना कुछ छुपाए रखने में और अपनों को ही बरगलाते रहने के शगल में जैसे एक अंधाधुंध बेशर्मी के साथ पीले पड़े हैं। हद तो यह कि परिवार में एक साथ ही रह रहे किसी फलां को अगर यह पता चल जाए कि अमुक गढ्ढे में पड़ी मिट्टी का ढेला परिवार के ही किसी चिलां को कोई लाभ दे सकता है, तो देखने में आएगा कि श्री फलां जी अपने सारे काम छोड़-छाड़ कर सबसे पहले इस काम को अंजाम दे पाने की जुगत में लग जाएँगे कि किस प्रकार उस गढ्ढे और गढ्ढे में पड़ी मिट्टी को ढेलों को किस फुर्ती से और किस सफाई से कुछ इस तरह नेस्तनाबूद किया जा सके कि कम-से-कम उस फलां को तो उसका लाभ बिल्कुल नहीं मिलने पाए! प्रतीत होता है कि कहीं न कहीं सबके मन में यह भय व्याप्त है कि सामने वाले को कहीं मुझसे ज्यादा खुशियाँ न मिल जाए। जैसा कि मैंने कहा कि जरूरी नहीं कि खुशियाँ मंहगी चीजे ही दे.....हमें तो हमारी पुरानी तस्वीरें भी कितनी खुशियाँ और सुकून दे जाती है। तस्वीर अपनी हो या अपनों कीः देखने की ललक कितनी ज्यादा होती है, विशेष कर पुरानी तस्वीरें! लगता है कि हमें अपने

अतीत के किसी भूले-बिसरे टुकड़े का आईना मिल गया हो। हम बचपन में कैसे थे?...दस साल पहले कैसे थे?...पांच साल पहले कैसे थे... आदि-आदि। और उन पुरानी तस्वीरों का मिलान आज की तस्वीरों से करते हुए जो खुशी मिलती है, वो पैसों से हरगिज नहीं खरीदी जा सकती है। हर परिवार में कुछ ऐसे लोग जरूर होते हैं जिन्होंने अपने घर के सबसे अंधेरे कोनों में, तहखानों में, गुप्त छज्जों में छुपाई रखी धुल खाती संदुकों में और लकड़ी की पुरानी आल्मारिओं की सबसे उपरली रैकों पर पड़े अल्बमों में आपकी कितनी ही पुरानी तस्वीरें और यादें दबा रखी होती हैं, लेकिन क्या मजाल कि आपको पता चल पाए; और किसी तरह यदि पता चल ही जाए, तो क्या मजाल कि लाख माँगने के बावजूद भी वो आपकी खुद की ही पुरानी फोटुओं को देखकर आपको मिलने वाली खुशी का कारण बन पाएँ! सहजता से आपकी तस्वीरें आप ही को सौंप देने की तो उन्होंने अपने सपनों में भी कभी नहीं सोची होगी! भले ही अंधेरे बंद दराजों में ठुंस-ठांसकर रखी पड़ी आपकी तस्वीरें धुल और नमी चूस-चूसकर पूरी तरह बदरंग और कबाड़ में फेंके जाने लायक ही क्यूँ न हो जाएँ, लेकिन क्या मजाल कि उन तस्वीरों के मालिकान किसी आदमजात की आँख में उन तस्वीरों की छाया भी पड़ने दे सकें। सौंपने की तो सोचना भी बेमानी है। मतलब कि आपके अपने पुराने चेहरे पर भी आपका हक़ नहीं रह जाता। देखा जाए तो ये मोबाइल और ये सोशल ऐप्स यूँ ही नहीं बदनाम हैं आजकल, और लोग इंसानों से कटते हुए इससे जूड़े रहने में ही ज्यादा सहज और इमानदार रहने लगे हैं। जाहिर है कि इसका एक कारण यह भी है-कि आपको जहाँ अपने पहचानना भी बंद कर देते हैं, वहीं ये सोशल-ऐप्स और इंटरनेट पर सहज उपलब्ध पब्लिक फोटो-क्लाउड्स ने कहीं न कहीं से और किसी न किसी विधि आपकी हर छोटी-बड़ी यादों और उनसे जूड़ी फोटूओं को सहेज रखी होती हैं! और हाँ, उसने इन फोटूओं को आपसे छुपाए रखने के लिए नहीं सहेजी होतीं हैं। मशीन का अंग होकर भी ये ऐप्स आपसे एक भावनात्मक लगाव के रिश्ते से जूड़े लगने लगते हैं। न जाने कितनी पुरानी तस्वीरों को, जिन्हें बहुधा हम क्लिक करके भूल भी जाते हैं, ये ऐप्स इंटरनेट की विशाल संदुकची में कहीं भी दबी आपकी तस्वीरों को आपके सामने लाकर रख ही जाते हैं... गूगल ऐप्स के जैसे। एक आश्चर्यजनक तोहफे के रूप में खूबसूरत यादों को हमारे सामने लाकर रख जाते हैं ये ऐप्स.. और मशीन

होकर भी हममें खट्टी-मिट्ठी कितनी ही मानवीय भावनाएँ पनपा जाने का सबब बन जाया करते हैं-चाहे कुछेक पलों के लिए ही सही!

खंड-तीन

प्रकृति, परिवेश और जीवन दर्शन

25. जीवनदायिनी बरगद

इस वृक्ष का मुख्य नाम तो बरगद ही है, लेकिन लोग इस वृक्ष को कई अलग-अलग नामों से भी जानते हैं। इसका वानस्पतिक नाम "फिकस बेंधालेसिस" है, और इसे बरगद, वटवृक्ष या बड़ भी कहते हैं। ये वृक्ष धार्मिक और वैज्ञानिक दोनों ही दृष्टिकोण से बेहद महत्वपूर्ण है।

हिन्दू धर्म में इस पेड़ को बेहद शुभ माना जाता है। हालांकि वास्तु शास्त्र के अनुसार बरगद के पेड़ को घर के अंदर कभी भी नहीं लगाया जाना चाहिए। इनकी जड़ों का प्रसार इतना मजबूत होता है और बड़े क्षेत्रफल में फैलता है जिससे हमारे घर की नींव हिल सकती हैं। सम्भवतः इसीलिए इस वृक्ष को घर में लगाना अशुभ माना गया है।

यह एक अति दीर्घजीवी और विशाल वृक्ष है। सनातन धर्म में इसे पूज्य माना जाता है। इस वृक्ष के पत्तों को भी भगवान कृष्ण का विश्राम स्थल कहा गया है। इसकी अनूठी विशेषता यह है कि यह वृक्ष स्वयं धूप में जलते हुए भी हमें छाया प्रदान करता है। बरगद के पेड़ की आयु 200 से 500 सालों तक मानी गई है। दीर्घजीवी होने के कारण सनातन धर्म में स्त्रियाँ इस वृक्ष में गहरी आस्था रखते हुए इस वृक्ष की पूजा भी करती है। खास बात यह है कि विवाह और वर का नाम कुंवारी कन्या के साथ जूड़ते ही कन्या अपने पति के उत्तम स्वास्थ्य, जीवन में सफलता और दीर्घायु होने की कामना से वटवृक्ष की पूजा करती है।

हमारे सनातन धर्म और रस्मों के अनुसार एक कन्या की वैवाहिक रस्म अपने वर से पहले वटवृक्ष से ही शुरू होती है। गाँव-घर की बोलचाल की भाषा में इस रस्म को "पत्तकटी" के नाम से भी जानते हैं।

बरगद के पेड़ के साथ जो रस्म होती है वो रस्म विवाह के ही दिन

बारात आने से पूर्व दोपहर को ही कन्या के घर में ही सम्पन्न होता है। इस रस्म में सिर्फ महिलाएँ ही शामिल होतीं हैं, और पुरुष-वर्ग से सिर्फ लड़की का भाई ही शामिल होता है, जिसके हाथ में तलवार होती है जिससे ऊँचे वृक्ष पर चढ़कर वह वटवृक्ष में से दो-तीन छोटी-छोटी पत्तेदार डालियाँ काटता है। इसी लिए इस रस्म को "पत्तकटी" कहा गया है। भाई पत्ते तोड़ता है और भाभी उन पत्तों को चुनकर ननद की गोद में डालती हैं। उससे पहले उस तलवार और बरगद के पेड़ की भी पूजा होती है। बरगद की पूजा के लिए किसी पंडित-ब्राह्मण की जरूरत नहीं होती बल्कि कन्या के द्वारा ही माँ या भाभी द्वारा बताई विधि-विधान से पूज की जाती है। ऐसे सनातन धर्म में बांस को भी शुभ माना जाता है। इसे वंश का द्योतक माना जाता है और इसीलिए बांस की भी पूजा की जाती है। इसीलिए वटवृक्ष के पूजन में बांस का पंखा भी होता है। कन्या पूजा के दौरान वटवृक्ष के चारों ओर मोली लपेटते हुए पांच, सात या ग्यारह बार परिक्रमा करती है। फिर जल, रोली, सिंदूर, धूप-दीप और नैवेद्य चढ़ाकर वटवृक्ष एवं बांस के पंखे की पूजा करती है। और पूजा करके बांस का पंखा वटवृक्ष को झलते हुए सेवा भाव दिखा उस वृक्ष को शीतलता प्रदान करने का भाव जाहिर करती है। (यह पंखा शादी में विदाई के साथ ही कन्या अपने ससुराल तक ले जाती है जरुरत मुताबिक अपने पति को झल सके, इस हेतु।) फिर अपने वैवाहिक जीवन के सफलता की कामना करते हुए वटवृक्ष से आलिंगन करती है और फिर हाथ जोड़कर नए जीवन में प्रवेश हेतु आशीर्वाद माँगती है।

जाति-पाती का भेद भूलाकर विवाह की हर रस्म में हरेक अलग-अलग जाति के लोगों को विशेष महत्व दिया गया है और उन्हें शुभ माना गया है। जैसे इस रस्म के दौरान "तेलीन" का बहुत महत्व होता है। उन्हें आदरपूर्वक पहले से ही इस रस्म के लिए आमंत्रित कर लिया जाता है, और उनके द्वारा साथ में लाए गए तेल और सिंदूर कन्या को उन्हीं के द्वारा लगाकर उसके बालों में कंघी करवाया जाता है। फिर उसी सिंदूर से सिर में नहीं बल्कि आधे नाक तक टीका लगाया जाता है। तेलीन उस रस्म को करके कुंवारी कन्या के साथ गले मिलती हैं। इस रस्म को "योग देना" भी कहते है, जिसके पीछे मान्यता यह है कि उनके द्वारा लगाए गए तेल और सिंदूर से कन्या का सुहाग बढ़ेगा। उन्हीं के द्वारा किसी पात्र में दिया गया तेल शादी के बाद कन्या के द्वारा वर के सिर के बीच में तर्जनी ऊँगली से दिया जाता

है जिसे "जोग का तेल" कहते हैं। वटवृक्ष के नीचे तेलीन के द्वारा दिए गए तेल से यह रस्म की जाती है जिसमें कहा जाता है कि दोनों को एक ही तेल लगाने से वर-वधू का एक-दूसरे के साथ योग जीवन भर का रहता है। इस रस्म के दौरान उन पर छींटाकशी करते हुए माहौल को बेहद रंगीन और खुशनुमा बनाने के लिए रसीले गीत भी गाए जाते हैं। और अंत में उनके द्वारा दिए गए तेल सिन्दूर के बदले उन्हें साड़ी-कपड़े एवं नगदी नेग के तौर पर दिए जाते हैं। घर की चाची, मामी, बुआ और अन्य रिश्तेदार भी श्रद्धानुसार नेग देते हैं। बरगद के पेड़ की पूजा के बाद फिर उसी रात्रि को बारात आगमन के बाद विवाह संपन्न होता है। तभी तो पति से पहले एक कुंवारी कन्या का वटवृक्ष से ही रिश्ता जूड़ जाता है। कहीं यह भी सुना है कि जिस लड़की की कुंडली में कोई माँगलिक या अन्य दोष होता है उसकी शादी का स्वांग पहले वटवृक्ष से भी किया जाता है ताकि वो ग्रह टल जाए और पति-पत्नी का जीवन सुखमय बीते।

बरगद के पेड़ की पूजा और इस वृक्ष के प्रति आस्था बस विवाह तक ही सीमित नहीं रह जाती है, बल्कि कन्या से एक स्त्री बन जाने के बाद इस वृक्ष के प्रति आस्था और गहरी कर लेने का विधान बनाया गया है। पत्नी अपने पति के दीर्घायु होने की मंगलकामना हेतु भी इस वृक्ष की पूजा किया करती है। यह व्रत सावित्री और सत्यवान से जूड़ा है। इस कथा से इस व्रत को नहीं करने वाले भी अनजान नहीं होंगे। ज्येष्ठ मास की अमावस्या को प्रति वर्ष बरगद के पेड़ की पूजा की जाती है और पूरा दिन उपवास रखा जाता है जिसमें सिर्फ फल ही खा सकते हैं। इस व्रत को "वट सावित्री व्रत" भी कहते हैं। इसे हर उम्र की सुहागिन महिलाएँ बड़े उत्साह के साथ सोलहों श्रृंगार करके पूजन करती हैं, कथा सुनती हैं और दान-उपदान आदि करते हुए वटवृक्ष से खुद के सदा-सुहागन होने का और अपने पति के दीर्घायु होने की कामना करते हुए आशीर्वाद माँगती हैं। इस तरह हमारे सनातन धर्म के रिवाजों के अनुसार माना यही गया है कि वटवृक्ष हमें सांसें, छाया एवं कई अन्य सकारात्मक संदेशों के साथ-साथ हमारी आस्था को गहरा करते हुए वैवाहिक जीवन को सुखमय बनाते हुए पति के दीर्घायु होने का आशीर्वाद भी देते हैं।

वटवृक्ष की तरह ही हमारा जीवन भी फले-फूले और सबको छाया प्रदान करते हुए लाभान्वित करता रहे।

26. किराए की दुनिया में किरायेदार-सी जिन्दगी

हम अपने जीवनकाल में न जाने कितने ही तरह से और किन-किन चीजों के लिए संघर्ष करते हैं। कुछ लोग तो इसका प्रतिफल भी पा लेते हैं, लेकिन कुछेक के लिए तो जन्म से लेकर मृत्यु तक सिर्फ संघर्ष ही संघर्ष करते हुए ही जिन्दगी गुजारते रहने की मजबूरी हो जाती है।

जन्म से लेकर मृत्यु तक हम दूसरों पर ही निर्भर रहते हैं। कम ही काम ऐसे होते हैं जिसे हम बिना किसी की सहायता या योगदान के पूरा कर पाते हैं। लेकिन ली गई हरेक सहायता या योगदान के एवज में हमें किराए का भुगतान तो करना ही पड़ता है: चाहे धन से, या वाणी से, या फिर श्रम से।

आज की भागदौड़ भरी जिंदगी में इंसानों ने खुद को बस कामों में ही झोंक रखा है। कुछ तो मेहनत करके बहुत कुछ हासिल कर लेने की, तो कुछ बिना किसी मेहनत के ही, या बिना कुछ किए-धरे ही, इस होड़ में लगा है कि किस-किस का हिस्सा वो अकेले ही गड़प कर जाए!

लेकिन इस जमाखोरी की हवस में हम यह भूल जाते हैं कि हम तो महज एक किराएदार के रूप में इस धरती पर आए हैं, और यहाँ किए गए अपने सत्कर्मों की बदौलत ही ईश्वर की शरण में जाने पर हमें वहाँ अपना घर नसीब होगा। या फिर वहाँ भी शायद किराएदार बनकर ही रहना होगा! अगर हमारी किस्मत से हमें पूर्वजों द्वारा अर्जित धन-संपत्ति, जमीन-जायदाद मिलती है, तो हम सहसा ही खुद को बहुत ही उच्च और सामने वाले को निकृष्ट नजरिए से देखने-समझने की भूल कर बैठते हैं!

हर कोई अपने जीवनकाल में घर का सपना देखते हुए घर बनाता है, या खरीदता है; लेकिन वो भूल जाता है कि भले ही वो कितना भी प्रयत्न क्यूँ न कर ले, उस घर को अपने साथ ही लेकर तो जा नहीं सकेगा। फिर

आज जो मेरा है, कल वो किसी और का होगा। लेकिन फिर भी हम पाप-पुण्य का विचार किए बिना और अपनी इंसानियत को परे कर जल्लाद का रूप धर लेते हैं, और हर रिश्ते या रिश्तों का ही खून करते जा रहे हैं!

काश, हम यह समझ लें कि यह जो जीवन हमें यहाँ मिला है, उसे हम कुछ बेहतर करने में लगाएँ, न कि वासनाओं और अय्याशियों की पूर्ति के लिए दौड़ते रहने में। इस किराए की दुनिया में जब तक हैं, तब तक अपने सत्कर्मों से भुगतान करते रहें; और जब यहाँ का कार्य पूरा हो जाए, तो स्वतः ही अपनी उस मंजिल की ओर बढ़ चलें, जहाँ हमारा खुद का घर होगा और जिसका मूल्य हमारे इस जीवन में किए हुए सत्कर्मों के रूप में हम अपने जीवनकाल में ही चुका चुके हैं। इस किराए की दुनिया से एक ऐसे किराएदार के रूप में विदा लें, कि हमें जानने वाला हर कोई किसी-न-किसी रूप में ईश्वर से हमें ही माँगने की लालसा रखे।

27. आईना

मैं कितना महत्वपूर्ण हूँ न हर किसी के लिए लेकिन खास होकर भी कभी-कभी मुझे भी मेरी कमी का अहसास होता है। भले ही मैं लोगों को खुद में झांक कर उसके रूप को, श्रृंगार को निखारने में, संवारने में मदद करूं, लेकिन कहीं न कहीं मुझे भी अपनी कमी का एहसास होता है। या यों कह लें कि काश की आस मेरे दिल के एक कोने में भी कहीं दबी बैठी है। मैं अपनी महत्ता का गुणगान भी करता हूँ हर पल लेकिन कुछ पल अपनी चाहत को खुद से ही बयाँ करता हूँ।

मेरे साथ सिर्फ महिलाएँ ही नहीं जुड़ी रहती बल्कि पुरुष भी मुझमें ताक-झांक करते हुए अपने रंग-रूप और बालों को सवांरते हुए अपना पूरा व्यक्तित्व ही निखारने की कोशिश करते हैं। घरों के अलावा मैं बाहर भी दूकानों पर, सड़कों के किनारे भी या फिर बस, गाड़ियाँ या रिक्शे में भी अपनी जगह बनाकर बैठ जाता हूँ जहाँ छोटी-छोटी क्या बड़े ख़तरों से भी आगाह करते हुए कई तरह की दूर्घटनाओं से बचा जाता हूँ। तो कई बार इंसान ही इंसान को धोखा देकर आईना दिखा जाते हैं। अब मुझे यह समझ नहीं आता कि धोखाधड़ी, छल-कपट एक-दूसरे से तुम इंसान करो और नाम मेरा लगाओ: कि उसने तो मुझे आईना दिखा दिया। या फिर किसी को जलील करते हुए मेरा ही नाम बीच में लाते हो जैसे: पहले आईने में अपना मुँह तो देख लो।

मुझमें बिना किसी रंग के सातों रंग समाहित हो जाते हैं भले ही मेरी खुबसूरती मुझमें मैं नहीं देख पाता लेकिन कितने ही खुबसूरत चेहरे मुझमें झांक खुद को और बेहतर बनाते हैं। फिर अफसोस तो तब होता है मुझे जब अपनी इस कमी का एहसास होता है कि मैं सिर्फ चित्र ही दिखाता हूँ अब

इसे गुण कहूँ या अपने अवगुण।

काश कि मैं चरित्र भी दिखाता और मुझमें चरित्र देखते हुए लोग अपनी कमी को अपने चरित्र की कुरूपता को सजाने-संवारने में लग जाते। और यह प्रयास तब तक जारी रखते जब तक कि मुझमें झांकने वाले का चरित्र निखर नहीं जाता। और फिर मनुष्य अपने सुंदर चित्र के साथ अपने भीतर साफ चरित्र का भी निर्माण कर पाता।

तब वाकई वैसे इंसानों से यह दुनिया भी कितनी खुबसूरत हो जाती न? काश! यह गुण भी मेरे भीतर विद्यमान होता ताकि चित्र के साथ-साथ मैं इंसानो के चरित्र की भी झलक दिखा पाता।

28. असंतुष्टि के भाव

हम हमारे जीवन में जब असफल होते हैं, तब बहुत उदास हो जाते हैं। और कभी-कभी तो जिंदगी से मन ऐसा उचट जाता है. जिंदगी इतनी नीरस लगने लगती है कि एक पल में ही कई तरह के गलत ख़्याल मन पर हावी होने लगते हैं, जिसका अंत कभी-कभी भयावह भी हो जाता है। और कभी तो जब सफल हो जाते हैं तब इतने संतुष्ट हो जाते हैं आगे जीवन के लिए लिप्सा ही नहीं बचती हमारे मन में। जब कुछ पाने की इच्छा ही नहीं रहेगी फिर तो हमारी जिजीविषा ही ख़त्म हो जाएगी।इसीलिए सफलताएँ चाहे कितनी भी बड़ी हो हमें खुद से संतुष्ट नहीं होना चाहिए। खुद में झांककर अपनी कमियों को टटोलते हुए दूर करते रहने का हर संभव प्रयास करना चाहिए।

लेकिन हम इंसानों की प्रवृत्ति होती है कि अपनी कमियों को नजरंदाज कर बस अपने अंतर्मन से अपने गुणों का बखान करते हुए खुद पर ही इतराते रहते हैं। और हमारे सामने अगर योग्य इंसान हो तो खुद को भ्रमित करते हुए, उसे खुद के आगे बौना ही समझने का प्रयास करते रह जाते हैं। या कभी किस्मत से नाकाबिल होते हुए भी अगर ख़ैरात में पद और पैसा पा भी लें तो सामने वाले योग्य इंसान के संघर्ष को देखते हुए उस पर हँसते हुए उसे खुद से कमतर समझने की भूल कर बैठते हैं।

और असफलताओं पर अपने नाकामयाबी का ठिकरा सामनेवाले के सिर पर फोड़ते हुए उसकी काबिलियत को बौना कर खुद को ऊँचा उठा लेते हैं। लेकिन हमें ऐसा न करते हुए सामने वाले की योग्यता का भी सहृदय सम्मान करना चाहिए।

अगर अपनी असफलता से असंतुष्टि के भाव पनपते हैं हमारे मन में,

फिर तो ठीक है कि हम अपने पथ पर आगे बढ़ने को संघर्षरत रहेंगे। लेकिन अगर सफल होकर भी असंतुष्टि के भाव पनपते हैं मन में तो, यह भी गलत नहीं है। क्योंकि कभी-कभी सफलता में भी असंतुष्टि के भाव हमें आगे बढ़ने को प्रेरित करती है। जो सफलता हासिल कर लिया हमने उससे आगे कदम बढ़ाने को बाध्य करती है। यही असंतुष्टि के भाव जिंदगी में तेजी से कदम बढ़ाते हुए भागना सीखाती है, थमना नहीं।

29. कभी-कभी हमें स्वार्थी भी होना चाहिए

खुद के लिए भी कभी खुद का साथ देना चाहिए
हाँ कभी-कभी हमें स्वार्थी भी हो जाना चाहिए।

कभी-कभी तो सच ही लगता है यह वाक्या भी मुझे। हमें वास्तव में अपने बारे में सोचते हुए स्वार्थी भी हो लेना चाहिए। तब जब बात आपके आत्मसम्मान की हो। स्वार्थी होना तब गलत होता है जब हम अपने हिस्से में औरों का हक़ मार लें। लेकिन तब नहीं जब हम अपना बहुत कुछ बचाने के लिए आगे बढ़े हों चाहे धन हो, जन हो या आत्मसम्मान ही हो। जीवन में कई ऐसे भी मोड़ आते हैं जब हम किसी को आदर एवं स्नेह देने के लिए आगे बढ़ते हैं तो सामने वाला हमें इतने हल्के में ले लेता है कि हमारे झुकने पर हमारी विनम्रता को हमारी कमजोरी समझ लेता है। और हमें झुके होने पर हाथ बढ़ा हमें थामने की बजाय हमारे पीठ पर हाथ रखते हुए इतना दबा देता है कि हम गले लगने के बजाय उनके पैरों में पायदान बन जाते हैं। और वो हमारा इस्तेमाल समय-समय पर पैर पोंछने में ही करते रह जाता है।

अगर हम किसी की तारीफ करें चाहे वो घर-परिवार का सदस्य हो या मित्र ही, तो उन्हें हमारे द्वारा की जा रही प्रशंसा की ऐसी आदत लग जाती है कि फिर अपने अवगुणों और सामने वाले के गुणों को नजरंदाज करते रह जाते हैं। जब तक हमारे अवगुणों को हम नहीं टटोलेंगे तब तक सामनेवाले के गुणों पर नजर नहीं जाएगी। और हम खुद को सर्वश्रेष्ठ मानने की फूहड़ता करते जाएँगे।

ये चीजें घर-बाहर हर जगह मुझे देखने को मिली कि घर में भी किसी एक को ही ऐसा माना जाता है कि उसके अवगुणों को भी गुण की श्रेणी

में रखते हैं, और लोग उसे भी अपनाने को आतुर रहते हैं।

किसी का साथ दें भी तो इतना ही कि हमारा कुछ हमारे पास भी हमारे अपनों के लिए बचा रह सके। कई बार अपनी महानता दिखाते हुए हम अपना ही नहीं बल्कि अपनों का हक़ भी गैरों पर कुर्बान कर जाते हैं। और फिर अंतोगत्वा मुट्ठी में रखे रेत की तरह हमारा सब कुछ हमारे हाथ से फिसल जाता है। तब "हम न घर के रह जाते न ही घाट के"।

30. एक रिश्ता ऐसा भी, उर्फ शान्ति संस्मरण

कहा जाता है कि हमारे घर में परिवार के बीच सामंजस्य बिठाना जितना मुश्किल है, उससे कहीं ज्यादा मुश्किल है कि आपके घर में आपके साथ काम कर रही सहायिका के साथ सामंजस्य बिठा पाना। माँ कहती थी कि इंसान एक आँख से नजर अंदाज करता है तो घर में बहूएँ रच-बस पाती हैं, और दूसरी आँख से नजर अंदाज करता है तभी घर में काम-काज करने वाले सहायक या सहायिका टिक पाते हैं। इसका मतलब यह नहीं कि हम उन पर ध्यान न दें, ध्यान दें लेकिन जरूरत से ज्यादा रोक-टोक न करें। मतलब कमान थोड़ी ढीली रखें। शायद इसीलिए उम्र के साथ-साथ इंसान के आँखों की रोशनी थोड़ी कम होने लगती है।

बड़े सच ही कह गए हैं, कि हमें घर-परिवार संभालने से कम धैर्य नहीं लगाना पड़ता घर में काम करने वाली के साथ सामंजस्य बिठाने में। सो बात बस यही है कि अगर आप अपनों और अपने परिवार से बिल्कुल अलग सिर्फ अपने सहायिका के भरोसे और विश्वास के साथ रह रहे हैं, तो भी कहीं न कहीं आप भी सफल जरुर हैं।

पंद्रह साल पहले 2008 के मई महीने में मैं जब महानगर में आई ही थी कि शिफ्टिंग के तीसरे ही दिन (11 मई, 2008) को हमारे दरवाजे पर एक गोरी-चिट्टी, दुबली-पतली महिला ने घंटी बजाते हुए दस्तक दी। दरवाजा देवर ने खोला तो पता चला कि प्रेस के लिए कपड़े लेने आई है। फिर मेरे द्वारा नाम और बाकी की जानकारी पूछने पर पता चला कि उनका नाम शांति है और वे इसी कॉलोनी में सालों से रहती आई है, तो सभी घरों से धूले कपड़े ले जाती है और फिर शाम तक प्रेस करके पहुँचा भी जाती है। मेरे साथ भी यहाँ घर में तीन से चार लोग तो थे ही, सो मुझे भी प्रेस

के कपड़े उन्हीं को दे देना सही लगा। अब बातों-बातों मे उन्होने बताया कि वो लाउंड्री का काम भी करतीं हैं, तो फिर मैंने धुलाई के लिए भी मेरे यहाँ से कपड़े उन्हें ही लेते जाने की बात की। चूँकि अभी-अभी शिफ्ट ही हुई थी इसलिए ढेरों बेडशीट्स और पर्दे सहित सबके पहनने वाले कपड़ों को मिलाकर मेरे पास धुलवाने के लिए काफी कपड़े इकट्ठे पड़े थे जिन्हें खुद से धोना मेरे वश का नहीं था! सो मैंने जब कपड़े धोने की बात पूछी तो उन्होंने बताया कि कहीं ले जाकर तो नहीं धोएगी, लेकिन अगर धुलवाना ही चाहो तो वो घर पर ही आकर धो जाया करेगी-सप्ताह में तीन दिन। इसके लिए उन्होंने जो पैसे माँगे वो मुझे वाजिब ही लगा; सो हमलोग भी सहर्ष तैयार हो गए। इसके बाद शान्ति मेरे घर सोमवार, बुधवार और शुक्रवार को कपड़े धोने के लिए आने लगी।

आना तो शुरू कर दिया इस तरह शान्ति ने, लेकिन शुरू-शुरू में कई महीनों तक हम सब से बिल्कुल अपरिचित और प्रोफेशनल जैसा ही व्यवहार रखती। न ज्यादा फालतू का बोलना, न बैठना और न ही कुछ खाना-पीना। बस फॉर्मल व्यवहार ही रखती थी। कुछ ही दिनों में कॉलोनी के पुराने लोगों से पता चला कि शांति थोड़ा ऊँचा सुनती थी, इसीलिए ज्यादा बातें नहीं करती थी और बस काम से ही काम रखती थी। मैंने भी सोचा अच्छा ही है, कि बातें कम करेगी तो ध्यान काम में ही रखेगी। तब मेरे घर में आने-जाने वाले लोगों का भी तांता लगा रहता था लेकिन वैसे में भी वह कभी ये नहीं कहती थी कि एक्स्ट्रा लोगों के कपड़े नहीं धोएगी, या उसके लिए एक्स्ट्रा पैसे लेगी, वगैरह वगैरह। लेकिन किसी और घर में काम के लिए वह साफ मना कर देती थी। जबकि उसे कॉलोनी में ही कई और लोग भी अपने घरों में लगाना चाहते थे। लेकिन वह नहीं मानी तो नहीं मानी-चाहे कितनी भी चिरौरी कर लें और लोग! कई लोग तो मुझसे भी आकर कहते कि मैं ही उससे रिक्वेस्ट करके उनके घर में भी लगवा दूँ! मैं इस बारे में बता तो जरूर देती थी शान्ति को, लेकिन उसके लिए उस पर कोई दबाव डालने की कोशिश करने का न तो मेरा अधिकार ही था, और न ही ऐसा करने की कोई इच्छा ही। वैसे भी, इसमें पूरी तरह से सिर्फ उसकी अपनी मर्जी थी।

हम दोनों के बीच उम्र का फासला था फिर भी हम दोनों अक्सर तू-ताम करके भी बात कर लिया करते। वैसे तो काम करने के लिए जिसे

घर में रखा जाए, उनके साथ सतर्कता तो बरती ही जाती है, लेकिन शांति आंटी के साथ हमें ऐसी किसी सतर्कता की कोई जरूरत महसूस नहीं होती थी। कारण कि उनमें दो ऐसे गुण थे जो उन्हें बाकी तमाम कामवालियों से अलग बनाते थे और इसी कारण। सभी लोग अपने घरों में भी उन्हीं को रखना चाहते थे। पहला ये कि उनमें दूसरे का एक तिनका भी बिना पूछे उठा ले जाने की प्रवृत्ति नहीं थी, और दूसरा यह कि एक घर की बात दूसरी घर में करने या पहुँचाने के काम में उनकी बिल्कुल रुचि नहीं थी (ऊँचा सुनने का बहाना था, सो अलग)! इसी कारण कॉलोनी के हर घर में उनका आना-जाना लगा रहने की वजह से तकरीबन सबके घरों की बातें जानते रहने के बावजूद भी दूसरे के घरों में और किसी दूसरे के घर की बातें करने के मामले में उनका नाम कभी नहीं आता था।

धीरे-धीरे मेरे घर में रहते हुए साल भर हुए और धीरे धीरे शान्ति आंटी मेरी खुशियों और गमों दोनों में शरीक होने लगी। तकरीबन मेरे सभी परिवार और रिश्तेदारों से परिचित भी वह हो ही चुकी थीं। जब भी मैं कपड़े निकालती धोने को तो मजाकिया ताने जरूर देती कि "अभी तो इतनी जल्दी-जल्दी गन्दी कर रही हो चादरें, पर्दे और सोफे कवर वगैरह-वगैरह, और फिर जब घर में लाला आ जाएगा तब कितनी गन्दी करोगी? मैं बस झेंप कर बातें टाल जाती। बीच-बीच में एक दो बार हमारी अनबन भी हुई उनके समय पर न आने से लेकिन न तो हमारे घर ने उन्हें छोड़ा और न वो हमें छोड़ पाईं। आज कुछ बोला तों चली गई और कल वापिस पूछने आ गई कि "काम नहीं करवाओगी क्या?" वैसे भी उनके कुछ ऐसे गुण और साकारात्मक आदतें भी थीं जो कामवालियों में लगभग दूर्लभ भी हुआ करते हैं, जैसे: नियमित पूजा-पाठ, रोज सुबह मंदिर जाना, शाकाहारी होना और व्रत-उपवास में श्रद्धा और भक्ति रखना आदि। उनके परिवार में बस पति-पत्नी और उनका एक बेटा होने के कारण वो पारिवारिक जिम्मेदारियों के लिए ज्यादा छुट्टी भी नहीं लेती थी। इन्हीं सब चीजों की वजह से मैं उनकी बहुतेरी छोटी-छोटी बातों को-जो मुझे बिल्कुल पसंद नहीं आती थी-मैं आसानी से नजरंदाज कर दिया करती थी। और फिर उनके व्रत-उपवास के दिनों में आ जाने के बावजूद भी मैंने उन्हें घर का काम नहीं करने देती, यह कहकर कि "आप मुझे पाप लगवाओगी क्या? कल कर दीजिएगा।।ß

काम के साथ-साथ एक परिवार के सदस्य-सा मेरे घर को उनकी

आदत होने लगी और उन्हें भी। फिर जब कभी सर्दियों में कपड़े सुखाने की दिक्कत से वॉशिंग मशीन लेने का जिक्र करती तो निराश होते हुए बोलती "कि अब तो तू मुझे हटा ही दोगी? मेरा काम छुड़वा दोगी? मशीन खरीद लोगी तब कपड़ा मुझसे कैसे धुलवाओगी।" इन बातों पर राकेश या जब कभी माँ भी आई होतीं, तो मुझे मशीन खरीदने से मना करते हुए शांति आंटी को ही यह काम कराते रहने के लिए सलाह दी जाती। कभी-कभी कुछ लोग यह कहते हुए मुझे ज्ञान देते हैं कि घर के कपड़े दूसरे से धुलवाना ठीक नहीं है, ये पाप होता है। लेकिन माँ यही समझाती थीं कि पाप तो तब लगेगा जब तू बिना पैसे दिए काम करवाती। ऐसे खुद धोने के बहाने से शान्ति को हटा देने से क्या उनके पेट पर लात मारने का पाप नहीं लगेगा? फिर मैं भी निश्चिंत हो जाती।

अब शांति आंटी हमसे काफी घूलने लगी और हमारे बीच थोड़ी बातचीत भी होने लगी। तब घर का सारा काम मैं ही करती थी और कपड़े शान्ति आंटी धो जाती। वैसे मेरे घर में दोस्तों और रिश्तेदारों का आना-जाना भी खूब होता और मेरे घर का सारा काम शॉपिंग करने से लेकर घर को व्यवस्थित करने तक का सारा काम मैं ही करती थी। तब शांति आंटी की मजाक में ताने के तौर पर कहीं बातें सच हो गई। जब मैं प्रेग्नेंट थी तब भी घर में दोनों भाईयों (मेरे पति और देवर जो कि दिल्ली में ही बैंक में थे) के होते हुए भी जब घर की जरूरतों के लिए मुझे जाना पड़ रहा था कि ऑफिस की व्यस्तता और उसके बाद की थकावट के कारण मैं कभी कहती भी नहीं। इसी बीच ससुराल तरफ की मौसी जी का फोन आया तब दोनों भाईयों को डाँटते हुए मुझे काम कम करवाने की सलाह दिए और फिर बड़ी बुआ सास आईं जो मुझे बहुत स्नेह करती थीं तब इस खुशखबरी का जानकर अपने भतीजे को मेरी केयर के लिए माँ को बुलाने की सलाह और हिदायत भी देती गईं। वैसे तो इस खबर को सुनने के बाद माँ मुझे अकेले घर संभालने का सोच-सोचकर ही चिंतित और व्याकुल रहतीं। क्योंकि माँ इस सौभाग्य को ईश्वर के द्वारा दिया गया वरदान समझ रही थीं जिसे अपने आंचल में समेटते हुए मुझे आंचल की छांव में छुपा कर सुरक्षित करना चाहती थीं। हर बुरी नजर से बचाने की ताक़ीद करतीं लेकिन फिर भी मन नहीं मानता। तब उन चार महीने तक मैं खुद ही घर का सारा काम करती। देखने में पतली-दुबली और नन्ही-सी काया से आस-पड़ोस की

आंटी और बाकी हम उम्र महिलाएँ यही कहतीं कि कैसे मैनेज करते हो सारा दिन किचेन में और घर के बाकी कामों में। फिर सारा दिन अकेले डर भी रहेगा ऐसी हालत में। तब मेरे अकेले होने की वजह से और घर की जिम्मेदारियों को जानते हुए चार महीने बाद माँ अपनी गृहस्थी को ईश्वर के भरोसे छोड़ मेरे लिए मेरे पास आ गई थीं। माँ आईं और मेरे हिस्से की हर जिम्मेदारी अपने ऊपर ले लीं लेकिन मुझे भी उन कामों में सक्रिय रखतीं। ताकि गर्भावस्था में शरीर को आराम के साथ हल्का-फुल्का व्यायाम भी मिलता रहे। तो घर के बाकी काम मैं और माँ निबटाते और कपड़े धोने का काम शांति आंटी।

फिर जब 2010 के जुलाई में गोपू का जन्म हुआ और कुछ दिनों बाद माँ और सासू माँ चली गईं, तब मुझे घर के कामों के साथ बेटे को संभालने में परेशानी हुई। उस दौरान मैंने घर में झाड़ू-पोछा वाले काम के लिए भी शांति आंटी को ही आग्रह किया, लेकिन वो इंकार कर गई। फिर मैंने इस काम के लिए एक दूसरी कामवाली को रख लिया। कुछ ही महीनों में मुझे झाड़ू-पोछा के इस काम के लिए बार-बार बदल-बदल कर कितनी ही अलग-अलग कामवालियों को रखना और हटाना पड़ा। शांति आंटी जैसी कोई नहीं।

साल 2014 के मार्च में मैं मेनिनजाइटिस की शिकार हो गई थी और मेरी हालत काफी गंभीर हो गई थी। उन दिनों मैं औरों पर ही आश्रित रहा करती थी। फिर दो-तीन महीने बाद जब थोड़ी ठीक हुई, तब पता चला कि भले ही जान तो बच गई है, लेकिन स्थिति अभी भी नाजुक ही बनी हुई थी। तब माँ ने मुझे कहा कि यदि थोड़े ज्यादा पैसे लेकर भी यदि शांति तैयार हो जाए, तो दोनों कामों के लिए उसी को रख लूँ। लेकिन शांति आंटी एक बार फिर से नहीं मानी।

मनहूस वर्ष 2014 के नवंबर में अचानक माँ चली गई जिससे मैं बूरी तरह से तरह टूट गई। बिमारी की बची हुई तकलीफों के साथ-साथ माँ के जाने का का दंश भी जूड़ गया जिसे इकट्ठे झेलना मेरे लिए बहुत ही पीड़ादायक सिद्ध हुआ। मेरे साथ मेरे पूरे परिवार को ही एक बूरे दौर से गूजरना पड़ रहा था। मेरी उन तमाम परेशानियों को देखकर करीब एक महीने बाद एक दिन शांति आंटी मेरे पूछे बिना खुद ही मेरे घर के झाड़ू-पोछे के काम के लिए भी तैयार हो गई-हाँ, पैसे उन्होंने जरुर बाकियों

से कुछ ज्यादा ही माँगे। मेरे लिए तो लेकिन फिर भी ये खुशी की ही बात थी। फिर क्या था, अब सप्ताह में तीन दिनों की बजाय वो हर रोज आना शुरू कर दी और दोनों काम निबटा कर ही जाने लगी!

उस दौरान मुझे मेरे परिवार से ज्यादा शांति आंटी का ही सहारा मिला। जब भी मैं मेनिनजाइटिस के अटैक के कारण पांच से छः घंटे बेसुध हो जाती थी, तब शांति आंटी ही मेरा सहारा होती थीं। हाँ ये बात और थी कि हमने उन्हें भोजन बनाने या बर्तन धुलवाने का काम कभी नहीं दिया। लेकिन फिर भी बड़ी राहत मिलती थी जब मेरे बेसुध होकर लेटे रहने की हालत में वे राकेश या गोपू से भोजन बनाने के लिए भी पूछ जाती थी। हालांकि उन्हे ज्यादा श्रम न पड़ जाए इस लिए वे दोनों मना कर देते थे। लेकिन शांति आंटी का भोजन बनाने के लिए पूछ जाना ही बहुत बड़ी राहत महसूस करा जाती थी राकेश को।

तकरीबन सात साल हो गए थे शांति आंटी का मेरे घर में काम करते हुए लेकिन न तो मेरा फोन नम्बर उनके पास था और न ही उनका फोन नं मेरे पास। हालांकि कभी-कभी जरूरत तो महसूस होती थी, लेकिन ज्यादा नहीं। शांति आंटी फोटो क्लिक करवाना बिल्कुल पसंद नहीं करती थीं, तो मैं ही कभी चुपके से, या कभी उनके सुंदर साड़ी पहन कर आ जाने पर जबरदस्ती क्लिक कर देती तस्वीरें। क्योंकि मेरा मानना यह था कि मेरे घर में सबकी तस्वीरों के साथ उनकी तस्वीरें भी मेरे पास होनी ही चाहिए आखिर वो परिवार की सदस्य से कम तो नहीं ही थी मेरे घर में।

पहले वे घंटी बजाकर बिना किसी आवाज किए दरवाजा खुला होने पर आ जाती थीं, लेकिन गोपू के आ जाने पर घंटी बजाने के बावजूद अगर दरवाजा खुला भी है तो भी "लाला" कहते हुए ही अंदर आने लगी। और तो और, मैं यदि कभी बेटे को डाँटते हुए कुछ बोलती, तो "लाला" के पक्ष में शांति आंटी मुझे डाँट लगा जाती, और अगर मैं शांति आंटी को कुछ चिढ़ कर कहती, तो फिर गोपू उनके पक्ष में बोलना शुरू कर देता। हालांकि मुझे इस बात की बेहद खुशी होती है कि गोपू हमेशा ही उन्हें घर के बड़े-बुजूर्गों की तरह ही आदर सम्मान देता रहा है।

धीरे-धीरे समय बीतता गया है और समय के साथ-साथ बहुत कुछ बदलता भी गया है। उनके पैसे भी समय के साथ बढ़ते गए हैं। उनके घर में भी बेटे का विवाह सम्पन्न हुआ है और बहू आ गई है। फिर पोती भी

हुई है जिसे लेकर कभी-कभार मेरे घर भी आई हैं। पहले तो वो मेरे घर में कभी कुछ भी नहीं खातीं थी, लेकिन इधर कुछ दिनों से जब भी मुझे कुछ एक्स्ट्रा बनाते देखती हैं तो मेरे ऑफर करने पर चाव से लेती और खातीं है।

हमारे बीच अब तो बहुत तरह से अपने विचारों का आदान-प्रदान भी होता। बहुत सारी परेशानियाँ आई और गई हैं, और उससे लड़ने में शांति आंटी काफी हद तक मेरी मददगार रही हैं। कोरोना और लॉकडाउन के दौरान जब छः महीने तक भी प्रतिबंधों के कारण शांति आंटी नहीं आईं, तब भी मैं महीने में एक दिन ही उन्हें बुलाकर उनके महीने भर का पैसा बिना एक भी रुपया काटे या कम किए बगैर ही देती रही थी। बल्कि बिना काम किए पैसे लेने में शान्ति आंटी ही थोड़ी झिझक रही थीं और पुनः काम पर आने की जिद भी करती थीं, ये कहते हुए कि बिना काम किए पैसे लेने में अच्छा नहीं लग रहा, इसीलिए काम पर वापस बुला लो। लेकिन कोरोना का प्रकोप देखते हुए मैंने उन्हें पूरी तरह से घर से यहाँ आने-जाने की जद्दोजहद से मुक्त ही किए रखा! प्रतिबंधों के टूटने के बाद भी बहुत दिनों तक शांति आंटी आती थीं तो हमसे भी ज्यादा प्रोटोकॉल फॉलो करती थीं। ये देख बहुत सुकून मिलता।

शान्ति आंटी के साथ मेरी बहुतेरी खट्टी-मीठी यादें जूडीघ हुई हैं। मुख्यतः सुखद यादें ही। पिछले पंद्रह सालों से मेरे घर की सदस्यता प्राप्त कर चुकी शांति आंटी के साथ से मुझे काफी अपनत्व मिला है। ईश्वर एवं माँ की कृपा से जब तक दिल्ली में रहना होगा, आगे भी हमारा साथ ऐसे ही बना रहे, यही कामना करती हूँ। ईश्वर से मनोकामना करती हूँ कि शांति आंटी और उनका पूरा परिवार ही इसी तरह खुशहाल रहे ताकि शांति आंटी भी मेरी खुशहाली का कारण बनीं रहें।

31. नकाबपोश रिश्ते

जब हम किसी से बेहद प्रेम करते हैं, तो वह रिश्ता आभासी हो या दुनियावी, पास हो या दूर–हम उन रिश्तों को दिल में जगह देते हुए उनकी हर बात को दिल में उतार लेने की इच्छा रखते हैं। लेकिन उन्हीं लोगों में कुछ ऐसे रिश्ते भी छुपे होते हैं जो नक़ाब पहन बस हमारी भावनाओं से खेलने के लिए ही हमारे करीब रहते हुए अपने साथ का एहसास करवाते रहते हैं। लेकिन जब इंसान एक उम्र के बाद अपने भोलेपन और मासूमियत से बाहर निकलकर उनकी चालबाजियों को भांप लेता है, तो बिना कुछ कहे-सुने ही खुद को उन नक़ाबपोश रिश्तों से अलग कर लेता है। बल्कि वह तो अपने हक़ का भी बहुत कुछ त्यागकर अपने रिश्तों से दूर हो जाता है, ताकि कम-से-कम अपने बाकी के जीवन को तो क्षत-विक्षत होने से बचा सके।

इसे जीवन भर का दुःख कहें या सुकून, कि वो रिश्ते जो कभी दिल में उतरे हुए थे, वो अपने छल और प्रपंचों से जाने कब दिल से उतर गए हैं, पता भी नहीं चल पाया।

32. इंसान होते जा रहे पत्थर से अब और पत्थरों में लौट रही जान

सच होता नजर आ रहा है यह वाकया अब तो पूरी तरह से। इसी दौर में ये होता नजर आ रहा है कि हम इंसानों की संवेदनाएँ लूप्त हो रही हैं, या कहें कि अपनों के लिए इंसानों की संवेदनाएँ मृत होने के कगार पर खड़ी अंतिम सांसें ले रही हैं। तभी तो हम इंसानों के अपनेपन से कहीं ज्यादा गुमान ईंट-पत्थर के मकानों पर करते हैं। ये वह दौर है जहाँ हम अपनों को ठुकराकर, उनसे छुपाकर घर बनवाते हैं, भले ही इसके लिए हमें बैंक से लिए गए कर्जेष् की चौगुनी कीमत ही क्यों न चुकानी पड़े।

माता-पिता भी ऐसा सोचते हुए मजबूत रहते हैं कि जो दूर रह रहा है, उसे क्या देना कुछ भी? मकान, जायदाद तो औरों के लिए है। वही दूसरी ओर बच्चों के मन में भी यही भावना पनपती जा रही है कि मुझे उनसे क्यों माँगना कुछ भी? चाहे जैसे भी हो-कम रोटी खाकर भी अपने लिए एक अदद छत और दीवार का इंतजाम तो कर लूँ। कुछ रह गए इसी होड़ में. .. उन्हीं पत्थर की दीवारों से उलझे... उन्हीं ईंट-पत्थरों से बतियाते; क्योंकि दीवारों के भी कान जो होते हैं! कुछ भटकते हुए आगे को बढ़ते चले गए क्योंकि जीवन का गुजारा तो दीवारों और छत के बिना मुमकिन ही नहीं। हम खूबसूरत से खूबसूरत इंसान के दिल को भी देखने या उसके भाव को समझने की कोशिश किए बिना बड़े आराम से रह लेते हैं; लेकिन किसी के घर की खूबसूरती... उसके पत्थरों की नक्काशी-को निहारे बिना नहीं रह पाते। पहले खूबसूरत इंसान को देखकर ऐसी लालसा जग सकती थी कि वो अगर मेरा होता, तो जिन्दगी कितनी खूबसूरत होती! लेकिन आज के दौर में ऐसी चाह पनपती है कि वो इंसान चाहे जैसा भी हो, उसका वह खूबसूरत बंगला अगर मेरा हो जाता, तो जीवन तो जैसे संवर ही जाता।

लुभावने विज्ञापन आते हैं, कि फलां पेंट लगाइए, दीवारें बोल उठेंगी। और हम उसी होड़ में लपक भी पड़ते हैं, कि "जरा देखें तो, दीवारें कैसे और क्या बोल उठती हैं।" दीवारों के दो बोल सुनने को आतुर हम कान लगाए उन्हीं दीवारों को निहारते रहने में अपने-अपने अलग-अलग घरों में ज्यादा सुकून से रह रहे हैं, बनिस्बत कि एक ही घर में एक साथ रहने से। यह तिकड़म भी इसी युग ने लगाया हुआ है कि पहले गाँव के एक ही घर में एक साथ कई पीढ़ियाँ रहती थीं; जबकि आज एक ही पीढ़ी के परिवार अलग-अलग कई घरों में रह रहे हैं।

इंसान अकेले रहकर दीवारों से बतिया ले रहा है सहजता से, क्योंकि इंसानों में अब सिर्फ बोलने की प्रवृत्ति ही बच गई है सुनने से ज्यादा; और दीवारों के तो बस कान ही होते हैं, मुँह तो होता नहीं कि वो भी कुछ बोलें!

भले ही विज्ञापन ये वादा कर दें कि दीवारें बोल उठेंगी, लेकिन दीवारें सिर्फ सुनती हैं। कुछ दीवारें अपनी वेदना में कराहती भी हैं, लेकिन अभी तक बोल कुछ भी न सकी। पाप और बेईमानी के बल पर खड़ी हुई दीवारें स्वतः गिर भी जाती हैं, लेकिन इंसानों की धोखाधड़ियों, उसकी चूगलखोरियों में साथ तो बिल्कुल नहीं देने पातीं। तभी पहले मिट्टी के मकान में भी मजबूती से पूरा परिवार रह लेता था, लेकिन आज बड़ी-से-बड़ी इमारतों में भी अपने नहीं, बल्कि गैरों की टोली ही रहती है।

पहले मिट्टी के घर की तो लोग खुद ही लिपाई-पुताई करके मरम्मत करके सुंदर बना दिया करते थे। आज अपने छोटे-से फ्लैट की सफाई के लिए भी औरों पर निर्भर हो गए हैं। हश्र यह हुआ है कि गगनचूम्बी अट्टालिकाओं में लिए गए फ्लैट भी बिना कोई वॉर्निंग दिए ही ध्वस्त होकर मिट्टी में मिल जाते हैं।

33. आस और विश्वास का संबंध

आस और विश्वास दोनों का आपस में अन्योनाश्रय संबंध मालूम पड़ता है। क्योंकि जहाँ आस होती है वहाँ विश्वास बनाए रखना पड़ता है, और अपने विश्वास को टिकाए रखने के लिए खुद को आश्वस्त करते रहना पड़ता है कदम-कदम पर।

जब बच्चे छोटे होते हैं तब बड़ों पर यह विश्वास होता है, कि वो हमें हर परिस्थिति में संभालने के लिए है। इसीलिए आग हो या पानी–बेपरवाह होकर आगे बढ़ते चले जाते हैं। और हमारे अपने हमें संभाल लेते हैं।

लेकिन जब हमें अपनी जिम्मेदारी खुद उठाने की नौबत आती है और हम महज रोटी-पानी की जुगाड़ के लिए घर से मीलों दूर आ जाते हैं तब कदम-कदम पर इम्तिहान से गुजरते हुए अपने स्वाभिमान को आगे रखते हुए अपनी परेशानियों से अपनों को अवगत कराने से कतराते हैं। और दोनों ही परिस्थिति में हम अपने दुःख अपनों से साझा करने से बचते हैं।

पहला ये कि हमारी परिस्थिति का माखौल उड़ाते हुए हमें हीनता का बोध न कराया जाए, और दूसरा कि अगर हमारे अपनो में से कुछ ऐसे भी हैं जो हमारी परेशानियों को जानने के बाद भीतर ही भीतर कुढ़ जाएँ या दुःखी न हो जाएँ। या कहीं हम पर किया गया उनका विश्वास टूट न जाए। वैसे भी कुछ भ्रम अगर खुशियाँ दे तो उस भ्रम को तोड़ना नहीं चाहिए।

तभी तो अपनों में भी दो तरह की प्रजातियाँ पाई जाती है। कुछ को वैसे मिलते जो दूर रहने पर हर पल अपने बच्चों की कुशलता की कामना करते हैं और यह सोच दुखी होते हैं कि अपने घर के हिस्से में इतना रूपया-पैसा, जमीन-जायदाद और सुख-सुविधा को छोड़ घर का ही बेटा बाहर भटक रहा है-तो वो सिर्फ अपने आत्मसम्मान के खातिर, अपने स्वाभिमान को

नीलाम होने से बचाने के लिए घर से बाहर निकल गया जहाँ कदम-कदम पर संघर्ष है। क्योंकि जहरीली हवा बाद में असर करती है, अपनों की कुछ विषाक्तता आत्मसम्मान को पल भर में चकनाचूर कर जाती है।

गाँव से जो शहर में चला गया वो हर इंसान ऐसा ही नहीं होता जिसे बाहर सैर-सपाटा, रेस्तरां और सिनेमा से फूर्सत ही नहीं। और और ऐसे भी, इंसान आखिर कितने दिनों तक इन अय्याशियों में जिएगा। छप्पन भोग खा-खाकर भी मन उकता ही जाता है।

क्योंकि अपने आत्मसम्मान को बचाने के खातिर ही अपने गाँव की हर सुख-सुविधा अपना हक़ त्याग शहर की कोठरी में विषाक्त हवा से खुद को बचाते हुए खुद को ताउम्र क़ैद कर लेता है। और न्यौछावर कर देता है अपना सर्वस्व अपने अपनों पर की उन्हें हिस्सेदारी का भय न सताए।

इन बातों पर अक्सर लोग फब्तियाँ कसते हैं, कि बेटा शहर जाकर गाँव भूल गया। जबकि अक्सर बात तो यह होती है कि गाँव ही शहर भेजकर बेटे को भूल जाता है। और उसके खेलने-कूदने के बचपन के खिलौने और उसके पांव के निशान को भी पूरी तरह मिटा देता है।

रिश्ते में दूरियाँ आने के लिए दोष सिर्फ बच्चों का ही नहीं बल्कि बड़ों का भी होता है: अपना वर्चस्व बनाए रखने के लिए अपनों को दूर कर देना। वरना गोद में खेलने वाले बच्चे को बड़े होने पर भी पुचकारकर बुलाने में हीनता का बोध नहीं होना चाहिए।

जब बच्चे आस लगाते हैं अपने बचपन में अपने ही बड़ों से तो उसी विश्वास को बनाए रखने के लिए बड़ों को भी बच्चों से आस लगाने में शर्मिन्दगी महसूस नहीं करनी चाहिए। जो विरासत में हमें मिला है वो गर्व से हक़ से हमें हमारे बच्चों को सौंप दे ना चाहिए।पद हो, पैसा हो, या मान-सम्मान, दुलार या प्रतिष्ठा ही क्यों न हो। आस और विश्वास पर ही अपना जीवन ही नहीं बल्कि पूरी दुनिया टिकी है।

34. असफलताओं का सुकून

बड़ी अजीब बात है न–यह सोचना या सुनना भी कि असफलता भी सुकून दे सकती है।

हाँ, वास्तव में मुझे कई बार सुकून दिया है मेरी असफलताओं ने। सफल न हो पाना भी राहत और संतोष का सबबघ रहा है अक्सर मेरे लिए।

भले ही सफलता और असफलता दोनों एक ही सिक्के के पहलू हों, लेकिन कब्जा तो हर कोई इसके एक ही पहलू पर जमाना चाहता है। हर कोई चाहता है कि कदम-कदम पर जीत बस हमें ही मिले... चाहे बिना कोई अर्हता के या बिना किसी परिश्रम के ही क्यों न!

होता भी यही है! कई बार जी तोड़ मेहनत के बावजूद भी हम सफल नहीं हो पाते। ऐसे में अगर आपके ही साथ वाले को यदि हँसते-खेलते और यूँ ही औरों पर फब्तियाँ कसते हुए भी सफलता मिल जाती है तो हर कोई आपकी असफलता पर सवाल करने लगता है। आपकी काबिलियत पर उंगलियाँ उठने लगती है। असफलता पर सवाल उठाए जाने पर बेशक़ ज्यादा कुंठा नहीं होती; लेकिन जब आपकी काबिलियत पर ऊँगली उठती है, तब आपका जमीर सचमुच बौखला उठता है! तब आप अपने उन अपनों के लिए गिरकर पुनः उठने की कोशिश करते हैं, जो आपकी नजर में आपकी असफलता से सच में दुःखी हुए हों।

लेकिन तब आपके जीवन में वैसे चेहरे दिखाई देना ही बंद हो जाएँ जिन्हें आपके दुःख या आपकी हार से फर्क पड़ता था–दुःख होता था, और आपके इर्द–गिर्द ऐसा कोई बचा ही न हो जिसे आपके दुःख से दुःख और आपकी खुशी से खुशी महसूस होती हो... या कुल मिलाकर कोई हो ही नहीं ऐसा कि जिसके आपकी खुशी से थोड़ा–बहुत भी खुश होने की

उम्मीद हो आपको, तो ऐसे में अपनी खुशियों को अपने-आप में ही दबाए रखना ही उचित लगता है।

सफलता भी उस वक्त सिर पर आ पड़े बोझ जैसा ही महसूस कराती है जब मुकाबला अपनों से ही रहा हो! मैदान में प्रतिद्वंद्वी के रूप में अपनों को देखकर या तो आप प्रतियोगिता से खुद को पीछे ही खींच लेते हैं, या हारने का ही मन बना लेते हैं। ऐसी परिस्थितियों में अक्सर ही आप हार में ही सुकून महसूस कर पाते हैं। ऐसे भी, अपनों से की गई लड़ाई में आपकी जीत, आपकी हार से ज्यादा दुर्भाग्यशाली स्थिति होती है।

जब आप जानते हैं कि आपकी सफलता से सबसे ज्यादा आहत आपके अपने ही होंगे, तो असफलता ही आपका ध्येय हो जाता है... अक्सर!

35. मिट्टी के मकानों के साथ विलुप्त होती संवेदनाएँ

आजकल सबकुछ कितना बदल गया है न। हम तब मिट्टी के मकानों को देखते थे जिनमें मिट्टी के साथ हमारे भीतर भी ऐसी ही भावनाएँ विद्यमान होती थी। नर्म दिल के साथ ही इंसानों में उदारता भी कायम रहती थी। इंसान अपनी औकात में रहते हुए जितना होता उसमें भी बाँटकर खाना अपना सौभाग्य समझते थे। न कि आज की भांति कुछ ऐसा कि जो अपना है वो तो अपना है ही गैरों की चीजें अपनी कैसे बना ली जाए इसी जद्दोजहद में जीवन भर असंतुष्ट रहते हुए उसी बेचैनी भरे भाव के साथ विदा भी हो लेते हैं। कारण यह कि आज हमारे घर जैसे-जैसे ईंट, सीमेंट और टाइलों में तब्दील होते गए। भले ही इस तरक्क़ी ने हमारे मकानों को तो सुंदर और मजबूत कर दिया लेकिन हम भीतर से बहुत ही खोखले और कुरूप होते गए। एक तरह से यह भी कह सकते हैं कि दिल और जज़्बात भी मकानों के साथ-साथ अपनी उदारता भी खोते गए।

वैसे देखा जाए तो आज भी बड़े-बड़े अट्टालिका में रहने वाले भी अगर दान-पुण्य करते हैं तो कहीं-न-कहीं उनका निजी स्वार्थ भी छुपा होता है जो कि बाद में मदद लेने वाले पर भारी पड़ता है।

हम इंसान बहुत आगे तो निकल गए लेकिन हमारी भावनाएँ हमारी उदारता को हम मिट्टी के ही घर के किसी कोने में छोड़ महलनुमा मकान में शिफ्ट हो गए। और लगता है शायद कहीं कोने में दुबकी वो भावनाएँ भी ध्वस्त हो मिट्टी के साथ मिट्टी में ही दफन हो गई।

एक छोटा-सा वाक्या उदाहरण के तौर पर बताना चाहूँगी कि: जब बचपन में हम ननिहाल जाते थे और वहाँ बाकी ममेरे, मौसेरे भाई-बहन इकट्ठे होते थे, तब नए बने ईंट और सीमेंट के मकानों से हटकर पुरानी मिट्टी की ही उस घर में सारा दिन बिताते थे। जहाँ मिट्टी की दो मंजिला

छत और एक अलग कोना के अलावा और कुछ नहीं था। तब बहुत से लोग छत को "कोठा" कहकर संबोधित करते थे। आज तो "कोठा" का संबोधन मन में ही नहीं औरों के बीच भी हीनता का बोध करा जाती है।

वहाँ जब सारे नाना और मामा के परिवार अलग-अलग ईंट और सीमेंट के बने मकानों में रहते थे तब हम बच्चे उस मिट्टी के छतनुमा घर में अपना समय व्यतीत करते। जिसमें बड़ी-बड़ी खिड़कियाँ थी और उपर से खपड़ैल लगा था। उसी मिट्टी के छतनुमा घर में हम बहनें और गाँव की सहेलियों के साथ घंटों खेलते रहते। मतलब हमारा खान-पीना, सोना और खेलना सब उसी में होता था। इतना ही नहीं ननिहाल जाने की ललक ही वही रहती कि वह मिट्टी वाला छत का कोना जो छूट गया है इतने दिनों बाद उसे जाकर पुनः जीवंत करना है। और इस काम में हमारी पूरी टीम होती थी। जिसमें ममेरी, मौसेरी बहनें, गाँव की अन्य लड़कियाँ यहाँ तक की मौसी और नानी भी वहाँ तक भोजन और खाद्य सामग्री पहुँचा देती थीं। भले ही उस सुकूनदेह कोने तक पहुँचने का रास्ता कठिन था। मतलब सीढियाँ टूटी-फूटी सी होने के बावजूद भी हमारा मन उसी में रमा रहता।

अब काफी सालों बाद भले ही ननिहाल में कई मंजिलों के मकान अलग-अलग सारे मामाओं के बन गए हैं लेकिन मन वैसा नहीं ललकता जैसी ललक तब होती थी। वो आकर्षण नहीं पनपता जो मिट्टी के उस छतनुमा घर के लिए था।

आज का स्नेह और दुलार भी बनावटी होते जा रहे हैं। रिश्ते बाजार की वस्तु-सी और रिश्तेदार नीलामी की वो धरोहर जिसपर जितनी बोली लगेगी उसी ओर झुकेंगे। तो क्या बदलाव और विज्ञान ने हमारी मानसिकता में प्लास्टिक सर्जरी कर दिया या फिर हम खुद ही उस जलकुंभी वाले दलदल की गिरफ्त में फंस गए हैं, जो दिखता तो सुंदर है लेकिन पता नहीं चल पाता और हम धंसते चले जा रहे हैं।

सच इन टाइलों की चमक ने हमारी आँखे चौंधिया दी है। अब एल ई डी वाले दौर में हम आ गए हैं जिसमें चमक तो ख़ूब है लेकिन हमारी आँखों की समाप्ति की तिथि निर्धारित नहीं और आँखों की रोशनी क्षीण होती जा रही है। इन चमक के साथ बल्व भले देर से फ्यूज हों लेकिन हमारी आँखे वक्त से पहले फ्यूज हो जा रही है।

हमारे दिल पत्थर से होकर इतने मजबूत होते जा रहे जो टूट सकते हैं लेकिन पिघल नहीं सकते।

36. स्त्रियों, अब शस्त्र उठाओ

समय आ गया है कि स्त्रियाँ खुद अपने हक़ के लिए आवाज उठाएँ। यदि कोई मारे तो पलटकर दूसरा झन्नाटेदार थप्पड़ मारने वाले के गाल पर वह खुद ही जड़ दे, आईने में अपने गालों पर पड़े थप्पड़ का निशान देखने और गाल सहलाने में वक्त गंवाए बिना!

बहुत हुआ लिहाज.. कम से कम बराबरी के हक के लिए उठाए गए थप्पड़ में साइलेंट किलर को अंदाजा तो रहेगा न कि सामने भी जहर ही है। और जहर ही जहर को काटता है। जिस तरह से पत्नी के द्वारा मिले हुए मान-सम्मान एवं प्रेम को पाकर पति खुद को शहंशाह की श्रेणी में बिठा लेता है, उसे होश तभी आएगा जब दर्द टीसने लगेगा और खुद अपने ही गाल लाल दिखाई देने लगेंगे आईने में।

कहा जाता था कि जो कम-पढ़ी लिखी स्त्रियाँ होती हैं उन्हे घरेलू हिंसा का शिकार होना पड़ता है। दरअसल उन स्त्रियों के पास कोई विकल्प ही नहीं होता था पति और उसके परिवार के द्वारा दी गई प्रताड़नाओं को झेलने के अलावा। लेकिन अब ऐसा लगता है कि पढ़-लिख कर भी स्त्री अपने हक़ के लिए आवाज नहीं उठा पा रही है। वरना जिंदगी के इस पड़ाव पर आकर अपने जीवन के तिरेसठ वर्ष पूरे कर चुकी एक महिला (मुकुल अमलास) को उसके पति ने ही इतनी नृशंस तरीके से कुल्हाड़ी से काटकर हत्या कर दी। कई बार जब नई शादी होती है तब आपस में एक तरह से विचारों पर हुई किसी बहस या खुद को उपर और सामने वाले को कमतर समझने की होड़ या फिर औरत द्वारा अपने सास-ससुर और परिवार की सेवा में लीन न होना भी कारण हो जाता है कलह का। लेकिन साठ की उम्र के बाद? इस पड़ाव पर आते-आते तो पति-पत्नी दोनों को एक-दूसरे

की ज्यादा ही जरूरत महसूस होने लगती है जो उस समय अपनी खुशी और आनंद अपने पारिवारिक जिम्मेदारियों का निर्वहन करते हुए तलाश रहे होते हैं।

इस उम्र के लोगों को तो युवा पीढ़ी भी अनुभवी मानती है और अपने नए दाम्पत्य जीवन में चल रहे खटास के लिए इन अनुभवी लोगों से सलाह लेती है। लोग अपने छोटे-छोटे बच्चों को अपने दादा-दादी के पास सुरक्षित समझ कर छोड़ जाते हैं क्योंकि उनके बीच कलह की कोई जगह नहीं होती। माना जाता है कि केवल प्रेम और स्नेह ही पनप रहे होंगे उनकी छत्रछाया में। कई बार हमें यह भी लगता है कि स्त्रियाँ रह कैसे लेती हैं ऐसे हिंसक पुरुषों के साथ? आवाज क्यों नहीं उठाती? लेकिन जिन पर बीतती है वही समझ सकती हैं इस वेदना को। कोई दुसरा बस ज्ञान ही वाचन कर सकता है इस मुद्दे पर।

जब स्त्रियाँ अगर कम पढ़ी-लिखी होती हैं तो अनपढ़-गंवार की संज्ञा से नवाजी जाती हैं, लेकिन मुकुल जी जैसी पढ़ी-लिखी स्त्री को भी यह सब आजीवन झेलना आश्चर्य एवं विक्षोभ पैदा करता है जबकि वह अपने पति के द्वारा किए जाने वाले अत्याचारों का विरोध कर सकती थीं। लेकिन हम जितना समझते हैं, घरेलू हिंसा के खिलाफ आवाज उठाना उतना आसान है नहीं। तभी तो ऐसी परिस्थिति में कुछ तो आत्महत्या कर लेती है तो कुछ उसी इंसान के हाथों मौत के घाट उतार दी जाती है। स्त्रियाँ झोंक देती हैं खुद को उम्र भर पति और परिवार के लिए। और बदले में पाती हैं उम्र के अंतिम पड़ाव में खुद को कई टुकड़ों में बंटी हुई।

इस तरह की मानसिकता किसी भी इंसान में विद्यमान रह सकती है, चाहे स्त्री हो या पुरुष। जानवर से भी बदतर व्यवहार कोई भी अपने माता-पिता, जीवनसाथी या बच्चों के साथ कर सकता है! तो मुजरिम चाहे कोई भी हो, उसे सजा भी उसी रूप में मिलनी चाहिए ताकि हैवान की भी रूह कांपे। और फिर आखिर जीते जी नहीं तो कम-से-कम मरते हुए तो उसे इंसानों के दर्द और उसकी तड़प का एहसास हो पाए।

37. पतझड़ में बहार का एहसास

पतझड़ के गिरते पत्तों की सरसराहट सुनना वाकई सुकूनदेह था। लेकिन उस धुन में गिरते अपने पेड़ से बिछड़ते हुए उन लाचार-बेबस सूखे पत्तों से निकलने वाली आवाज में जाने क्यों विरह की वेदना भी सुनाई दे रही थी। हम इंसान जैसे विदाई में सिसकते हैं और अपने दुःख और अधूरी इच्छाएँ व्यक्त करते हैं, ठीक उसी तरह ये बूढ़े पत्ते भी अपनी जिम्मेदारियों को आने वाले नए पत्तों को सौंप अपना सब कुछ त्याग अपनी पेड़ रूपी जागीर से खुद को अलग कर लेते हैंङ्क कि शायद कहीं नए पत्ते आ जाने के बाद पेड़ का मोह जाए ही न इन सूखे पत्तों में से, और अपना वर्चस्व कायम रखने में फिर नए पत्तों को स्थान ही न मिल पाए! लेकिन अपनों के लिए तो ये बेईमानी हो जाएगी न? हम इंसान भी कभी-कभी इन बातों को समझते ही नहीं.. अपने भीतर के भावों से खुद को ही अपरिचित बना लेते हैं। और अपने अंत समय तक जब तक हमारे शरीर में ताकत होती है तब तक हम अपनों के लिए नहीं बल्कि सिर्फ अपने लिए अपनों से ही लड़ते रहते हैं। हर चीज पर, जैसेः रूपया-पैसा, धन-संपत्ति हो या पद-प्रतिष्ठा-इन सब पर अपना अधिपत्य जमाते हुए औरों की परवाह ही नहीं करते। और यही विपरीत मानसिकता हमारे भीतर ईर्ष्या, द्वेष और कुंठा को सृजित करते ही चली जाती है। जो रिश्ते के टूटने-बिखरने का मुख्य कारण बन जाता है। जिसका परिणाम सिर्फ शून्य होता है और कुछ नहीं।

इसीलिए अगर हमने अपने भीतर के इन भावों को मृत घोषित कर दिया है तब भी हमें प्रकृति से पुनः ये सब सिखना चाहिए और ये सोच कर खुशकिस्मत समझना चाहिए खुद को कि ईश्वर अगर हमें हमारी पीढ़ी के साथ रहने का मौका दे रहे हैं तो हम अपनी खुशी और सुख भी बाँटते हुए

चौगुना कर लें उसे, न कि गम को चौगुना परोस खुशियों को अपने लॉकर में बंद कर के रख लें। और जो दुःख हमें मिला भी न हो-ताउम्र उसका ही रोना रोते रह जाएँ अपनों के सामने।

हमें अपने मोह को चीजों की तरफ से मोड़कर इंसानों पर खर्च करते हुए बहुत कुछ तितर-बितर होने से बचाना चाहिए। देखा जाए तो इन पतझड़ के सूखे पत्तों और चिड़ियों के कलरव उनकी चहचहाहट सुनना कितना सुकूनदायक है जो पल भर के लिए हमारे भीतर के छल-कपट को भूला देता है।

38. दहेज कुछ ऐसे बना अभिशाप?

विवाह की बात उठते ही घर-परिवार, पास-पड़ोस और नजदीकी या दूरस्थ सभी जान-पहचान वाले रिश्तेदारों का मन खिल उठता है। यहाँ तक कि विवाह और इस तरह की सारी संस्थाओं के प्रति अत्यंत कलुषित मानसिकता रखने वालों को भी विवाह का न्यौता या आमंत्रण मिलने पर न चाहते हुए भी खुश होने का कम-से-कम स्वांग तो रचना ही पड़ता है।

अगर बेटी की शादी हो, तो माता-पिता के दिल में यह राहत का भाव पनप रहा होता है कि एक महती जिम्मेदारी पूरी होने वाली है! वैसे ख़तरा तो विवाह के निर्विघ्न संपन्न कराने से लेकर विदाई तक बना रहता है। सो विवाह तय होते ही जोर-शोर से तैयारियाँ शुरू हो जाती है। कोई विवाह के खर्चों के नाम पर पहले से जोड़ी गई एफ0डी0 यों का तख्मीना लगाने लगता है, तो कोई अपनी पैतृक जगह-जमीन-जायदाद के जरिए पैसे इकट्ठा करने की जूगत में लग जाता है। तमाम दोस्तों और रिश्तेदारों, जिन्हें पूर्व में कभी कोई मदद की हो-रुपए-पैसे से या अपनी पैरवी और पहुँच का इस्तेमाल करते हुए-उनसे भी यथासंभव मदद की उम्मीद की जाती है।

ऐसे तो कुछ अपने भी कुछ ऐसे होते हैं जिनसे मदद माँगे जाने पर टाल-मटोल के अलावा और कोई उम्मीद नहीं की जाती! कुछ ऐसे भी होते हैं जो तमाम तरह के बहाने बनाते हुए किसी भी प्रकार की मदद से साफ-साफ मुकर जाते हैं। कुछ ऐसे भी होते हैं जो किसी संपन्न घर में रिश्ता तय हो जाने की बात पर इतने ज्यादा जल-भून जाते हैं कि जलन के मारे उनके चेहरे भी काले पड़े होते हैं और इस कालिमा के ही खौफ से उनसे कोई मदद माँगने की हिम्मत ही नहीं जुटाई जा पाती। यह भी एक आम तथ्य ही है कि यदि लड़की के लिए अत्यंत साधारण घर-और-वर

मिला हो तो सांत्वना दिखाते हुए अच्छी-खासी मदद देने को उद्धत होते हैं, लेकिन हैसियत से भी काफी उपर के घर-और-वर से रिश्ता तय हुआ जानकर शादी-विवाह के सारे कार्यक्रम से खुद को पूरी तरह अलग कर लेने के लिए तत्काल ही पतली गली से कूच फरमा जाते हैं! और फिर कुछ गैर भी ऐसे होते हैं जो बिना कोई एहसान जताए लड़की के पिता की हर संभव मदद करना खुद अपनी ही खुशकिस्मती समझते हैं।

कुछ लड़के वाले भी रिश्ता तय करते समय मूँछों पर ताव देते हुए पूरे अधिकार भाव से नौ नख़रे दिखाते हैं। हर बात पर यही जताते हैं कि हमने आपकी लड़की को पसंद करके जो एहसान किया है, सो अब से सारी उम्र चाट-चाप कर मेरे जूते चमकाते रहने की जिम्मेदारी तो आपकी बेटी को उठानी ही चाहिए कम-से-कम। ऐसे लोग लड़की के गृह-आगमन पर उसका मान-सम्मान से स्वागत करने की जगह उसके सिर पर आशीर्वाद की जगह अहसान का ठिकरा फोड़ते हुए ही घर में प्रवेश करवाते हैं।

अब कुछ बातें लेन-देन की: तो यहाँ पर कुछ लड़कियों के माता-पिता तो अपनी हैसियत से भी ज्यादा दे जाते हैं सिर्फ यह सोचते हुए कि बह एकबार ही तो देना है-यदि थोड़ा ज्यादा देने से अच्छा और सम्पन्न घर-परिवार और रिश्ता मिल रहा है, तो कम-से-कम बेटी का आने वाला जीवन तो सुखी रह सकेगा! वहीं कुछ पिता और परिवार इस अवसर पर भी अपने बिजनेस-माइंड के उकसावे में बेटी के हिस्से की जमापूँजी में से भी प्रचुर कटौती करते हुए बेटी को अपनी हैसियत से काफी नीचे के घर-परिवार में सौंप कर राहत की मीलों लम्बी सांस खिंचते हुए इत्मिनान से अपने बचे-खुचे शौक पूरे करते हैं और एक ऐश की जिंदगी जीते हैं।

वही ससुराल वाले भी कि लड़की के माता-पिता जितना भी दें सुरसा की तरह मुँह बढ़ता ही जाता है जो विवाह के बाद भी कभी तानों की उल्टियाँ करते हैं तो कभी सारी उम्र अपने ही घर की बहू को घर के अधिकारों से वंचित रख कर अपनी बची-खूची कसर पूरी कर जाते हैं।

और लड़की ही नहीं कभी-कभी तो अगर लड़का मुँहफट और बदजुबान न हो तो न घर का रह जाता न घाट का। कभी शर्म-लिहाज आड़े आ जाते हैं तो कभी संस्कार जुबान पर ताला जड़ जाते हैं। वो न तो पत्नी पर अपना रोब दिखा पाता है न परिवार पर। भले ही "मऊगा" या "जोरू का गुलाम" शब्दों से नवाजा गया हो।

लड़की भी एक तरफ ससुराल से ये सुन कि क्या लेकर आई हो? और दूसरी तरफ अपने ही परिवार या रिश्तेदारों से यह सुनना कि पिता ने देह बेचकर दिया। सारा तो ले गई। इन दोनों तरफ के शब्दों के बाण से रक्तरंजित होकर भी यही एहसास होता कि दो घर होकर भी एक स्त्री का कोई घर नहीं होता।

जब लड़की अपने घर से दहेज लेकर आती है तो वो दहेज नहीं बल्कि वो एक कोना हिस्सा होता है जो लड़की सबकुछ अपने माता-पिता, भाई के लिए छोड़ कर अपनी मीठी यादों को लेकर चली आती है, एक ऐसे घर में जहाँ का पूर्वाभास नहीं रहता कि कैसा होगा वो घर और वहाँ के लोग। तो वो दहेज के तौर पर मिली हुई रकम या चीजें खर्चा-पानी होता है लड़की का जो मायके से दहेज के रूप में मिलता है। माता-पिता यह सोचते हुए भी देते हैं ताकि मेरी बेटी का भी वहाँ के जमीन-जायदाद में या लोगों के बीच हर फैसले में स्थान देते हुए सहमति ली जाए।

लेकिन फिर भी दोनों पक्षों के लोगों से ज्यादा द्वंद तो लड़की के मन में चलता है कि क्या मुझे अपनाएँगे? शामिल कर पाएँगे अपने परिवार के सदस्य के रूप में? क्या राय मेरी भी मान्य होगी उस घर के हर छोटे-बड़े फैसले में? क्योंकि कुछ ऐसी भी स्त्रियाँ होती है जिसे अगर स्थिति बताई जाए तो परिस्थिति को संभालते हुए सोलह आने में से भी चार आने संचित कर लेती है अपने परिवार पर आई विपत्तियों से लड़ने के लिए और उससे भी बात न बने तो सबसे प्रिय गहने-जेवरात को भी तन से अलग कर मोह सजने-संवरने का छोड़ अपने परिवार पर आई मुसीबतों से लड़ने के लिए दूर्गा-चंडी तक बन जाती है। घर भरा-पूरा होने के बाद उम्मीद से थोड़ा कम भी महत्व मिलता है तो भी अपनों के प्यार में चौगुना लगने लगता है। लेकिन जब कोई महत्व नहीं मिलता तो वही घर और परिवार भयावह लगने लगता है। फिर अगर अपनों के लिए विकट परिस्थिति से लड़ने वाली स्त्री चंडी बन सकती है तो अपने अधिकार को पाने के लिए भी चंडी रूप धारण करती है। जिसका नतीजा यह होता है कि जो अपने घर का माल साथ रहकर गपके जा रहे थे वही अब रास्ते के कांटे को हटा कर निश्चिंत होकर गपकने लगते हैं। क्योंकि स्त्रियों को मुँह खोलने की आजादी कम ही जगह मिल पाती है। दोनों तरफ से की गई मनमानी में आजीवन पीसते रह जाती सिर्फ लड़की ही।

39. पैरों तले कम पड़ रही जमीन, अब आसमान में होगा बसेरा

आज के भागदौड़ भरे जीवन में लोगों की व्यस्तता और बढ़ती आबादी को देखते हुए ऐसा प्रतीत हो रहा है कि वे दिन दूर नहीं जब हम जमीन पर उतरने और घुमने को तरस जाएँगे। क्योंकि अभी से जिस तरह की ऊँची-ऊँची अट्टालिकाएँ बनती जा रही हैं इसे देख यही लग रहा है कि उसी एक भवन में हमारी रोजमर्रा की सारी जरूरतें भी सिमट कर रह जाएँगी।

यानि अब आज हमारी आसमान में उड़ने की लालसा कल को हमारी आसमान में रहने की मजबूरी बनने वाली है। क्योंकि जमीन पर इतनी जगह नहीं बची; और जो थोड़ी बहुत आधुनिक पूँजीवादी युग के जमींदारों के पास बची भी हैं, वो तो आज न कल बिल्डरों की नजर में आनी ही है।बड़ी वजह यह भी है कि थोड़ी जमीन पाकर भी बिल्डर उसके उपर भवन निर्माण कराए जा रहे एक के उपर एक करके सौ से उपर तक पहुँचने में कामयाब भी होते जा रहे हैं। इसी में फायदा भी है सबका, और इसलिये-यही जरूरत भी है।

उसी आसमान को छूती उंचाइयों वाले भवनों में इंसान के जरुरत की, सारी सुख-सुविधाओं की, चीजें मुहैया कराई जाने की कोशिशें हो रही हैं। तभी तो सुबह-सुबह लोग भ्रमण और व्यायाम जैसी चीजों के लिए भी घर में ही जिम तक स्थापित करवा रहे हैं। क्योंकि इस जमीन पर इतनी खुली जगह बची नहीं, और छोटे-मोटे पार्कों की हवाओं में उतनी ताजगी नहीं कि प्रदूषण से विषाक्त वातावरण के वाशिंदों को ताजी हवा दे सके। पेड़-पौधों को भी हम गमलों में ही सजा रहे हैं। कभी चिलचिलाती धूप, तो हाड़ कंपा देने वाली सर्द हवाएँ तो कभी जहरीले स्मॉग के प्रकोप से हम घर में ही

सिमटे रहते हैं! बस जब तक कोई मजबूरी ना हो तब तक बाहर नहीं निकल पाते हैं। क्योंकि बाहर की हवाएँ भी अब असंख्य गाड़ियों के प्रदूषित धुएँ से विषाक्त हो रही है।

बच्चे भी अब कोई खेल मैदान में खेल नहीं रहे हैं, क्योंकि टीवी, मोबाईल और वीडियो गेम उनकी दुनिया बनती जा रही है। आजकल मैदानों के बजाय चौके-छक्के मोबाईल, कम्प्यूटर में जो लगाए जा रहे हैं। माता-पिता भी बढ़ते अपराध और अपहरण जैसी वारदातों के डर से बच्चों को बाहर भेजने में असुरक्षित महसूस करते हैं। और हाँ... कभी ठेले पर की पानी-पूरी, चाट-पकौड़ियाँ भी अब, ऑनलाइन बिक रही है। अब वो रोजमर्रा की जरूरतें भी इस पर ही निर्भर करने लगी है। कपड़े-गैजेट्स ही क्या अब तो रोटियों की भी होम डिलीवरी हो रही है। इसी तरह जीवन की व्यस्तता में थोड़े पैसे खर्च कर खुद को आराम भी दे संतुष्ट हो रहे हैं।

पहले तो एक गाँव में दो-चार घर बसा करते थे। आजकल तो इन इमारतों में दो-चार गाँव क्या शहर भी बस चुके हैं। शादी-विवाह का आयोजन भी अब एक से दो गाँवों या शहरों के बीच नहीं रहा अब तो एक ही माले में बसे लड़के-लड़कियाँ वर-वधू बनते हुए व्यस्तता से भरे जीवन में इस बड़ी जिम्मेदारी से माता-पिता को मुक्त कर रहे हैं। भले ही आज हम तीसवीं-चालीसवीं मंजिल पर फ्लैट लेकर खुश हो रहे हैं। लेकिन भविष्य को प्रकाशित होने से पहले ही अंधकारमय कर रहे हैं। सूर्य से अब काम कहाँ चलता घर को भी अब चकाचौंध रोशनदार बल्व से सजा रहे हैं।

40. जीवन का पतझड़

काश! जिंदगी के दुःख भी पतझड़ के पत्तों की भांति ही टूट कर गिर जाते और फिर सुख के नए पत्ते हमारे जीवन में प्रवेश कर जाते।

हम इस पतझड़ के मौसम में भी अपने नीरस हृदय में थोड़ा उत्साह भर अपने जीवन में दस्तक देती खुशियों के स्वागत में मगन हो जाते। और फिर कितने ही दुःख-दर्द से बिंधे रिश्तों को पुराना सबकुछ भूला कर फिर से नए की तरह अपनाने में मगन हो लेते।

लेकिन क्या करें! पतझड़ में पुराने पत्ते झड़कर भले ही नए आ जाते और पतझड़ को भी बहार के आगमन की भूमिका के तौर पर अहसास करा जाते हैं, लेकिन जीवन में आने वाला पतझड़ किसी बहार के आने का कोई संकेत नहीं देता।

यह प्रक्रिया सिर्फ प्रकृति में ही सम्भव है, मनुष्य की प्रवृत्ति में नहीं. .. अथक प्रयासों के बाद भी। जबकि इंसान जानता है कि हम सब भूलकर अपना लें तो शायद सब ठीक हो जाए। लेकिन जिस तरह से फटे दूध में जामन डालने से दही नहीं जमती, उसी तरह टूटे रिश्ते में नेह नहीं पनपता।

रिश्ते को अगर फिर से अपना भी लें तो सतर्कता और सावधानी बनाई रखनी जरूरी है। मगर सच यह भी है कि जहाँ सतर्कता और सावधानी बरतनी पड़े, वहाँ रिश्ता ही कैसा?

आज के दौर में तो मानो रिश्ते डिस्पोजेबल चीजों की तरह हो गए हैं: इस्तेमाल करो और फेंक दो। सो इस्तेमाल होने से पहले इस बात पर जरुर गौर करें कि कहीं आप भी डिस्पोजेबल ही तो नहीं! उस श्रेणी में आने से पहले ही अपने स्वाभिमान का विचार करते हुए सतर्कता बरती जानी कतई आवश्यक है, अन्यथा सब कुछ खत्म होने के बाद अंततोगत्वा आपके हाथ में रिश्तों के नाम पर मुट्ठी भर रेत भी नहीं बची होगी।

41. जिम्मेदारियाँ सिर का ताज है बोझ नहीं

जिम्मेदारियों को बोझ नहीं बल्कि सिर की पगड़ी के रूप में लिया जाना चाहिए! जब तक जिम्मेदारियाँ निभाने का अवसर दिया जा रहा है, इसे अपनी खुशकिस्मती समझते हुए पूरा करने का यत्न करते रहना चाहिए, न कि सिर पर जरा सी जिम्मेदारी की गाज गिरी नहीं, कि अपनों को एहसान का पिन चुभोना शुरू कर दिया!

कभी-कभी हम अपने कर्त्तव्यों से विमुख होकर अपनों के हिस्से की खुशियाँ गैरों पर लूटा कर खुद का गुणगान सुन गौरवान्वित होते रह जाते हैं। लेकिन तब हमें इस बात का एहसास नहीं होता कि हम जिन अपनों के हिस्से की खुशियाँ गैरों को दिए जा रहे हैं वो तो हमारे जिम्मे थे ही नहीं।

बस अपनी जिम्मेदारियों से भागने के लिए और खुद के साथ-साथ दुनिया की नजरों में धूल झोंकने के लिए ही अपनों का गला घोंट औरों की पहले से ही भरी हुई झोली को उपर से और भर-भर कर उपलाते रखने में ही अपना सारा जीवन होम करने वाले भी कम नहीं! क्या गैरों को जिंदा रखने के लिए अपनों का गला घोंटना जरूरी होता है?

महानता का लबादा ओढ़ने के शौकीनों को ज्यादा दूरदर्शी बनने से पहले अपने इर्द-गिर्द देखना चाहिए कि वे अपनों के भविष्य तो तितर-बितर नहीं किए जा रहे हैं? और उनकी गैर जिम्मेदाराना हरक़तों पर कोई टोका-टोकी न करे, इसलिए कहीं अपनों कि खुशियों को दफन करते हुए तो आगे नहीं बढ़ते जा रहे हैं वो सकल-समाज के उत्थान के अपने महान उद्देश्य की ओर?

सत्कर्मों की शुरुआत घर से और अपनों के उत्थान की कोशिशों से होती है। हम अपने बच्चों को आगे बढ़ाने में सहायक होंगे, तभी एक

परिवार का उत्थान होगा। तभी सकल समाज के उत्थान की भी राह खुलेगी! अपनी नितांत निजी जिम्मेदारियों को त्याग कर समष्टि और समाज के उत्थान में लगा दिखने वाला हर शख्स भगवान बुद्ध के तुल्य है-इस मिथ्या धारणा से जितनी जल्दी निजात पा सकें, उतना ही अच्छा!

42. शरीर का इमरजेंसी अलार्म

अक्सर हम अपने दैनिक जीवन में इस क़दर व्यस्त हो जाते हैं कि हमें अपने ही शरीर की सुध तब तक नहीं रहती जब तक कि खुद हमारा शरीर ही हमें आसन्न संकट की चेतावनी (इमरजेंसी अलार्म) न दे दे।

और फिर जब यह चेतावनी मिल जाती है, तब तो कितने ही महत्वपूर्ण कार्य क्यों न पड़े हों हमारे सामने, हम चाहकर भी इस स्थिति में खुद को नहीं ला पाते हैं कि अपने दैनिक जीवन के सामान्य क्रिया कलाप भी ढंग से निष्पादित कर पाएँ!

जब तक एक सामान्यतया स्वस्थ शरीर अपने दैनिक जीवन में निर्बाध रूप से गतिशील बना रहता है, तब तक हमारे दिमाग में यही ख़्याल चक्कर काटता रहता है कि ये बिमारी नाम की चीज तो औरों को होने वाली कोई चीज है; और हमारे पास ये फटकने भी क्यूँ आएगी भला! लेकिन तब एक दिन अचानक से यह इमर्जेंसी अलार्म एक कनफाड़ू रुप से कर्कश आवाज में बज उठता है, और एक पल में हमारा यह शरीर, जिसे हम हीरो समझते रहे थे, जीरो में तब्दील हो जाता है! हम खुद से पीने के लिए एक ग्लास पानी लेने के योग्य भी नहीं रह जाते।

मेरे साथ भी यही हुआ-कुछ ही दिन पहले! कुछ जरूरी चीजों की खरीदारी के लिए पास ही के मार्केट में गई थी और वहाँ अचानक ही बज उठा मेरे शरीर का ये तथाकथित इमर्जेंसी अलार्म। मिनट-भर की मियाद में ही हालत ऐसी खराब हो गई कि मेरे लिए एक कदम आगे बढ़ाना भी कठिन हो गया। तड़ातड़ पसीना बह निकला और चक्कर आने लगे। फिर तो क्या बाजार और क्या खरीदारी! पास खड़े ऑटो को चौगुने भाड़े पर तैयार किया कि मुझे घर पहुँचा दे! घर पहुँचकर जब इस स्थिति का कारण

पता लगा, तो एक बार फिर से चक्कर खाकर गिरने-गिरने को हो उठी। मेरा बीपी बड़े ही खतरनाक लेवल पर नीचे चला गया था! और मुझे अंदाजा भी न था कि मुझे बीपी की परेशानी भी हो सकती थी!

फिर तो डॉक्टर के पास आने-जाने का सिलसिला ही चल पड़ा। ढेरों टेस्ट और दवाईयों के साथ-साथ बीपी और हिमोग्लोबिन को सामान्य रखने की नियत से कई दवाएँ और आयरन से भरपूर डायट की सलाह! इसीलिए अब खान-पान में जरा भी ढीली पड़ती हूँ तो बेटा तुरंत ही लो बी-पी की ये तस्वीर दिखा देता है जो उसने तब ली थी जब मैं बोलने की भी हालत में भी नहीं थी उसी समय उसने मेरा बीपी नापा था।

विश्व स्वास्थ्य दिवस पर खुद से यही प्रण लेना चाहती हूँ कि स्वास्थ्य के प्रति सजग रहूँ, जिसके लिए जरूरी है आयरन से भरपूर डायट और अंकूरित अनाज का नियमित सेवन।... देखती हूँ कि खुद से किए गए इस वादे को कब तक निभा पाने में सक्षम रह पाती हूँ।

43. परिंदों का घर पिंजरा नहीं दिल होता है, क्योंकि दिल में जगह बना लेते हैं परिंदे

कब, कौन और कैसे आ जाए मिलने हमसे-ये हमें भी कहाँ मालूम होता है?

अपनी बालकनी के बाहर लटकते गमलों के पौधे पर पिछले दो-तीन दिनों से रोज जब एक तोते को आकर बैठा हुआ देखती, तब एक अलग ही लगाव महसूस होता मन में उसके प्रति। वैसे तो महानगर में भी पेड़-पौधों और प्रकृति के सानिध्य में रहते हुए निरन्तर ही तरह-तरह के चिड़ियों की चहचहाहट कानों में गूँजती रहती है, जिससे न सिर्फ कानों को ही, बल्कि मन को भी बहुत सुकून मिलता है। लेकिन इस तोते को देखकर मन के किसी कोने में दबा हुआ एक एहसास मन में फिर से मीठी यादें जगा गया और इन मीठी यादों ने मुझे इतने सालों बाद भी पुराने दिनों की मधुर यादों से सराबोर कर दिया। यादों ने पीछे मुड़कर वक्त के पन्नों को पलटते हुए कुछ स्मृतियों को पढ़ना शुरू कर दिया।

बात तब की है जब शादी के बाद पहली बार ससुराल गई थी। वहाँ मेरे कमरे के ठीक बाहर ही द्वारपाल के रूप में तोते का पिंजरा रखा हुआ देखा। पहले तो तोते को पिंजरे में देखकर मन थोड़ा बुझ-सा गया। लेकिन जब ये जाना की यह तोता बहुत छोटे से ही यहीं है, और पिंजरे का दरवाजा खुला छोड़ दिए जाने के बाद भी भागने या उड़ जाने की कोशिश नहीं करता! पिंजरे में से निकल कर थोड़ी देर तक बस आंगन में इधर-उधर फुदककर फिर वापिस अपने पिंजरे में ही लौट जाता। जब भी मेरे ससुर जी भोजन करते, तब तोते को भी पिंजरे से बाहर निकाल अपने पास बैठा कर अपनी ही थाली में से निकालकर कुछ खाने को दे देते। वैसे तो तोते को जूठा नहीं दिया जाता है लेकिन बगल में बिठाकर खिलाने का आनंद भी

अलग ही होता है। हाँ लेकिन बिल्ली के डर से तोते को पिंजरे की सुरक्षा आवश्यक समझी जाती थी। तब के इन दृश्यों को याद कर मेरी आँखों में एक बार फिर से आश्चर्यमिश्रित खुशी तैर गई।

तोते का बोलना-बतियाना कभी इतने करीब से नहीं सुना था मैंने। जब मैं अपने कमरे के बाहर दादी सास के पास बैठती थी, तो तोते का यूँ मूडी होकर खूब बोलते रहना घर को उसके स्वर से गूँजित रखता था। जब-तब बात-बात पर गाँव की आई महिलाओं को गप्पें करते सुन कर तोते का यूँ डाँटना कि "खाली बतियएबे करवे का... खाली बतियएबे करवे का?" मुझे अचंभित कर जाता। बल्कि तोते के बारे में ऐसा बहुत कुछ था जो उसका परिवार के एक सदस्य जैसा ही एहसास करा जाता था। तोता घर के सारे बेटों को उनके नाम से ही पुकारता था, सहायिका की बेटी द्वारा घर की महिलाओं को दिए गए संबोधनों को सुन कर मेरी सासू माँ को चाची और मुझे भाभी बोलता रहता था! ये सब मैंने पहली बार देखा था और ये मुझे बेहद खुश कर जाता था।

वैसे तब बहूएँ हमारे तरफ शादी के बाद जब पहली बार ससुराल आती थी तब घर का कोई काम नहीं करवाया जाता था उससे। फिर जब मायके से द्विरागमन में ससुराल लौटती तब ससुराल की जिम्मेदारियों से अवगत कराया जाता और तब घर के कामों में बहू अपना योगदान देती थी।

लेकिन अपनी कोई बेटी न होने के कारण ससुर जी ने मुझे ही अपनी लाडली बेटी जैसा स्नेह और मान दिया! उन्होंने मुझे द्विरागमन पर भी घर का कोई काम नहीं करवाने का ऐलान कर दिया। क्योंकि घर में सहायक-सहायिकाओं की कमी नहीं थी और ससुर जी का ये मानना था कि जब यहाँ से बाहर जाएगी, तो महानगर में अपने घर की सारी जिम्मेदारी अकेली ही तो उठाएगी। लेकिन इतने बड़े घर में सिर्फ एशो-आराम से रहते हुए रहने से भी जब बोर हो जाती, तब मेरा समय रुप्पु के साथ ही बीतता था।

सुबह जागकर स्नान-ध्यान और पूजा-पाठ से निवृत्त होकर रुप्पु को पिंजरे के साथ हैंडपंप के नीचे रख स्नान करवाती और तोते का कटोरे-कटोरे बोलते सुनती तो उस पल में मैं भी उस घर की बहू होकर भी कुछ पल के लिए बच्ची बन जाती। क्योंकि घर में परिंदों के मन में दुःख और सूनापन का असर भले ही होता हो लेकिन छल-कपट का असर नहीं होता। रुप्पु

को स्नान कराकर पिंजरे और उसके कटोरियों को साफ कर उसमें दूध-भात या भिगोया चना डाल देती। फिर उसे खाते देखना वाकई बेहद सुकून दायक होता था। फिर तोते का पेट-भरते ही बोलना-बतियाना सुन ऐसा लगता जैसे घर के हर कोने में रौनक लौट आई हो। सबकी देखा-देखी रुप्पु का मुझे भाभी बुलाना मन में स्नेहिल भाव जगा जाता और गाँव की बोलती-बतियाती महिलाओं को डाँटना होंठों पर तो नहीं, लेकिन मन में खिलखिलाहट जरुर भर जाता।

तब कभी-कभी उन्हीं महिलाओं में से कुछ चुप करने को भी कह जाती तो कभी रुप्पु को डाँटते हुए अपने घर चली जाती थीं। न जाने कितनी यादें सहेज रखा है मन ने घर के उस रुप्पु के लिए। जब भी कोई तोता देखती हूँ या इन दिनों घर से मीलों दूर होकर भी बालकनी में आते हुए उस तोते को देखती हूँ, ऐसा लगता है जैसे कहीं वही तोता मुझसे मिलने ही तो नहीं आ गया यहाँ! क्योंकि वैसे भी, हम इंसान भले ही अपने एहसासों को दफन कर देते हैं अपने दिल में ही, लेकिन पशु-पक्षी एहसास को मरने नहीं देते। यूँ क़फस से निकलकर मन के पिंजरे में क़ैद हो गए हो/ रुप्पु सालों बाद अब भी तुम मुझे, उतना ही याद आए हो।

44. प्रेम के हैं कितने रूप

प्रेम को परिभाषित मैं क्या करूं भला? इसके तो न जाने कितने ही रूप हैं। ये तो बिना बोले ही समझी जाने वाली वह भाषा है जिसका बोध हृदय में स्वतः स्फूर्त रूप से प्रस्फुटित एक भाव के रूप में होता है। यूँ ही नहीं पत्थर पर भी पौधे पनप जाते हैं, उनमें फूल भी खिल जाते हैं; जरूर दिल से स्वागत किया होगा पत्थर ने उस बीज का, और न जाने कैसे समाहित किया होगा खुद में उसे? तभी तो दो प्रजातियों का ऐसा अद्भुत मिलन होता है कि एक पल के लिए नजर ठहर ही जाती हैं ऐसे दृश्यों पर। मन कितना भी बेचैन हो, लेकिन अगर हम पेड़-पौधों के बीच थोड़ा-सा भी समय व्यतीत कर लें तो मन को राहत पहुँच जाती है; भले ही पशु-पक्षियों की भाषा नहीं समझ पाते हों लेकिन फिर भी उनका शोर हमारे भीतर चिढ़ पैदा नहीं करता बल्कि ऐसा महसूस करता है जैसे कि अकेले होकर भी हम कितनों के साथ हैं।

जरूरी नहीं कि प्रेम में बहुत कुछ कहा जाए.. बिना कुछ कहे ही बहुत कुछ महसूस करा जाता है प्रेम। इसीलिए तो अपने गर्भ से ही माँ अपने बच्चे की हर भाषा समझ लेती है... और अपनी अंतिम सांस तक अपने ख़ून का क़तरा-क़तरा भी इस जहाँ में रह अपने बच्चों के लिए न्योछावर कर चुकने के बाद ही छोड़ना चाहती है इस जमीन पर अपने शारीरिक चोले को!

प्रेम होने के लिए भले ही बहुत सी लुभावनी चीजें हैं इस पृथ्वी पर लेकिन माँ से बढ़कर प्रेम हमें और कहीं से नहीं मिल सकता। भले ही उसके बच्चे में कोई जन्मजात दोष हो और वो बच्चा भले ही दूसरे बच्चों की तुलना में बहुत ही कम विकसित हो पाए, लेकिन इसके बावजूद भी

बदस्तूर मिलता रहता है उसे अपनी माँ का प्रेम। इतनी गहराई से हमें कोई नहीं समझ सकता जितना माँ समझ लेती है जो अपने बच्चों के साथ होने वाले सुख-दुःख का आभास दूर रहकर भी पा ही जाती है, कि घटना के घटित होने के पूर्व ही अपने बच्चों को सचेत कर जाने की और उनका कवच बन जाने की आतुरता से सिक्त रहती है माँ! इससे ज्यादा सच्चा और गहरा प्रेम किसी को भी और कौन कर पाएगा भला?

बाकी रिश्तों में प्रेम बराबरी के तल पर होता है-जितना दोगे, उतना ही मिलेगा की तर्ज पर! अक्सर तो उतना भी नहीं मिल पाता! बस माँ का ही प्रेम बिना किसी शर्त के, और बिना किसी बराबरी की चाह के होता है।

अथाह प्यार न्यौछावर किया है आपने मेरे उपर, माँ; बल्कि आज अदृश्य होकर भी कर ही रही हैं। ऐसा लगता है मानो हर पल मेरे माथे पर आपके ही प्रोटेक्शन की छाया बनी हुई है! तभी तो, मेरे लिए तो आपके होने पर हर दिन ही वेलेंटाइन डे होता था। वैसे है तो आज भी है वेलेंटाइन डे ही, किन्तु कितना उदास-उदास-सा, खोया-खोया-सा है ये मंजर!

45. बड़े बड़ाई ना करें

एक कहावत है:

बड़े बड़ाई ना करें, बड़े न बोलें बोल।
रहिमन हीरा कब कहै, लाख टका मोहे मोल।।

और फिर दूसरी कहावत है: अपने मुँह मियाँ मिट्ठू बनना।

इन दोनों कहावतों की याद आए दिन आते रहती है, और तब कितना कुछ सोचने पर मजबूर कर देती है मुझे। इसमें रहीम जी के द्वारा कहे गए इस दोहे का अर्थ उस समय के जमाने को लेकर सही भी था। उन दिनों कोई भी इंसान खुद की, अपनी पत्नी की या स्वयं अपने बाल-बच्चों की बड़ाई नहीं करता था। उसके लिए परिवार, रिश्तेदार और मित्र ही काफी होते थे। खुद शर्मिंदगी महसूस होती थी-अपने ही परिवार की बड़ाई करने में। यह जिम्मेदारी होती थी चाचा-ताऊ और भाई-बंधुओं के कंधों पर और उसका निर्वहन बहुत हद तक ईमानदारी के साथ किया भी जाता था। चूँकि जब परिवार और रिश्तेदार यह काम करते ही थे, तो खुद करने की जरूरत महसूस ही नहीं होती थी। उस जमाने में एक ही घर में एक ही साथ कई बच्चे पलते थे, लेकिन पता ही नहीं चल पाता था कि कौन किसका बच्चा है। घर के सबसे वरिष्ठ चाचा-ताऊ जो गाँव-जेवार में सर्वाधिक जाने-पहचाने जाते, उन्हीं के नाम से घर का हर बच्चा पहचाना जाता। लेकिन आज के इस बदलते दौर में हर बच्चा सिर्फ अपने माता-पिता के नाम से जाना जाता है। और सही भी है यही, क्योंकि अगर आज के जमाने में बच्चे को चाचा-ताऊ या अन्य रिश्तेदारों के भरोसे छोड़ दें, तो बच्चे की पहचान बनने से पहले ही मिट जाएगी। अगर आप मुँह खोलकर अपना हक़ नहीं माँगेगे तब बाद में पता चलेगा की आपका तो हक़ था ही नहीं। क्योंकि

कभी-कभी तो माँ के लिए भी कहा जाता है, कि जो दूधमुँहा बच्चा रोता नहीं है उसे समय से दूध भी नसीब नहीं होता। इसीलिए आज के दौर में "अपने मुँह मियाँ मिट्ठू बनना" ऐसी कहावत ही सच होती नजर आ रही है। क्योंकि अगर अपने मुँह मियाँ मिट्ठू न बनेंगे तो जिंदगी को लोग कड़वा नीम बनाकर रख देंगे। और आपके हक़ से आपको ही महरूम कर देंगे।

जिस घर में आपने जन्म लिया हो अगर उस घर-परिवार को छोड़ नौकरी की मजबूरी में दूर आना पड़े, तो पता चलेगा कि आपका घर तो आपका अपना रहा ही नहीं। वहाँ के लोग ही नहीं यहाँ तक की दरों-दीवारें भी आपको आपके हक़ से वंचित कर जाएगी। इसीलिए अपना हक़ और अपनी काबिलियत को नजरंदाज न करें। शायद जुकरबर्ग ने भी इसका अंदाजा लगा लिया और एक ऐसा ऐप्लिकेशन लाया जिसमें अपनी बड़ाई अपनी काबिलियत को दिखाने का मौका मिलता है। लेकिन वही है न की अति किसी भी चीज की हो वह नहीं सुहाती और बुरी भी हो जाती है।

जैसे यहाँ भी हर कोई बस अपने प्रचार प्रसार में इस क़दर डूब जाता है कि अपनी धुन में आसपास वालों को नजरंदाज कर देता है। या फिर कभी-कभी कुछ इस क़दर इरिटेट कर जाता है की सामने वाला इंसान पास होकर भी कटने लगता है। और बचते रहने की कोशिश करता रहता है। मतलब की असलियत का सामना करने की बात में चाटुकारी करने पर मजबूर भी कर जाता है।

46. एक चिठ्ठी फेसबुक को वेलेंटाइन वीक में

प्रिय फेसबुक,

तुम्हारी इस दुनिया में एक अलग ही जादूई शक्ति है जिसमें जाने-अनजाने में परिचित, चिरपरिचित या अपरिचित सब के सब खींचे चले ही आते हैं। नई पीढ़ी के हों या पुरानी पीढ़ी के: सबके-सब इस दुनिया में खुलकर अपने तमाम सुख-दु:ख साझा कर ही जाते हैं। कभी अपनी खुशियों को सब से साझा करते हुए उसे चौगुना कर जाते हैं, तो कभी अपने गम लिखकर उसे उस गम के फलस्वरूप मनो-मस्तिष्क में चल रहे झंझावातों की विषाक्तता को जैसे हवा में उड़ाते हुए अपना जी हल्का कर लेते हैं। अपने मनोभावों को शब्दों में बयाँ कर और फिर उसे यहाँ साझा कर अपने मन की रिक्तता और तिक्तता को कम करने का उद्यम ही तो है जिसने हमें जोड़ रखा है इस पटल से। इसी मंच ने तो हमें यह आजादी दी है कि हम अपने भावों को साझा करते हुए दूसरों के मनोभावों को भी समझने की कोशिश कर सकें। और इसीलिए तो फेसबुक के इस पटल ने अलग-अलग भावनाओं के लिए अलग-अलग प्रतिक्रियाओं की व्यवस्था भी कर रखी है।

जैसे किसी पोस्ट में प्रकट की गई खुशियों में ही अपनी भी खुशी प्रदर्शित करना चाहते हैं, तो लव रिएक्ट करना प्रेफर करते हैं; वहीं किसी पोस्ट में प्रकट किए गए दु:ख को महसूसते हैं तो रिएक्शन का विकल्प चुन लेते हैं। इसी तरह किसी पोस्ट से पैदा होने वाली नाराजगी या क्षोभ को जाहिर करने के लिए एंग्री रिएक्शन के रूप में अपनी प्रतिक्रिया व्यक्त करते हैं। और फिर कोई पोस्ट यदि बिल्कुल ही साधारण प्रतीत हो, या किसी अजनबी/अनजान फेसबूकिए की वाल पर पोस्ट किया हुआ मिले, तो ऐसी स्थिति में सामान्यतया ब्लू लाइक-जिसे हम 'भीम लाइक' के नाम से जानते

हैं-वाला रिएक्शन चेंप आने का विकल्प चुन आते हैं।

वैसे सात सालों के सफर में फेसबुक ने बहुत कुछ सिखाया, बताया और महसूस करवाया है। लोग भले ही इस पर मिली सफलता को-जिसे हम पोस्ट पर आने वाले लाइक्स के अलावा मित्रता के इस वर्चुअल माध्यम के जरिए से मिले कुछ बेहद खास रिश्तों और उनसे निरंतर प्राप्त होने वाले स्नेह और सम्मान के रूप में सहेजे रखते हैं-को व्यंग्य में कुछ लोग "फेसबुकिया ज्ञान" का तमगा देकर खुद को बेहद होशियार समझे जाने का भ्रम पाले रहते हैं, लेकिन एक अनुभवी और संवेदनशील शख्स जो मानसिकता, ज्ञान और बुद्धि में भी अधकचरा और विषखोपड़ा नहीं है, वह "फेसबुकिया ज्ञान' के रूप से मिले इस तमगे को महज "खिसियानी बिल्ली खंभा नोचे" की तर्ज पर ही ग्रहण करते हैं! ऐसा तमगा वास्तव में अधिकांशतः वही लोग दिया करते हैं जिन्होंने खुद भी तमाम स्कूलों, कॉलेजों, यूनिवर्सिटियों में पढ़ लिख सब कुछ जोड़-जाड़कर जो भी थोड़ा बहुत ज्ञान अर्जित किया है, वह भी किसी मामले में भी किसी भी आम 'फेसबुकिए' के ज्ञान से जरा भी ज्यादा या बेहतर नहीं है।

लेकिन इससे भी ज्यादा अच्छी चीज यहाँ पर यह है कि इस पटल पर किसी को आपसे खुलकर यह बताने की जरूरत नहीं पड़ती कि वह व्यक्ति आपके प्रति कैसे विचार, कैसी मानसिकता और कैसी सोच रखता है, और उसके जीवन में आपकी क्या वैल्यू है! यह जानने के लिए बस आपको अपने फेसबुक वॉल पर उसकी उपस्थिति, अनुपस्थिति और रिएक्शन का पैटर्न भर देखना होता है और आप अपने बारे में उस शख्स के नजरिए को किसी अनुभवी मनोवैज्ञानिक की तरह पता लगा लेते हैं। अक्सर पोस्ट या पोस्ट पर चेंपी गई उसकी प्रतिक्रिया के भाव से ही आप समझ लेते हैं कि प्रतिक्रिया देने वाला आपको किस नजरिए से देखता है और अपने जीवन में आपको क्या स्थान देता है। यह इसी पटल के माध्यम से ही हो सकता है कि कितनों के मन में आपके प्रति प्रेम तो कितनों के मन में आपके प्रति पनपी गलतफहमियों को साफ-साफ आईना दिखाया जा सकता है।

वैसे कई लोग, जो इस पटल पर आपसे नजरें बचाकर या आपसे चोरी-छिपे भी बहुत कुछ करते हैं-इस इत्मिनान में कि भला देख ही कौन रहा है-लेकिन वो भी आज-न-कल आपकी नजर में आ ही जाते हैं, और एकाध उदाहरण ही दिखाकर कम-से-कम आपको सतर्क तो कर ही जाते हैं!

अब कुछ लोग ऐसे भी हैं जो लव रिएक्शन को गलत तरीके से लेते हैं। लेकिन उन्हें यह समझना चाहिए कि अगर हम किसी के पोस्ट पर लव रिएक्ट करते हैं, तो पोस्ट पर व्यक्त की गई भावनाओं को स्नेह दे रहे हैं, न कि पोस्ट डालने वाले के ही प्यार में पड़ गए हैं।

इसके अलावा इस फेसबुक पर कुछ 'प्रसिद्ध' लेखक/लेखिकाएँ ऐसी भी हैं जो अपने पोस्ट पर दिए गए कमेंट के शब्दों को पढ़कर रिएक्शन नहीं देते, बल्कि कमेंट देने वाला कितना 'फेमस' या 'उंची' पर्सनालिटी है, इस बात को ध्यान में रखकर पोस्ट पर आए कमेंट पर रिएक्ट करते हैं। ऐसे लोग इस फेसबुक समाज के प्रति भी खीझ और विरक्ति को ही हवा देते हैं। लेकिन इंसान साधारण हो या असाधारण अगर आप से पोस्ट के अलावा कोई पर्सनल मैसेज या अभद्र टिप्पणियाँ करते हुए न कि पोस्ट पर बल्कि इनबॉक्स में भी आ धमके, तो आप बिना किसी की मदद लिए ब्लॉक करते हुए ऐसे असामाजिक तत्वों से खुद को बचाते हुए सुरक्षित रख सकते हैं। खासकर हम स्त्रियों के लिए यह ब्लॉक का ऑप्शन भी किसी अस्त्र-शस्त्र से कम साथ नहीं निभाता। तभी तो हम इसे यहाँ ब्लॉकास्त्र भी कहते हैं। लेकिन हर विकल्प के दो पहलू होते हैं नकारात्मक और सकारात्मक। तो यहाँ मैसेंजर के सकारात्मक पहलू यह हैं कि किसी भी मित्र को कोई जरूरी संदेश देना हो तो हम मैसेंजर में जाकर सूचित कर सकते हैं या पोस्ट में कहीं कोई वैसी बातें जो गलती से लिखी गई हो उससे अवगत भी करा पाते हैं। और इस बात के लिए कई मित्र आभार भी व्यक्त करते हैं।

देश-दुनिया में न जाने किस-किस कोने से यहाँ लोग जूड़ते हैं और कितनी ही जानकारियाँ शेयर करते हैं। लिखने-पढ़ने का यह मंच न जाने कितने ही मित्रों को लिखने के लिए प्रेरित किया है और जिन्हें लिखने-पढ़ने में विशेष रूचि नहीं भी रही हो, वैसे मित्र भी यहाँ अन्य मित्रों के पोस्टों पर कमेंट के जरिए अपने विचार प्रकट करते हुए बेहतर लिखने की कोशिश करते हैं। जो कि फेसबुक के सकारात्मक पहलू में आता है। कम-से-कम अपने मनो-मस्तिष्क में कूड़ा-करकट को फैलने से काफी हद तक रोक लेते हैं।

वैसे कुछ बदलाव सुखद भी लगते हैं, जैसे: कई मित्र शुरूआत में सिर्फ "भीम लाइक" की भाषा ही समझते हैं, और पोस्ट चाहे किसी भावना से लिखी गई हो, वे तो बस भीम लाइक चेंप कर फारिग हो जाएँगे। सैड

रिएक्शन, एंग्री रिएक्शन, लव रिएक्शन या केयर रिएक्शन तो उनके लिए बस मुँह खोल कर इंतजार में पड़े-पड़े ही सड़े रह जाते हैं। वहीं एक प्रजाति तो इतनी चालबाज होती है जो खुद के पोस्ट पर आए कमेंट पर लव रिएक्ट करते हैं, लेकिन दूसरे की पोस्ट कितनी भी दिल को छू लेने वाली क्यूँ न हो, उस पर तो बस भीम लाइक के अलावा कुछ दे ही नहीं सकते, गोया कि आपके पोस्ट पे आना उनके लिए बस एक अनचाही जिम्मेदारी थी कि मेरी उपस्थिति उसे भी मेरी वॉल पर खींच सकती है जिसे निभाने के लिए बस भीम ही काफी या काफी से भी ज्यादा ही है!

और कुछ तो इस श्रेणी में आते हैं कि आपने चाहे जितना समझदारी वाले उम्दा कमेंट किया हो उनके पोस्ट पर और LOVE या WOW रिएक्शन दिया हो लेकिन अगर आप उनके "विशेष ग्रुप" के सदस्य नहीं हैं, या नियमित रूप से उनकी जी-हूजूरी नहीं करते, तो आपके कमेंट पर बस एक भीम लाइक भर चेंपकर निकल लेंगे। हालांकि मैं तो ऐसी स्थिति में उनके भीम-लाईक को अपने सिर-माथे पर शिरोधार्य करते हुए खुद के द्वारा दिए गए स्व्टम्‍ या ॅठ को हटा कर अपनी ओर से भी भीम लाइक में ही तब्दील कर देती हूँ, उनके भीम-लाईक के सम्मान में।

कुछ मित्र शुरू से भले ही ओनली-भीम-लाइक करने वाले रहे हों, लेकिन कालांतर में जब उनके जीवन में जब कोई मुलभूत बदलाव आ गया हो, जैसे शादी हो गई हो या फिर उनके छोटे से परिवार में किसी बच्चे का आगमन हो गया हो, तब उनके द्वारा किसी पोस्ट पर लव रिएक्शन देख कर मेरा दिल तो सच में ही बाग-बाग हो उठता है। इसे मैं सुखद बदलाव के रूप में स्वीकार करती हूँ।

ये लव वाला रिएक्शन कितनों को स्वार्थी बना जाता है, तो कितनों को निः स्वार्थ स्नेह प्रकट करना भी सीखा जाता है।

सो अंत में बस इतना ही कि: ऐ फेसबुक, तुम्हारी इस दुनिया में भले ही वर्चुअल ही क्यूँ न, कम-से-कम प्रेम और उसके प्रदर्शन या प्रकटीकरण का दायरा तो बढ़ता ही रहे; बल्कि चाह तो यही है कि ये इतना बढ़े कि नफरत के लिए कोई जगह ही न बचे। सोशल मीडिया की इस प्यारी-सी दुनिया के लिए फेसबुक तेरा बहुत-बहुत शुक्रिया। और बेइंतहा आभार। तुमने अपनी दुनिया में खींच किसी को तन्हा भी कर दिया, लेकिन फिर न जाने कितनों की तन्हाई में नया रंग भी भर दिया।

47. हो रही आँख-मिचौली अपनों संग और गैरों से मुँहदिखाई

आज हम इक्कीसवीं शताब्दी में आकर इतने आधुनिक हो गए हैं कि अपनी जिंदगी को खेल समझ लिए हैं। अपना जीवन खेल है तो घर ही खेल का मैदान भी हो गया है। तभी हम चाहे कितना भी क्या लें? बस मरते दम तक कमाते हुए हाय धन में लगे रहते हैं और मौका मिलते ही उन धनों का उपभोग गैर कर जाते हैं। क्योंकि हम अर्जित करने के चक्कर में यह भूल जाते हैं कि

"साईं इतना दीजिए जावैं कुटुम्ब समाए।
मैं भी भूखा ना रहूँ, साधु भी भुखा न जाए।।"

और फिर दूसरों का माल भी गड़पने की फिराक में लग जाते हैं। भले ही असंतोष का भाव हमारे मन और चरित्र ही क्यों न मैला कर जाए? लेकिन हम उसी को अपना गुण अपनी काबिलियत समझते हैं। आज कितने ही ऐसे मिल जाएँगे जो अपना धन छुपाकर अपनों के साथ-साथ गैघ्रों के हिस्से का माल भी अपना हो जाए यही सोचकर अपना बचाने और सहेजने से ज्यादा गैरों का हिस्सा गड़पने में समय गंवाए जा रहे हैं। बेईमानी और मक्कारी आज गुणवान और चतुरता की श्रेणी में आने लगे हैं। सुख अपनों से छुपाकर गैरों को बताने में सहज महसूस करते हैं क्योंकि अपनों का अविश्वास और व्यंग्यात्मक लहजा हमारा रूख ही दूसरी तरफ मोड़ दे रहे हैं।

एक पुरानी कहावत है जो घर में आई नई-नवेली दुल्हनों के लिए कहा जाता था कि

"आपन से झगड़ा पड़ोसी से नाता।
ई बहू रहतन की जएतन विधाता।।"

तो सिर्फ बहुएँ ही नहीं बल्कि यह कहानी आजकल हर कोई चरितार्थ करने में लगा है। भाई-भाई का दुश्मन और बंटवारा तो सदियों से रहा है लेकिन आज हर रिश्ते में प्यार से ज्यादा नफरत पनप रहे हैं। आज अगर संयुक्त परिवार है तो भी मन में छल और द्वेष भरा है और एकल है तब भी।

भले ही हम अनजानों पर विश्वास करके बहुत कुछ कहते हुए अपना मन हल्का कर लेते हैं बशर्ते कि अपनों के समक्ष मुँह खोलने के। चाहे कोई हल न निकले और भविष्य के लिए और मुसीबतें ही खड़ा कर रहे हों अपने लिए। लेकिन उन मुसीबतों को खुद के लिए खड़ा करना स्वीकार कर ले रहे हैं वनिस्पत अपनों के पास बैठ मन हल्का करने के। क्योंकि आज के हमारे कष्ट, दुःख और तक़लीफ औरों के लिए राज बन जाते हैं। जो कि हमारा दर्द कम करने की बजाए माखौल ही उड़ाएँगे।

तभी तो छुपना पड़ रहा परिचितों से और अपरिचितों को ढूँढ कर मिल रहे हैं।

कितना भयावह बदलाव है न यह कि

"हो रही आँख-मिचौली अपनों संग और गैरों से मुँहदिखाई।"

48. शब्दों का मोल

हम इंसान आज बहुत कुछ पाकर भी असंतुष्ट रहते हैं। और अपनी कुंठा को जहाँ जो मिल जाए उसी पर निकाल देते हैं चाहे खुलकर हो या मन में ही। कारण यह है कि हम हमारे हिस्से का जब सहूलियत से बिना किसी मेहनत किए पा लेते हैं, उसके बाद सामने वाले की चीजों पर नजरें गड़ाए बैठे रहते हैं। और हितकर बनने का स्वांग रचते हुए सामने वाले की सफलता से जलकर अपने मुँह से तारीफ के शब्दों की आड़ में वैसा ही कुछ कह देते हैं जो कि अनुचित है।

और कभी-कभी वही कही गई अपशगुनी बातें सामने वाले के जीवन में प्रभावी हो जाता है। भले ही हम आधुनिकता का परिचय देते हुए ऐसी बातों को अंधविश्वास या वहम की संज्ञा से परिभाषित करते हैं लेकिन जिस पर बीतता है वो हर कदम फूंक-फूंक कर बढ़ाता है। जैसे कई बार हम नजर लगना या टोने-टोटके को अंधविश्वास की श्रेणी में रखते हुए व्यंग्य में उड़ा देते हैं। तब तक हम इन बातों को गंभीरता पूर्वक नहीं लेते जब तक बात अपने उपर आती है। लेकिन तब जब बात अपने बच्चों के उपर आती है तो कितने भी आधुनिक माता-पिता हों वो भयभीत होते हुए सतर्क रहने लगते हैं। जैसे माँ का मुझे काला टीका लगाना अजीब लगता था लेकिन जब मैं माँ बनी तो अपने बेटे को बिना काला टीका लगाए सुरक्षित नहीं समझती थी। तो इसका मतलब यह नहीं कि मैं अंधविश्वास को बढ़ावा देने के लिए ऐसा कह रही हूँ बल्कि अपने मन में खुद के साथ-साथ औरों के लिए भी साकारात्मक भाव पनपे इसलिए कह रही हूँ। इसके लिए हमें किसी के लिए भी अपने मन में अच्छा भाव रखना चाहिए और कड़वे शब्द नहीं निकालने चाहिए। यह मैं अपने निजी अनुभव से कह

रही हूँ कि कई बार अपनों के लिए आशीर्वाद फलीभूत हुए या ना हुए हों लेकिन बद्दुआएँ जरूर असर कर गई।

और कभी-कभी इस बात के लिए खुशकिस्मत मानती हूँ खुद को कि मेरे ससुर जी इन नजर-गुजर, टोने-टोटके को अंधविश्वास मानते थे लेकिन मेरे लिए इन बातों पर ध्यान देते हुए सतर्क रहने लगे थे। और मुझे हर उन नजरों से बचाया करते थे जिनका कहा मुझ पर विपरीत असर किया था। मेरी माँ कहा करती थी कि हम इंसानों के जिह्वा पर दिन भर में एक बार तो सरस्वती सवार होती हैं। इसलिए हमें उसका भान हो न हो लेकिन हमारा कहा गया सत्य जरूर होता है।

तभी हमें किसी के लिए भी अपने मुँह से अपशगुनी बातें नहीं निकालनी चाहिए। क्योंकि अपने करीबी रिश्ते में भी बचपन से लेकर आज तक ऐसा देखते आई हूँ कि उनकी कही बातें मुझ पर या औरों पर विपरीत छाप छोड़ते हुए बहुत कुछ विनष्ट कर गई है। लेकिन कहा भी नहीं जा सकता खुलकर ताकि बोलने से पहले वो मृदु वचन निकालें। और जब उन पर या उनकी वाणी पर हमारा नियंत्रण संभव नहीं हो पाता तो, बस भय के कारण हम मिलना-जुलना और उन रिश्तों से कटते हुए बचना शुरू कर देते हैं।

इसीलिए रिश्ते चाहे जो भी हो जैसा भी हो, दूर के हों या ख़ून के हों, हमें अपशब्द नहीं निकालना चाहिए और वाणी पर नियंत्रण रखते हुए मृदु वचन का ही प्रयास करना चाहिए। यदि हम किसी को कुछ भी अच्छा नहीं दे सकते तो बुराई तो न दें।

खंड-चार

लोकसंस्कारों की भोजनरति

(उर्फ लोक के भूलते-बिसरते व्यंजनों पर एक चर्चा)

49. खाजा

खाजा एक ऐसा पकवान है जो मुख्यतः मैदा, चीनी, घी या रिफांइड तेल से बनाया जाता है।

यह मिठाई बिहार के नालंदा जिले के राजगीर तथा सिलाव ऐसे स्थान हैं जहाँ का खाजा अन्य जगहों के मुकाबले ज्यादा स्वादिष्ट होता है। अब तो धीरे-धीरे कई जगहों पर भी लोकप्रिय हो रहा है लेकिन सिलाव के खाजे की बात ही निराली है। तभी तो यहाँ के खाजे देश क्या, यहाँ आने वाले विदेशी पर्यटकों के मध्य भी बेहद लोकप्रिय है। विदेशी पर्यटक, खासकर जापानी, बड़े शौक से खाजे खरीदते हैं, और बड़े चाव से खाते हैं।

वहीं दूसरी ओर इस मिठाई से हमारे रीति-रिवाज भी जुड़े हैं।.. बिहार में शादी-विवाह एवं अन्य आयोजनों में बेटी-बहू के घर भिजवाना शुभ होता है...लड्डू के साथ अगर खाजा न हो तो लड्डू भी टोकरियों में अधूरा-सा लगता है। देखा जाए तो यह मिठाई एकता का भी प्रतीक लगता है, जिस तरह से कई परत को सहेज कर मीठा एवं कुरकुरा बनाए रखता है उसी तरह यह मिठाई शुभ कार्यों का द्योतक भी माना गया है, जिसे अकेले खाया जाना सही नहीं माना जाता, बल्कि ये खाजे जब बहू-बेटी के घर से आते है, तो पूरे गाँव में सारे गोत्रियों और रिश्तेदारों में बाँटा जाता है। और अन्य मिठाईयों के मुकाबले खाजों की कीमत अभी भी बहुत कम ही होती है-कि आजतक अधिकतम दो-सौ रुपए प्रति किलो से ज्यादा मूल्य का खाजा कम-से-कम मेरी जानकारी में तो नहीं ही है।

लेकिन अफसोस कि हमारे ही देश की मिठाईयों के स्वाद से हमारे बच्चे अबतक अनभिज्ञ हैं। वहीं विदेशी व्यंजनों की खूब पहचान है। इसका ताजा उदाहरण ये है कि आज के दौर में हमारे बच्चे अपने पारंपरिक

मिठाईयों का स्वाद पहचानते तक नहीं। इसमें बच्चों को क्या कहें? जब हम बड़े ही अपने बच्चों को कुछ भी घर में बनाकर खिलाने से ज्यादा पिज्ज़ा-बर्गर या पैटीज आर्डर करके खिलाना ज्यादा आसान एवं आधुनिकता समझते हैं। आइए हम अपने बच्चों को विदेशी के साथ-साथ अपनी स्वदेशी मिठाइयों के स्वाद से भी अवगत कराएँ। मैं अपनी नई पीढ़ी को बता रही हूँ और पुरानी पीढ़ी को याद करवा रही हूँ अपनी पारंपरिक मिठाईयों के बारे में। कहीं हम विदेशी व्यंजनों में इसलिए तो नहीं पिज्ज़ा को इतना मान देते हैं कि खाजा और पिज्जा दोनों एक ही तरह के मिलते-जुलते नाम वाले व्यंजन हैं। मुझे तो ये कुंभ के बिछड़े भाई-बहन मालूम पड़ते हैं...एक मीठा तो दूसरा चटपटा तीखा।

50. पानी-भात और अचार

इस भोजन के नाम को सुनते ही कितने ही ऐसे लोग होंगे जिनके मुँह में पानी आ गया होगा। और जो इसके स्वाद से अनजान होंगे उनका दिमाग का दही हो गया होगा। सोच रहे होंगे कि ये कैसा भोजन है? क्या ये भी कोई खाने की चीज है? और भी न जाने कितनी ही अटपटी बातें दिमाग में चल रही होगी।

तो जाहिर-सी बात है कि उनका इस तरह सोचना भी सही ही है। क्योंकि ये स्वाद आज के डायनिंग टेबल पर बैठकर खाने वाली पीढ़ी को कहाँ से पता होगी।

एक समय ऐसा भी था जब पानी-भात खाने की मजबूरी भी हुआ करती थी। उसी मजबूरी को लोगों को शौक बनाते देर न लगी। और ऐसा भोजन गरीबी या लाचारी की वजह से नहीं, बल्कि इसके पीछे धार्मिक और वैज्ञानिक तथ्य भी छुपे हैं।

वैसे यूपी में भी बोरे-बासी के नाम से कुछ इसी तरह से पानी-भात खाने की परंपरा है। और हमारे बिहार में कई जगह यह भी रस्म होती है कि होली के पहले होलिका दहन को कढ़ी-पकौड़ा, साग, दही-बड़ा, कई तरह की सब्जियाँ, भभरा और अपने इच्छा और सहूलियत अनुसार तरह-तरह की पकौड़ियाँ भी बनाई जाती है। हमारे बिहार में होलिका दहन पर गुझिया ये सब बनाने की रीत नहीं थी। बस कढ़ी-चावल के साथ और भी कई चीजें बनाई जाती थीं, जिसे रात में तो खाते ही थे और इसीलिए जान-बूझकर ज्यादा चावल बनाया जाता था, ताकि खाने के बाद बचे चावल में पानी डाला जा सके। वही सारी चीजें भी थोड़ी-थोड़ी बचाकर रखी जाती थी। जिसे होली के दिन पुआ-पकवानों से पहले इसी पानी लगे भात को

बची सारी चीजों के साथ नेग के तौर पर मुँहजूठाई की रस्म भर ही सही लेकिन घर के हर सदस्य खाते थे। गर्मी की शुरूआत इसी तरह होती थी। फिर पूरी गर्मी ये पानी-भात और अचार खाने का सिलसिला चलता था।

अमूमन पहले घरों में सुबह उठते ही भोजन बना दिया जाता था जिसमें चावल मुख्य रूप से बनता था। और फिर दस से बारह बजे तक घर के सभी लोग भोजन कर भी लेते। सर्दियों में तो नहीं लेकिन गर्मियों में भात खराब होने के डर से उसमें पानी डाल दिया जाता था, क्योंकि तब घरों में ज्यादातर उसना (Double steamed) चावल ही बनता था। जो कि अरवा या बासमती चावल के अपेक्षा जल्दी खराब हा जाता था। इसीलिए उस बचे चावल को खराब होने से बचाने के लिए उन में पानी डालना ही एक विकल्प बचता था। सर्दियों में तो बचे चावल को रात में भी दाल और सब्जी के साथ या बहुत सारी मौसमी सब्जियाँ डालकर(जिसे आज हम फ्राइड राइस के नाम से जानते हैं)भून कर खा लेते थे। लेकिन गर्मियों में पानी डालकर रखना जरूरी होता था।

वैसे गर्मियों में सुबह के बने दाल सब्जियाँ खट्टा होने से बचाने का तरीका तो नहीं था क्योंकि उस समय घरों में फ्रीज ने अपना कब्जा नहीं जमाया था। तो दाल और सब्जी उतना ही बनता जितना उपयोग में आ जाए, ताकि बच जाने पर फेंकना न पड़े। जबकि भात तो ज्यादा भी बनाया जाता ताकि उसका इस्तेमाल पानी-भात के तौर पर किया जा सके। और उसना चावल से बने भात भी जल्दी खराब होते लेकिन पानी डाल देने से कुछ घंटे तक उस भात को खराब होने से बचाया जा सकता था। तो एक बार सुबह दस बजे तक खाने के बाद हम बच्चे गर्मियों में सो जाते फिर जब दोपहर के बाद सो कर उठते तब भी जबरदस्त भूख लगती, और तब यही पानी-भात बड़े शौक से अपने पसंदीदा चीजों के साथ मिला कर खाते। जैसे कोई अचार और उसके मसाले मिलाकर खाए तो कोई कच्चे आम और प्याज मिलाया। और जो तीखा खाने के शौकीन होते वो तो लाल मिर्च को आग में पकाकर उसी पानी-भात में मिलाकर बड़े चाव से खाते। सच में इतना स्वाद और आनंद होता इसमें कि इससे लजीज तो आज के फाइव स्टार होटल की कोई भी डिश न होगी। तब आनंद और चौगुना हो जाता जब गर्मी छुट्टियों में कई ममेरे, मौसेरे, फूफेरे, चचेरे भाई-बहन एकत्रित होते। और उन सबके साथ एक ही थाली में खाना स्वाद को कई गुना बढ़ा

जाता।

जिस तरह से इसके खाने की शुरूआत की तिथि निर्धारित है उसी तरह से इसे खाना बंद करने की तिथि निर्धारित है। जैसे हमारे यहाँ सर्दी की शुरुआत दीपावली से हो जाती है और दीपावली की रात्रि को बचे चावल में पानी नहीं डाला जाता। उससे पहले होली से अब तक पानी-भात ख़ूब चलता। इस दौरान बीच में भी कई ऐसे लोक-पर्व भी आते जैसे; कर्मा या अन्य जिनमें पानी-भात की महत्ता होती।

आधुनिकता ने हमें इतना ऊँचा उठा दिया कि हम पानी-भात या गाँव-देहात की चीजों को खाना-पीना तो दूर याद करते हुए जिक्र करना भी हीनता का बोध कराती है। लेकिन करें भी क्या आज की चमक-दमक ने होटल और जगह-जगह फूड बेचने के विकल्प उपलब्ध हैं। फिर पुराने ढंग से भोजन करने में कौन देहाती बने और घर के बचे चावल या अन्य भोजन को खाए। लेकिन इसी देहातीपन में वैज्ञानिक तथ्य भी छुपे हैं। देखा जाए तो इसे खाने के कई सारे फायदे भी हैं। इस पानी-भात को गर्मियों में खाने से पेट में ठंडक पहुँचती है। और शरीर का तापमान कंट्रोल करने के साथ पाचन को बेहतर बनाता है। एवं अनेक पौष्टिक गुणों के साथ हृदय रोग से भी लड़ने में सहायक होता है।

हमें आधुनिकता के रंग में रंगने के लिए जोमैटो और स्विगी जैसे कई विकल्प मौजूद हैं। जो घर में आकर अपने रेस्टोरेंट का बचा-खुचा खाना बड़े ऊँचे दाम में थमाकर चले जा रहे हैं। अब उनके द्वारा सजाकर पैक्ड जूठा करके दिए भोजन को भी हम बड़े चाव से खा रहे हैं, और पार्टी भी कर रहे हैं। लेकिन घर के बासी खाने को लेकर ज्ञान बाँट रहे हैं। हाँ ये सही है कि हमें बासी भोजन नहीं करना चाहिए लेकिन परिस्थितियों के अनुकूल वो होटल वाले भोजन से घर के बचे भोजन ज्यादा ही स्वादिष्ट और स्वास्थ्यवर्धक रहेंगे।

अभी गर्मी है ही तो क्यूँ न इस अलग तरह से तैयार किए गए पानी-भात, अचार वाले भोजन का स्वाद आप सब भी लें। और सबसे बड़ी बात यह है कि न गैस जलाने की झंझट और न ही कोई रेसिपी देख सुनकर बनाने की जुगत।

51. घी पुराण

भोजन का नाम आते ही सबसे पहला ख़्याल मन में पवित्री (घी) का ही आता है, फिर तो शुद्धता के नाम पर कोई भी व्यंजन, चाहे नमकीन हो, मीठा हो या पूरी-परांठे ही क्यों न हों, स्वादिष्ट ही माना जाता है। चाहे शादी-विवाह में बनने वाला पुलाव हो, बिरंज हो, कोई मिठाई या फिर शाक-सब्जियाँ ही क्यों न हो?

सिर्फ ये जान कर ही संतुष्टि मिल जाती है कि व्यंजन अगर घी में बनाया गया है, तो स्वादिष्ट तो होगा ही। वैसे तो पहले घी भोजन में जरूरत एवं आदत के तौर पर इस्तेमाल की जाती थी, लेकिन अब इसके इस्तेमाल में थोड़ी सतर्कता बरती जाने लगी है। कई तरह की बिमारियों, जैसे-उच्च रक्तचाप, फैटी लीवर और नाना प्रकार की हृदय संबंधी बिमारियाँ, के होते ही डॉक्टर सबसे पहले भोजन में घी, तेल पर ही रोक लगाने को बोलते हैं। वजह यह भी होती है कि लोगों के शरीर में न तो शुद्ध खाने की इतनी क्षमता ही बची है, और न ही उसे पचाने की। जो थोड़ी बहुत कसर बची भी है, उसे नकली और घटिया केमिकल्स की मिलावट वाले घी के उत्पादों के भय ने खत्म ही कर दी है। गाँव से इतर शहरों या महा नगरों में तो अब ज्यादातर लोग पैकेट वाले दूध पर ही निर्भर रहने लगे हैं और उसी से घर में घी का भी इंतजाम कर लेने की कोशिश कर रहे हैं। कम-से-कम बाजार में मिलने वाले घटिया रिफांइड-तेलों में आलू मिला कर तैयार हो रही नकली घी से तो बेहतर ही या कहीं तो वीडियो के जरिए तो यह भी देखने को मिला है कि जानवरों की चर्बी का भी इस्तेमाल करते हुए घी का उत्पादन बढ़ा रहे हैं। ख़ैर जो भी हो, इसे खाना तो दूर सुनना भी काफी हद तक है तो भयावह ही।

लेकिन मेरे साथ अलग ही समस्या रही। चाहे कितना भी शुद्ध घी रहे मेरे लिए उसे जिह्वा पर लाना तो दूर सूँघना हो या हाथ से छूना तक पसंद नहीं करती थी मैं। बचपन के नख़रे भी तो अजीब रहते हैं न? मैं तो नहीं ही खाती लेकिन किसी को निकाल कर देने में भी मेरी शामत आती। और मजबूरन जब घर में अकेली होती और घी निकालकर देना ही पड़ता तो किसी तरह सांसों पर नियंत्रण करते हुए इस काम को एक झटके में अंजाम देती फिर न जाने कितनी देर तक हैंडवॉश करती। भले ही चम्मच से क्यों न निकाला हो। मेरी इन हरकत पर रिश्तेदार कहते कि न जाने ससुराल में कैसे खाएगी और खिलाएगी? नाक-कान ही कटवा देगी ये तो। लोग कहेंगे कि बेटी को कभी कुछ खिलाया ही नहीं जो आदत नहीं है यह सब खाने की। और मैं यह कहते हुए बातों को हँसी में उड़ा जाती "कि कौन इतना बड़ा जमींदार होगा जो मुझे लाड करेगा और घी खाने को बाध्य करेगा। तब मैं भी कह दूँगी कि इसके बदले मुझे मेरे पसंद की दो-चार ड्रेसेज ही दिलवा दो न और बात मजाक बन कर रह जाती। मेरी इस आदत की वजह से कई बार तो मुझे शादी-विवाह में भोज में बैठने पर परोसा गया पत्तल पर सारा भोजन छोड़ मुझे भूखा रहना पड़ा है। वजह यह कि भोजन के सारे आइटम पूछ कर डालते लोग कि क्या और कितना लेना है लेकिन घी परोसने वाले पवित्रि के नाम से ट्रेन की रफ्तार से घी डालते चले जाते और ना कहने का मौका भी नहीं देते। तब चुपके ही सबसे नजरें बचा मुझे वहीं बैठे रहना पड़ता और सबके साथ ही उठना पड़ता वो भी बिना कुछ खाए। पंगत का नियम ही यही होता कि साथ बैठने पर पंगत से बीच में नहीं उठा जाता। और मुझमें खाने-पीने के प्रति ज्यादा ललक न रहना भी मुझे दोबारा भोजन माँगने को बाध्य न करता और मैं भूखी ही रह जाती। हाँ भोजन बर्बाद करने का पाप जरूर महसूस करता मन। तब कभी-कभी किसी और बहन को अपनी पत्तल में बिठा लेती और भोजन बर्बाद होने से बच जाता।

घर में भी माँ जब भी दाल या कढ़ी में तड़का लगाती या कोई स्पेशल सब्जी बनाती जैसे; कटहल हो या जीमीकंद तो इन सब्जियों को उतारने के क्रम में घी डालकर स्वाद बढ़ा जाती। लेकिन मेरी मौजूदगी में माँ मेरे लिए अलग सब्जी निकालकर बाकी में घी डालती और मेरी अनुपस्थिति में जब डाल देतीं तब मैं खाते ही गंध और स्वाद दोनों भांपते हुए उल्टी कर जाती। और मुझे घी खिलाने की आदत लगाना माँ को भारी पड़ जाता।

जब शादी होकर आई तब ससुराल में ननद की कमी को देवरों ने पूरा किया और वो सब मेरे साथ ही बैठते भोजन करने। एक-दो दिनों तक तो बिना कुछ खाए ही उठ जाती लेकिन फिर जब नहीं खाती तब लोगों ने यह सोचते हुए पतिदेव के साथ एक ही थाली में भोजन परोस दिए कि शायद औरों के साथ कंफर्टेबल न हो। अब भोजन परोसा गया और बैठ भी गई खाने लेकिन खा न सकी। जब एक भी निवाला नहीं खाया तब बहुत पूछने पर घी का कारण बताना पड़ा। फिर क्या था? बहुत पसंद करने वाले बिना घी के भोजन नहीं करने वाले पतिदेव ने पति धर्म निभाते हुए घी का उन दिनों त्याग करते हुए भोजन साथ में ही किया। और तो और घर के हर सदस्य मेरे न खाने से चिंतित होकर मेरे खाने-पीने का विशेष ध्यान रखते।

फिर जब अपनी गृहस्थी में लौटी तब घर के सारे काम-काज संभालते हुए पति और देवर को ऑफिस भेजना और उस दौरान लंच के लिए रोटियों में घी लगाना आदत में शुमार हो गई। अचानक एक बार माँ आईं और घर के सारे काम निबटाते हुए सहजता के साथ सबके लिए खाने में घी का इस्तेमाल करते देख (जो कि मेरी आदत बन चुकी थी) पूछने पर बस निश्चिंत भाव से कुछ नहीं कह गईं। लेकिन माँ की वो मुस्कान और वो आँखें इस बात की गवाह थी कि उन्हें मेरी ओर से ये आश्वासन मिल चुका था कि हर हाल में मैं अपनी गृहस्थी संभाल लूँगी।

लेकिन घी खाना मैं तब तक भी नहीं सीख पाई। और पुनः प्रयासरत रही माँ ने सासू माँ के साथ मिलकर जोर तब दिया जब बेटे का जन्म हुआ और काफी कॉम्प्लिकेशन की वजह से मेरा हिमोग्लोबिन बहुत लो हो गया। शारीरिक कमजोरी को देखते हुए घी खिलाने की जिम्मेदारी माँ ने सासू माँ को सौंप दी। माँ तो मेरी आदत से वाकिफ थीं लेकिन सासू माँ को शक था। तभी उन्होंने माँ से कहा कि आपने जोर ही नहीं दिया खिलाने पर। तो माँ ने यह जिम्मेदारी सासू माँ को सौंप दी और भोजन के दौरान मेरी थाली में गर्म चावल के भीतर घी छुपाकर परोस दिया गया। बड़े चाव से भोजन करने बैठी ही थी तभी मुँह में पहला निवाला जाते ही उल्टियाँ शुरू हो गई और बाकी का भोजन भी किया न गया। इसके बाद ही माँ के साथ-साथ सासू माँ का भी यह प्लान असफल ही रह गया।

हाँ लेकिन गोपू के जन्म के चार महीने बाद माँ के साथ जब मैं मायके लौटी तब माँ ने मावा और मेवे से भरपूर हल्दी का हलवा बनाया जिसमें

घी के साथ शुद्ध सरसों का तेल भी डाला जो कि मिठाई से भी ज्यादा स्वादिष्ट था और यह हलवा मेरे लिए काफी स्वास्थ्यवर्धक भी था।। तब कुछ तो स्वाद और कुछ स्वास्थ्य का सोचते हुए खा लिया।

अब जो माँ ने मेरे साथ किया खिलाने-पिलाने को लेकर वही मुझे मेरे बेटे के साथ भी करना पड़ता है। जब मेरा बेटा घी के नाम से ही नाक-भौं सिकोड़ता है लेकिन शाकाहारियों को जरूरत भी होती है घी खाने की।

इतिहास खुद को दोहराता है तब यही सोच सब्जी, हलवा-पूड़ी या परांठे में बेटे से छुपाकर घी डालती हूँ तो आज भी माँ की मंशा भांप लेती हूँ उनकी मनोस्थिति समझते हुए छलकती आँखों से भी मुस्कुरा उठती हूँ।

52. गर्मियों में निर्जलीकरण से बचने का बिहारी उपाय

गर्मियों की शुरुआत होते ही राहत के लिए देशी पेय सत्तू का ही ध्यान आता है। उसपर भी अगर घर में ही तैयार किया हुआ शुद्ध सत्तू मिल जाए, तब तो सोने पे सुहागा। गर्मी में सेहत और स्वाद दोनों में सहायक होने वाला यह खाद्य पदार्थ सीरत में किसी औषधि से कम नहीं। खास तौर पर गर्मी में डिहाइड्रेशन से निजात दिलाने के साथ शरीर में ऊर्जा बनाए रखने के लिए भी बेहद गुणकारी माना जाता है। इसका उपयोग कई भारतीय व्यंजनो जैसे पराठें, लिट्टी-चोखा, दाल-बाटी इत्यादि में किया जाता है। इसे मीठे या नमकीन शरबत के रूप में छांछ या दूध के साथ भी पीया जाता है।

सत्तू एक प्रोटीन युक्त आटा है जो भूने चने को पीसकर व अन्य दालों और अनाज से बनाया जाता है। यह भारत के कई हिस्सों में जैसे : झारखंड, बिहार, पंजाब, उत्तराखंड और यूपी में भी काफी लोकप्रिय है। बाजार में सत्तू अब विभिन्न रूपों में उपलब्ध है। जिसमें गेहूँ, जौ, मकई, एवं ज्वार भी शामिल है इन सभी वैरायटी में भूने चने का एक निश्चित ही प्रतिशत होता है।

पहले के समय में लोगों के लिए ये खाद्यान्न कई स्थितियों में एक बेहतरीन विकल्प हुआ करता था। हम बच्चे अपने बड़े-बुजूर्गों को खाते देख उनके दुलार में आकर खाने बैठ जाते थे। फिर थाली में दिए गए सत्तू को नमक, प्याज, मिर्च और अचार के साथ कुछ इस तरह से खाते थे। कि "पहले खईनी घोर घोरउंआ, फिर खईनी मुठंडा; थाली धोके पानी पीलीं, पेट भयल सुसूँडा"!

आज के समय में इसकी लोकप्रियता काफी कम हो गई है। लेकिन अगर हम इसके फायदे जान लें, तो घर में ही काले चने या छोलिया वाले

चने को नमक डालकर कड़ाही में गरम करके उसी में भून लें। फिर ठंडा होने पर छिलके उतार कर आसानी से मिक्सी में पीस कर और फिर छलनी से छान कर इस्तेमाल करने लायक बना सकते हैं। इस तरह थोड़ी-सी मेहनत में ही स्वादिष्ट एवं शुद्ध सत्तू तैयार हो जाता है। अगर चने को भूनने की जहमत नहीं उठाना चाहते हैं, तो बाजार से ही भूना काबुली चना लाएँ और मिक्सी में पीसकर और फिर छन्नी से छानकर एयरटाइट कंटेनर में भरकर स्टोर कर लें। इसे भूना पीसा जीरा, नींबू, काला नमक और प्याज के साथ नमकीन शरबत या दूध और छांछ के साथ चीनी या गुड़ मिलाकर मीठे शरबत के रूप में भी आनंद ले सकते हैं। तो छोड़िए बाजार के केमिकल वाले कोल्ड ड्रिंक और अपनाइए पौष्टिकता से भरपूर सत्तू का मीठा और नमकीन शरबत।

हमारे बिहार में तो इस सत्तू पर आधारित एक त्यौहार भी है, जो कि हर साल 14 अप्रैल को मनाया जाता है। इसे विशुआ या सत्तूआन के नाम से जाना जाता है। इसमें मंदिर में दान-पुण्य भी सत्तू, गुड़, घी और आम के नए फल, जिन्हें हम टिकोरा कहते हैं, के साथ पंडित-ब्राह्मणों को भोग लगवाकर खाए जाने का रिवाज है। सत्तूआन के दिन से ही मलमास खत्म हो जाता है और शुभ कार्य करने की शुरूआत हो जाती है।

53. स्वाद जिमीकंद का

सर्दी के दिनों में सब्जी-बाजार में हमें लुभाने के लिए बहुतेरी ताजी और रंग-बिरंगी सब्जियाँ होती है: पांच-छह रंग के तो अकेले शिमला मिर्च के ही, हरी और लाल सागें, लाल और पीले गाजर और मूली और लाल टमाटर अपने गाढ़े-चमकीले रंगों से हमें आकर्षित कर जाते हैं। ऐसे आम तौर पर भी ताजी सब्जिओं का रंग-बिरंगा सौंदर्य हमें आकर्षित तो कर ही जाता है।

लेकिन विशेष रूप से इन्हीं दिनों बाजार में एक बेहद कुरूप सब्जी भी मिलती है, जिसे हम दिल्लीवाले जिमीकंद के नाम से जानते हैं। कई जगहों पर इसे ओल या सूरन के नाम से भी जाना जाता है। बेहद कुरूप, बेढंगा और भयावह दिखने के कारण ही शायद अंग्रेजीवालों ने इसका नाम Elephants' foot रख दिया है। देखा तो पता चला कि इसका वैज्ञानिक नाम अमोर्फो-फैलस प्योनीफोलिअस (Amorphophallus paeoniifolius) है।

हालाँकि बदसूरत दिखने वाला यह कन्द वास्तव में गुणों की खान है; बल्कि कैन्सर, मधुमेह, बवासीर और गठिया जैसे रोगों से पीड़ित व्यक्तिओं के लिये तो यह विशेष रूप से फायदेमन्द है। प्रचुर मात्रा में लोहे से भरे होने के कारण जिमीकंद शरीर में आयरन की कमी को भी दूर करने में सहायक पाया गया है। इसके अलावा, यह मानव शरीर के पोषण की दृष्टि से आवश्यक कई अन्य खनिजों का भी एक बेहतरीन स्रोत है, जैसे फॉस्फोरस, पोटेशियम, मैग्नीशियम और ओमेगा 3 फैटी एसिड्स आदि।

यह तो हुआ पोषण की दृष्टि से रुजिमीकंद का बखान। लेकिन यदि इसके स्वाद की बात करें, तो यही कहना चाहती हूँ कि यदि कुछ बातों को ध्यान में रखकर जिमीकंद की सब्जी बनाई जाए, तो यह प्राकृतिक रूप से

और आसानी से सभी को उपलब्ध यह कन्द सर्वाधिक सुस्वादु सब्जिओं में से एक कहा जा सकता है। हालाँकि इसका सेवन शीत ऋतू में ही सबसे उचित होता है। तासीर गरम होने के कारण इसे खाने की शुरूआत भी शुभ त्यौहार दीपावली के दिन से की गई है। एक वैज्ञानिक तथ्य यह भी है कि जमीन के अंदर पनपने वाली यह सब्जी काट दिए जाने के बाद भी जीवित ही रहती है और जमीन से उखाड़े जाने के बाद भी एक से दो सालों तक बिना सड़े और खराब हुए सब्जी के रूप में इस्तेमाल किए जाने योग्य बनी रहती है। आकार में यह अक्सर बहुत बड़ी होती है और वजन में बीस से पच्चीस किलो तक भी हो जाती है। सबसे अच्छी बात ये है कि ये कन्द जल्दी खराब नहीं होता; बल्कि कहते हैं कि जितना पुराना उतना ही सुरक्षित, क्यूँकि पुराना होने पर इसका पानी सुख जाता है, जिससे मुँह काटने का भय भी उतना ही कम होता है।

जिमीकंद की सब्जी, भरता/चोखा और अचार बना सकते हैं। ऐसे ये ओल ऊपर से देखने में भले ही किसी गंदे-बेढंगे पत्थर के जैसा दिखता हो, लेकिन उपरले छिलके को हटाते ही इसके अंदर से एक ऐसा सुन्दर, गुलाबी गूदा नमूदार होता है कि कोई भी लुभा जाए। लेकिन सावधान.... क्योंकि इसके गुलाबी गूदे की सुंदरता से मोहित होने से पहले इसे छीलने-काटने में आपको बेहद सतर्कता बरतनी पड़ती है। वरना हाथ और मुँह दोनों पर बहुत भारी पड़ सकता है।

हालांकि दिल्ली में मिलने वाले जिमीकंद में वैसी बात बिलकुल भी नहीं; यहाँ के ओल तो आराम से छिले-काटे जा सकते हैं, हथेलिओं को इसके गूदे के सीधे संपर्क में आने से बचाने के लिए दास्ताने पहने बगैर, या इसे छीलने-काटने या कद्दूकस करने से पहले हथेली पर सरसों तेल मले बिना ही। बल्कि यहाँ के ओल तो जीभ को भी नहीं लगते, बेफिक्र होकर खाए जा सकते हैं।

लेकिन मेरे प्रिय बहनों और भाईओं, हमारे बिहार में पैदा होने वाले जिमीकंद को बनाना और खाना: दोनों ही एक चैलेंज हुआ करता है। माँ को देखती थी तो पता लगता था कि कितनी निपुणता और सावधानी की दरकार है इस सब्जी को बनाने के लिए। हाथों में तेल लगाकर ओल छिलना और काटना ही अपने आप में एक भारी टास्क। लेकिन फिर उबालकर सरसों तेल में हल्का सुनहरा तलकर उसमें प्याज, लहसुन, अदरख और

टमाटर को दरदरा पीस और फिर सरसों तेल में भूनकर हल्दी, धनिया, मिर्च, जीरा, कालीमिर्च और साबुत गरम मसाले को पीसकर और अंत में तैयार सब्जी में थोड़ी खटाई डालकर और अंत में थोड़ा घी डालकर उसे जब चावल के साथ खाती थी-तो उस लाजवाब स्वाद का कोई जोड़ ही नहीं प्रतीत होता था। ऐसी सब्जी तैयार होती थी कि हमारे घर में, कि बाहर से आये हुए कोई अतिथि, जो आम तौर पर इस सब्जी के नाम से ही दूर भागते थे, वे भी माँ द्वारा परोसी गई ओल की सब्जी को बेसन की सब्जी समझ कर चटकारे ले-लेकर खूब खा लेते और बाद में जब उन्हें पता चलता कि यह तो ओल की सब्जी थी, तो एक सुखद प्रकार के घोर आश्चर्य में ठगे-से खड़े रह जाते थे। हम बच्चे जिमीकंद के उबले कटे टुकड़ों को बस फ्राई होते ही स्नैक्स के तौर पर ढेर-सारा भकोस जाया करते थे। इसीलिए माँ जब भी ओल की सब्जी बनातीं, आवश्यकता से दोगुनी मात्रा में ही बनाया करतीं। तेल में डीप फ्राई किए गए टुकड़ों को मैश कर उसमें नमक, सरसों तेल, बारीक कटा लहसुन, कटी हरी मिर्च और हरी धनिया के साथ जो भुर्ता बनता, वह तो अपने-आप में ही एक अलग डिश होती थी। तो सेहत और स्वाद से भरपूर इस जिमीकंद को सर्दियों में सब्जी, भरता, या अचार बनाइए और लूत्फ उठाइए।

54. पूस का पीठा

हिन्दी महीनों के नाम से यहाँ बहुत लोग भले ही अनजान रह जाते होंगे खासकर नई पीढ़ी के लोग। अभी चल रहे पूस के इस महीने को पौष या मार्गशीर्ष भी कहते हैं। वैसे प्रेमचंद की कहानी "पूस की रात" जिसने भी पढ़ी होगी वो लोग इस महीने से और पूस की कंपकंपाती ठंड से वाकिफ़ होंगे ही। वैसे मैं तो पूस के महीने को बचपन से ही पूस में बनने वाले पीठा से जानती रही थी। लेकिन जब मैं चौथी कक्षा में थी, तब घर में ही हाथ लगी कजिन के नौंवी कक्षा की हिन्दी की किताब से कहानी "पूस की रात" पढ़ी थी। तब कुछ-कुछ महसूस किया था इस महीने के दु:ख-दर्द और गरीबी के पीर को। और तब से यह महीना मन के कोने में खास जगह बना गई। भले ही यह महीना खरमास का रहा हो और इस महीने में शादी-विवाह या बहुत से शुभ कार्य करना उचित नहीं माना जाता हो। लेकिन फिर भी यह महीना बेहद खास लगता था मुझे। वो इसलिए भी कि जैसे ही यह महीना आने को होता माँ उसके पहले से ही पीठा बनाने के लिए तैयारी में लग जाती थी। क्योंकि इस महीने के पहले दिन ही पीठा बनाना होता था। जिसे गाँव-घरों के लोग "चुपका पीठा" के नाम से संबोधित करते थे। वैसे तो इस महीने में पीठा कभी भी बना सकते हैं लेकिन पहला दिन बनाना अनिवार्य होता था। जिसके लिए चावल धोना, सुखाना और पीसना एक बड़ा काम हो जाता था। सारी तैयारियाँ पहले से हो तो महीने के पहले दिन ही पीठा बनाना सुलभ हो जाता। और वैसे इस महीने में ठंढी भले ही कड़ाके की पड़ती हो लेकिन मजेदार बात यह है कि खाने के लिए तरह-तरह के स्वादिष्ट व्यंजनों की भरमार भी इसी ठंड में रहती है। तो हमारे बिहार की स्वादिष्ट व्यंजनों में एक "पूस का पीठा" भी

है। जो कि इस कड़ाके की ठंड में बनाई जाती है और दो से तीन दिनों तक खाई भी जाती है। और तो और यह पीठा स्वादिष्ट होने के साथ ही स्वास्थ्यवर्धक भी है, क्योंकि मौसम के अनुकूल बनाया जाता है।

ठंडी में बनाने का एक कारण यह भी है कि गरिष्ठ भोजन को भी पचाना आसान होता है इस मौसम में। वैसे चावल का आटा भले ही उतना भारी न हो लेकिन इस पीठे में की जाने वाली स्टफिंग भारी होती है। जैसे: चना दाल, आलू, अलसी और ड्राइफ्रूट्स से भरे दूध का मावा। इन्हीं कारणों से गर्मी में खाना नुकसानदायक भी हो सकता है। शायद इसी वजह से ठंड में पूस के महीने में ही इसे बनाने का नियम बना दिया पहले के लोगों ने। वैसे गाँव-घरों में तो अड़ोस-पड़ोस को बुलाकर बनाने में भी मदद ली जाती थी और बाँटकर खाने का आनंद कई गुना बढ़ जाता था। लेकिन शहरों में तो खुद बनाना और खुद ही खाना भारी हो जाता है। खासकर महानगरों में चावल धोकर सुखाने-पिसवाने से लेकर अकेले बनाने तक बहुत ही चौलेंजिंग टास्क हो जाता है। फिर भी यह सोचकर मेहनत करना भी अच्छा लगता है कि अपने पारंपरिक खान-पान से बेटे को अवगत करवा तो रही हूँ न। और मेहनत सफल हो जाता है जब बेटा स्वाद लेकर खाता भी है और आगे जल्द ही बनाऊँ ये डिमांड रखता भी है।

55. कढ़ी-पकौड़ा

हमारे जीवन में खान-पान के तरफ झुकाव होने से हमारा जीवन कुछ हद तक तनाव रहित हो जाता है। लेकिन आजकल तरह-तरह की बिमारियाँ उत्पन्न हो रही हैं जिनके नाम भी हम उसकी चपेट में आने के बाद ही जान पाते हैं। इस कारण हमें हमारे खान-पान में बहुत सारी चीजें नियंत्रित करनी पड़ती है। अधिक मीठा हो या तेल-मसाले हों या और भी कितनी ऐसी चीजें रहती है जिसके हमारे पसंदीदा होने के बावजूद भी हमें उनका त्याग करना पड़ता है। कुछ व्यंजन ऐसे होते हैं जो त्यौहारों से जुड़े होते हैं और हम कितना भी आधुनिक हो जाएँ-उस पीढ़ी से इस पीढ़ी तक पसंद करते हुए हम इन्हें बड़े चाव से खाते हैं। ऐसे कई सारे व्यंजनों में से एक है कढ़ी-पकौड़ा जो न जाने कितनों की पसंद रही होगी।

कढ़ी का नाम आते ही साथ में चावल का ही नाम आता है जैसे: कढ़ी-चावल। वैसे तो हम भोजन स्वाद के लिए ही खाते हैं लेकिन हमारे बिहार में कुछ व्यंजन के पीछे शुभ कारण और तीज-त्यौहार भी जुड़े होते हैं।

कढ़ी-पकौड़ा का नाम आते ही बचपन से लेकर आज तक के कितनी ही यादें ताजा हो जाती है। क्योंकि मुझे कढ़ी-चावल वो भी पकौड़े वाली बेहद पसंद रही। और आज भी मेरे घर में सबकी पसंद बन गई है। हमारे बिहार में कढ़ी-पकौड़ा जिसे बरी-कढ़ी भी कहा जाता है उसके बनाने के पीछे कई शुभ कारण भी होते हैं। जैसे शादी-विवाह में जिस दिन दुल्हन का गृहप्रवेश होता है उस दिन बरी-कढ़ी-चावल, पाँच तरह की सब्जियाँ, दही और साग से मुँहजुठाई करवाई जाती है। कहीं-कहीं साथ में दालपूड़ी और खीर भी होती है। और शादी के बाद बेटी पहली बार ससुराल से

मायके लौटती है तब भी कढ़ी-चावल पाँच तरह की सब्जियाँ साग इत्यादि बनाकर मुँहजुठाई की रस्म पूरी की जाती है।

हमारे बिहार में एक त्यौहार है जो भाद्रपद शुक्ल पक्ष एकादशी को मनाया जाता है और जिसे कर्मा कहते हैं। उसके अगले दिन व्रत के बाद कढ़ी-चावल, पाँच सब्जी, दही और कर्मी के साग से ही भोजन सम्पन्न होता है और नेग के तौर पर बासी भात थोड़ा-सा चावल पानी लगा रहता है। इसे नेग के तौर पर ही सही लेकिन घर भर के लोग खाते हैं। मान्यता है कि इस बासी भोजन को साथ में नेग के तौर पर कर्मी के साग को खाते हैं उससे कर्म जुड़ाता है।

यादों में आज भी यह बात दबी है कि माँ जब कार्तिक स्नान करती थीं और पूरे महीने सात्विक भोजन एवं रहन-सहन अपनाती थीं। फिर अंतिम पांच दिन फलाहार करके कार्तिक पूर्णिमा को पूरा दिन निराहार रहकर शाम में अर्घ्य देकर अगले दिन सुबह पकौड़े वाली कढ़ी-चावल, पाँच, नौ या ग्यारह तरह की सब्जियाँ और कुछ मीठा जो कि सब बिना लहसन-प्याज रहित होता था। मैं ही आधी रात से बनाना शुरू करती थी क्योंकि माँ की हिम्मत व्रत-उपवास के कारण जवाब दे जाती थी। इसीलिए शुद्धता एवं नियम-धर्म का ध्यान रखते हुए मैं ही यह प्रसाद रूपी भोजन बनाती और फिर अगली सुबह पूजा-पाठ करके माँ पाँच ब्राह्मणों को आदरपूर्वक भोजन करवातीं एवं दान-दक्षिणा देकर उन्हें विदा करने के बाद ही भोजन ग्रहण करतीं। माँ के द्वारा संतुष्टि से ग्रहण किए गए प्रसाद मुझे भी संतुष्ट कर जाते।

इतना ही नहीं मैं तो जब भी कोई व्रत करती हूँ उसके अगले दिन बिना प्याज-लहसुन का ही कढ़ी-पकौड़ा बनाती हूँ फिर उसी से पारण करती हूँ और घरवालों को भी वही खिलाती हूँ।

वैसे पाँच दिन तक तो ऑफिस और स्कूल की भागम-भाग में मन पसंद भोजन निश्चिंत होकर नहीं खा पाते लोग, इसीलिए कढ़ी-चावल, वो भी पकौड़े वाली, संडे को दोपहर के भोजन में नियमतः बनाती हूँ। और जिस दिन या उसके आगे-पीछे कोई व्रत-त्यौहार नहीं होता उस दिन प्याज-लहसुन का प्रयोग करती हूँ भोजन में क्योंकि प्याज की पकौड़ी अर्थात बरी बनते ही इंतजार नहीं करते पूरे भोजन बनने तक का और लंच के पहले ही ब्रंच के तौर पर खा लेते हैं।

वैसे तो ज्यादातर लोग बेसन और दही या लस्सी की कढ़ी बनाते हैं, लेकिन चना दाल और उसमें थोड़ी-सी मूँग दाल को दो से तीन घंटे तक भीगोकर उसे पीसकर उसमें नमक, हल्दी, प्याज और मसाले इत्यादि देकर पकौड़े बनाएँ और उसी घोल का दही मिलाकर प्याज, करी पत्ते के तड़के की कढ़ी बनाएँ तो खाने का लूत्फ चौगुना आ जाता है।

कढ़ी-पकौड़ा बनाने में भी कुछ नियम और विधि को फॉलो करना पड़ता है। जैसे पकौड़ियों की संख्या हमेशा विषम में मतलब पाँच, नौ, ग्यारह इक्कीस जैसी होनी चाहिए-चार-छह या आठ-दस जैसे नहीं। ये मुझे माँ ने बताया था जिसका कि आज भी ख़्याल रखती हूँ। और बिना पकौड़े और बिना तड़के की सूनी कढ़ी नहीं बनानी चाहिए, क्योंकि ऐसे कढ़ी बनाना अपशगुन माना जाता है। छोटे-छोटे पाँच बरी ही सही लेकिन नेग के तौर पर डाल देने चाहिए। तभी तो अपने रंग के साथ ही हमारे जीवन में सौभाग्य भी लाते हैं ऐसे पकवान।

56. आम तो कितना खास है न

गर्मियाँ शुरू होते ही चिलचिलाती धूप और पसीने की कल्पना मात्र से ही मन थोड़ा भयभीत और आशंकित हो जाता है! लेकिन इस एक बात की खुशी जरूर होती है मन में, कि आम भी तो इस गर्मी में ही मिलता है न! जी हाँ, ये फल बस कहने भर के लिए ही आम है, इससे सम्बन्धित हर चीज ही बेहद खास है हम सबके लिए। सिर्फ खाने वालों के लिए ही नहीं, फल-विक्रेताओं के लिए भी आम का सीजन एक पक्की-बिक्री वाले फल का सीजन होता है। सो उन गरीब फल-विक्रेताओं के परिवार भी इस फल से सम्भावित धनोपार्जन के सपने बुनने ही लगते हैं, तभी तो उनके अपने घरों में लोग आम खाने से ज्यादा आम को बेचने में खुशी पाते हैं। और फिर जिनके आम के बाग ही हैं, वो तो गर्मी के सीजन में शहंशाह ही हो जाते हैं। यानि विक्रेता और ग्राहक दोनों ही खुश। खाने वाले अच्छे आम खरीदने के लिए इच्छुक, और बेचने वाले ज्यादा-से-ज्यादा आम खपाने हेतु इच्छुक।

मंजर तो यह हो जाया करता है कि गर्मियों में किसी न किसी रूप में आम से बने किसी डिश के बिना भोजन पूरी संतुष्टि दे पाता ही नहीं। और ऐसा हो भी क्यों नहीं? यह एक फल न जाने कितनी तरह से हमारे रोजमर्रा के भोजन में शामिल होकर समूचे भोजन का ही स्वाद बढ़ा जाता है। तभी तो आम के पेड़ों में मंजर फूटते देखकर ही हमारे मन में भी उम्मीद के कोंपल फूटने लग जाते हैं। फिर धीरे-धीरे उन मंजरों को नन्हे-नन्हे टिकोरे में तब्दील होते देखना हमारी प्रतीक्षा को भी सुखद बना जाता है। आम ही ऐसा फल है जिसे उसके हर स्वरूप का इस्तेमाल हम अपने खाने में करते हुए लूत्फ उठा लिया करते हैं। नन्हे टिकोरे को नमक-मिर्च मिलाकर, थोड़ा और बड़ा होने पर उसकी तीखी-नमकीन चटनी बनाकर और फिर

काट-छिलकर और उसे धूप में सुखाकर खटाई के रूप में उसे सालों भर दूसरी कई डिशेस में एक जरूरी इंग्रेडिएंट में इस्तेमाल करते हुए हम आम का लुत्फ ले लिया करते हैं। थोड़ा और बड़ा होने पर आम का मीठा गुरम्बा और लौंजी बनाकर खाना। आम से कभी उकताते भी नहीं! उससे पहले कच्चे आम का पन्ना तो गर्मी में राहत देने वाले पेय तैयार हो जाता है। आम जब तक पके नहीं तो इस तरह की और भी कई चीजें बना लेते हैं। और कच्चे आमों के तरह-तरह के अचार जैसे मीठे और नमकीन अचार हो गया या कुच्चा हो गया। आम की खट्टी-चटपटी सब्जी हो या आम का रसम ही इन सारे प्रकार हमारे साधारण से भोजन को भी लजीज बना जाते हैं।

हालांकि यह सब बनाने के लिए मन में एक अलग ही तरह के उत्साह की जरूरत होती है। चूँकि इनमें से कई चीजें ऐसी भी हैं, जिन्हें पूरे साल के लिए स्टोर भी कर सकते हैं। अब पका आम आने तक उसकी प्रतीक्षा में सबसे पहले आता है बड़े साइज का गहरे पीले रंग में दिखने वाला सफेदा आम, जिसका लूत्फ लोग सामान्यतया डायरेक्ट गड़प जाने की बजाय आम की ठंडी-लस्सी या मैंगो-मिल्क-शेक बनाकर लेते हैं। फिर धीरे-धीरे तो आम की सैकड़ों वैरायटीज बाजार में उपलब्ध होने ही लगती है। भले ही दाम कितना भी दमदार हो, स्वाद के प्रेमियों को तो ख़ाना है तो खाना है! ऐसे भी अच्छी वैराइटीज के आमों के लिए तो ऊँचे दाम चुकाने ही पड़ते हैं। कुछ वैराइटीज की तो कल्पना मात्र से ही मुँह में पानी आ जाता है: केसर, अल्फांसो, हापुस और मालदह (जिसे यहाँ दिल्ली न जाने क्यों लंगड़े-लूले जैसा ही कोई नाम दे रखा है इन लोगों ने)।

और फिर पके आमों को भी तो सिर्फ यूँ ही खाने में ही नहीं, बल्कि कई और रेसिपीज बनाकर भी खाए जाने लगे हैं: आमरस बनाकर, जेली, जैम, अमावट बनाकर या फिर मैंगो आइसक्रीम ही क्यों न। सो अप्रैल से लेकर जुलाई तक हमारी रसोई में जाने कितने रुपों में आम की उपस्थिति तो बिना नागा रहनी ही है। यहाँ मिलने वाली कुछ बेहतरीन वैराइटीज, जिन्हें हम विशेषकर ढूँढ कर खरीद लाते हैं ताकि घर के आराम और इत्मीनान में उन्हें उदरस्थ करने का लुत्फ उठाया जाए, वे हैं केसर, अल्फांसो, हापुस, सिंदूरी, तोतापुरी और लंगड़ा (जो कि असल में प0 बंगाल के मालदह जिले में कलमकारी के जरिए बनाई गई आम की वैराइटी के ही वंशज हैं)। और बारिश शुरू होने के बाद भी कुछ रसीले आम जिसका आनंद काटकर नहीं

बल्कि चूस कर खाने में लिया जाता है। आकार में छोटे-छोटे लेकिन रस से भरी इन आमों का भी विशेष स्थान है आम की प्रजातियों के बीच। क्योंकि ये रसीले आम ही सीजन खत्म होने तक साथ निभाते हुए हमारे जिह्वा और मन दोनों को ही तृप्त करते रहते हैं।

हालांकि इन आमों में कुछ नुकसानदायक भी होते हैं; खासकर आजकल के दौर में जबकि जल्दी-से-जल्दी बाजार में उतारने की हड़बड़ाहट में व्यापारी कार्बाइड और ऐसे ही कुछ अन्य नुकसानदेह केमिकल की सहायता से जल्दी पका कर अपने ग्राहकों के स्वास्थ्य का बंटाधार करने में भी तनिक संकोच नहीं करते। ये रासायनिक तरीके से पके आम ही फायदे की जगह नुकसान कर जाते हैं। हम प्राकृतिक तरीके से फल के पकने का इंतजार भी तो नहीं करते; जितनी जल्दबाजी बेचने वालों को होती है, खरीदारों को भी उनसे कम जल्दबाजी (उत्साह-वश) थोड़ी होती है। हालांकि इसका खामियाजा अकेले सिर्फ खरीदार ही भुगतता है।

लेकिन हम जिह्वा को लगे आम के लाजवाब स्वाद के कारण बहुधा नुकसान की परवाह को भी दरकिनार कर देते हैं। वैसे भी ये फल आम का राजा यूँ ही थोड़े कहलाता है। जिंदगी तो खास है ही, लेकिन आम प्रेमियों के लिए आम से ज्यादा खास कुछ भी नहीं।

•••

www.ingramcontent.com/pod-product-compliance
Lightning Source LLC
LaVergne TN
LVHW100811051026
849519LV00006B/2039